假如兇手是月亮

葉桑——著

推薦序／林斯諺

初見葉桑先生是在二〇〇三年，當時我還是個稚嫩的大學生，不知天高地厚地投稿參加第一屆人狼城推理文學獎（現為台灣推理作家協會徵文獎）。當年因為該獎項還沒有知名度，只有五人參賽，全部獲邀出席頒獎典禮。我在典禮上見到這位台灣推理界傳說中的重量級作家，印象中是一位風度翩翩的中年紳士，可惜當時沒有機會對談，只記得他與已故的景翔先生坐在一塊，看起來非常健談。

因未獲獎，隔年我繼續挑戰，最終幸運獲得首獎，頒獎典禮結束後，再度出席的葉桑先生拿著一個小禮盒過來送我，說是他特地準備送給得獎者的私人禮物，打開一看，是一只金錶，他說送這只錶的用意是希望我珍惜時間，這讓我深刻感受到葉桑其人的親切與風骨。如今一晃眼，十八年過去了，我是否有好好珍惜時間？每當我慨歎時光飛逝時，都會想到前輩的這句叮嚀。

對於台灣推理小說有點認識的人可能都知道，葉桑是目前台灣推理小說界出版量最多的作家。早年出版橫跨皇冠、林白與希代等出版社，在八零、九零年代風靡一時。直到一九九四年暫時擱筆之前他共有十三本小說出版，已經是紀錄保持者，二〇一六年東山再起之後，包含本書在內，總共有十八本著作，目前仍舊是出版量最大的台灣推理小說家。而從一九九四年迄今這段時間也從未被任何人超越過。

不只出版量遙遙領先，葉桑可能也是台灣推理小說史上第一位真正紅過的作家。所謂真正紅過，指的是暢銷或具有高知名度。在台灣要用推理小說打響名聲是相當困難的事，因為面臨翻譯推理小說大軍壓境，本土作家處於絕對劣勢。這個狀況近年雖有改善，但在葉桑活躍的年代，本土推理還在萌芽階段。在大環境不見成熟的情況下，能以一本又一本的推理小說搶攻市場，出版達十三本之譜，達到一定名望，可謂台灣推理早年出版史上的一個奇蹟。連我不讀推理小說的母親都聽聞過葉桑的大名。

雖然葉桑在出版十三本小說後進入沉潛的階段，在部落格仍然可以看見他連載短篇小說，可見創作熱情仍舊旺盛。終於，葉桑在邁入花甲之年後重出江湖，一口氣連續推出五本小說。先是以短篇集《午後的克布藍士街》小試身手，接下來推出生平第一本長篇《夜色滾滾而來》（之前都是短篇集），創造了馬組長與小張的「馬張探案」系列。下一本《窗簾後的眼睛》則是充滿異國風味的異色之作，由私家偵探黃敏家擔任偵探角色。近作《浮雲千山》挑戰推理小說中罕見的穿越題材，充滿奇幻風味。本書則又回歸馬張探案系列。可以看得出東山再起後的葉桑，風格更為多變。如今已過古稀之年的他仍持續創作中，在我撰寫這篇序文的當下，新作已經完成一半，寫作熱情與活力堪稱後輩作家的典範。

在我大學那個年代正值葉桑暫時停筆之際，其著作已絕版，只能在圖書館借閱。由於我不喜歡閱讀圖書館很多人翻閱過的書，因此一直沒有機會拜讀。當時推理界的另一位前輩作家藍霄架了一個網站，叫做「blue的推理文學醫學院」，在上面彙整許多台灣推理小說的資料，葉桑的一些短篇作品被放上網，我才終於有幸拜讀。這是我與葉桑作品的第一次接觸。當時沒想太多，隨便挑了一篇篇幅較短的看，篇名叫做〈睡美人〉。沒想到這篇作品在我記憶中烙下深深的痕跡。

早已耳聞葉桑有「台灣的連城三紀彥」美名，文筆浪漫、華美而且細膩，這從他過往眾多小說篇名便可略窺一二，例如《夢幻二重奏》、《水晶森林》、《黑色體香》。這篇〈睡美人〉是葉桑的非系列探案，也是一篇異色之作，全篇意境與佈局讓我印象深刻，至今仍是我深愛的經典台灣短篇推理作品之一。

這次閱讀《假如兇手是月亮》，令我十分驚喜。主要是因為我發現這部長篇是脫胎換骨自〈睡美人〉。推理作家將自己的短篇擴寫成長篇是很常見的事，不過如何重新擴充做法各有不同。《假如兇手是月亮》比較像是把〈睡美人〉當成一個起點，衍生出全新的故事，就連推理佈局都大不相同。（也就因為如此，我認為在此直接指出〈睡美人〉之篇名不至於會破壞讀者閱讀的樂趣。）也就是說，本書並非是沿著〈睡美人〉的骨幹擴充為長篇，而是把它當成新故事的出發點。

系列偵探是葉桑作品的一大特色，葉桑創造了許多不同的系列人物，最知名的是博學多聞的葉威廉（請參閱《午後的克布藍士街》）。前面說過，本書是屬於葉桑的新系列，由刑事組長馬組長與其搭檔小張聯合辦案，於《夜色滾滾而來》初登板。事實上除了馬張之外，這個系列中還有一名十分搶眼的女警，綽號「女王」。有趣的是，《夜色滾滾而來》中的「女王」與本書中的

「女王」只有綽號相同，人物卻不相同。前者是五十多歲的中年女子，在《夜色滾滾而來》破案之後便離開馬組長的團隊；在本書中由三十多歲的新任「女王」接手，在這次的案件中有吃重的戲份。活靈活現的人物讓故事讀來趣味盎然，也處處可以體會到作者獨特的幽默感。

本書與《夜色滾滾而來》一樣有著錯綜複雜的人際關係以及愛恨糾葛。然而，本書可謂更上一層樓，對於角色刻劃更加得心應手，敘事手法多變，文筆流暢，並且有著葉桑作品的一大特色——異國風味濃厚。不論是《午後的克布藍士街》或《窗簾後的眼睛》都洋溢著濃厚的異國風情，充滿閱讀魅力。本書沿襲這一特色，將謀殺場景從台灣拓展到韓國，可謂大大開拓了馬張探案系列的疆域。至於本書的推理也毫不含糊，情節峰迴路轉，不到最後真相絕不揭曉，讀完之後私心認為這應該是葉桑迄今的長篇代表作。

本書與《夜色滾滾而來》中的偵查角色雖然都是警察，但故事不全然是警察小說，更多的是以書中其他角色的角度來開展故事，讓讀者有帶入感。有推理也有小說，兼顧故事的戲劇性本質，這或許也是葉桑的作品讓人喜愛的原因之一。在此誠摯邀請各位讀者一同來體驗這本葉桑最新的犯罪推理故事。

（本文作者為推理小說作家）

各界名家推薦

我曾經拜讀過葉桑早期的《魔鬼季節》與近年出版的《窗簾後的眼睛》，縱使兩本書相隔近三十年，卻能在新時代的作品中窺見往昔的風貌。這本《假如兇手是月亮》更是將各時代的精華汲取到極致。

讀者可以看見當代犯罪小說錯縱複雜的人際關係與愛恨糾葛，同時，竟也完美呈現了古典推理縝密的鋪陳與布局結構。葉桑的作品縱橫在數十年的時空維度之中，持續在創作裡注入嶄新的元素，並且透過其文字重新建構與塑形。

如果台灣的犯罪小說也有屬於自己的黃金時代，我相信它未曾結束，因為葉桑與他的故事仍在衝擊著市場。那是任何一個創作者都無可取代的價值，代表的不僅是一個時代，同時也是葉桑源源不絕的創作能量。

——八千子（犯罪作家，近期代表作《幸福森林》、《回憶暫存事務所》）

我是一名演員，讀劇本是時常有的功課。只能說，閱讀前務必把腦袋清空，好好地、靜下來投入，完全專注後才能理解故事中的完整樣貌。因此我也用這樣的態度來閱讀葉桑的最新力作。

我推薦《假如兇手是月亮》，因為當你／妳在閱讀的過程中，一定會和我一樣，隨著葉桑優美流暢的描寫、愛恨糾葛的布局和引人入勝的編排，找到合適的角色。然後宛如演一齣戲般地讀完整本小說，甚至意猶未盡。

至於我的角色呢？二話不說，當然就是書中的神勇警探女王。

——吳季璇（知名演員，代表戲劇作品《廢財闖天關》；《廣告作品屈臣氏、每日C》）

一幅韓國心靈派版畫家的作品，一名如天使般純潔的弱智小女孩，如幽魂般緊緊牽動著名門望族的兩個世代。他們每一個人都有自己不可告人的祕密，不同的秘密交織成一張充滿殺機的蛛網，如昆蟲般入侵的妄動者，也將被守住秘密的一道道蛛絲封捆起來，最後由無形的捕獵者一一吞噬去。

葉桑的幾部近作一次次挑戰不同的布局風格，從《浮雲千山》中穿越古今的靈犬少女與少年包公，到了《假如兇手是月亮》則是充滿韓風摩登都會底下的扭曲人性。但唯一沒變的是他優美流暢的文字敘述，與令人如臨其境的寫情寫景功力，而兩者也延伸成為犯罪小說中最重要的元素：「動機細節」與「案發現場重繪」的鋪陳！

那麼，你準備好探索一個全新的葉桑了嗎？

——提子墨（作家、英國與加拿大犯罪作家協會PA會員，近期代表作《浮動世界》）

走進故事世界，猶如進入了一座堂皇雄偉的迷宮，環環相扣的命案、抽絲剝繭的偵查過程、糾結纏綿的隔代恩仇，縱然已經高溫燒腦，卻無法不被那瑰麗的魔力所俘擄，一直要看到水落石出的終章。

作者善於讓重要事件融入寬廣的場境之中，而且意味深長，就如那一幅關於少女的心靈派版畫，竟然在情節上貫穿了整個結構縝密的故事，足見其精心的鋪陳佈局，異於常人的邏輯安排。閱讀之中，你能看見作者的雋永的筆觸、跨領域的學養、歷練的人生風貌，一一躍然紙上。如果這一年內只容我看一本推理作品，葉桑的新作必然是我的首選！

——蘇那（香港推理作家，代表作《約翰．下雨》、《十三夜話》）

一場普通的回台尋親之旅，竟成通往陰間的單程路。一位美女之死，竟牽連出一幅名畫、兩位姊姊、三個家庭，相隔十數年的恩怨。作品開首花費甚多筆墨，詳細描述蘇珞美悲慘的童年，讓讀者對她深表同情。然而本篇展開，鬧出真假蘇珞美，令嬌安娜之死顯得疑竇重重，增加不少凶案以外的謎團。隨著故事推進，很多角色的形象也一一反轉，更與一幅韓國心靈派版畫家的作品有關。事件涉及的每一個人，不僅有自己的考量，還有背後家族的利益與衝突，令每一位角色的矛盾更加立體。亦因為角色比較多，背後關係牽連甚深，建議讀者一邊閱讀時一邊做筆記，方可領略箇中趣味。

嬌安娜甚麼事都沒有做過，尋親又不是為名為利為財，偏偏捲進那樣的事件中。所謂美人，最後如同那幅畫，都只是任人擺弄放置。至死都不曾知曉幼年身世的真相，荒唐又悲涼。

去國髫年絕往來　歸鄉已化落紅梅　無情彩畫牆頭掛　獨汝深知幾劫灰

——有馬二（香港犯罪作家，代表作《溯迴之魔女》）

目次

序章

二十五年前的一個深夜，靠近大橋頭附近的延平北路，除了「林婦產科」燈火通明之外，一片漆黑。穿著手術衣的產科醫師及護士，正在為沙美亞接生。蘇志誠站在產房外面，一想到沙美亞虛弱而臘白的臉，心靈便如被石磨轉動般疼痛。眼前的醫療器械好像各種樂器，正被一雙雙無形的手撥動，彈奏著只有他聽得見的、悲傷到心碎的旋律。

小孩終於生下來了，可是沙美亞卻走了。

默默無語的她，微睜的眼眸似乎對著蘇志誠說：「請好好愛護我們的孩子。」

蘇志誠緊緊地握住她的手，忍不住的淚珠，紛紛從眼眶裡掉出來，在他的面頰刻畫了許多道蝕痕。

林醫師用內疚的聲音，說：「對不起，我們已經盡了全力。」

蘇志誠瞭解地向他點點頭，望望被護士小姐抱在手中的女嬰，他決定為她取一個，和她母親一樣美麗的名字——珞美，蘇珞美。

窗外的月亮就像是一個大燈泡，蘇志誠感覺自己很詭異，怎麼會在這種狀況下，想到這麼可愛有趣的形容詞呢？

隔天下午，陽光斜斜地照入開滿含笑花的蘇家後院，也照入煙香嬝繞的廂房。幽幽暗暗中，蘇志誠彎著腰對他的母親輕聲細語。

「阿娘，我想把珞美接回來住，好不好？」

「阿誠，你不要為難我這個做阿娘的，你又不是不知道，阿娘早就不管這個家了。」蘇母閉著雙眼，一面回答，一面自顧自地數著她的念珠。

「可是文媛，決不會讓孩子進門的。」

「換做我，我也不會答應的。你想想看，當初你搞甚麼學運，搞到連台灣都待不下去。跑去日本，又繼續搞甚麼社運，搞到連日本政府都要遣送你回台。幸虧宋教授幫助你到韓國避難，讓你讀書，還住在他們家，一住就兩年多。別說他們一家子，還有身為千金小姐的文媛是怎樣待你的。你畢業後，鬼迷心竅，一個人跑去甚麼鬼地方做甚麼貝殼類研究，一待又是兩、三年。人家文媛拒絕了多少門好親事，就等你回來。結果，聽人說，你染病死了，她立刻從韓國到台灣來，侍奉我和你阿爹。沒想到你像個落魄鬼回來了，竟然還有臉還帶了個連國籍都沒聽過的番婆仔。你還記得當你阿爹知道了這件事吧！還好當時你們沒有結婚，不然早就活活氣死了吧！最後還是文媛識大體，讓那個番婆仔住外面。」

「可是沙美亞已經過世，而珞美是我們蘇家的骨肉。」

「你不要再煩我了，你們的事，我不愛管。不過，我警告你，現在文媛好不容易剛剛懷孕，如果她有什麼三長兩短，不要說你阿爹，連我都不會原諒你的。」蘇母不願再和兒子囉嗦下去似地敲起木魚。

香案上的觀音像，在紅色玻璃的蓮花燈後，顯得有些冷豔。彷彿欲言幫腔，數落蘇志誠的種種不是。爐裡的幾柱香，有的成灰成燼，有的奄奄一息，有的半明半滅，有的如日中天，氣燄高的不得了。縷縷輕煙直向他撲去，只見眼前一暗，蘇志誠已忘卻了流轉的歲月，似水的華年。

「阿爸……阿爸……」那一聲聲最讓蘇志誠心疼的呼喚，解除了他被困在回憶中的迷陣。他愛憐而又疼惜的抱住這個從草坪那方，跑過來的女孩——已經九歲的珞美。

「珞美，乖不乖？」

「乖，老師說乖。」她指了指背後的張老師。

「張老師，珞美最近有沒有進步？」蘇志誠明明知道答案了，可是還是忍不住要問。

「蘇博士，珞美是腦部發育遲緩。她最大的問題是不能保存記憶。學習的結果，是新經驗的獲得，而新經驗的保持，則有賴記憶。所以，珞美適應新環境的能力很差，時常犯重複的錯誤。但是，她目前的情況，我想你一定也會滿意了。」

是嗎？一個九歲的可愛少女，她的智力卻不足三歲，而且永遠都是這樣，要怪誰呢？蘇志誠曾經憤怒地責怪命運。可是命運總是冷冷地，不斷地再賦予他更重的負擔。

他仰望蒼天，哀聲祈禱——如果珞美的人生無法改變，那麼請你給我健康的身體，永遠地保護她吧！

「謝謝妳了，張老師，我明天再送她過來。」

「蘇博士，再見。珞美，再見。」

「跟張老師說再見。」蘇志誠指導著展露天真無邪笑容的珞美。

她揮了揮手，說了聲：「再見。」一個九歲的少女會說再見，做父親的竟然欣喜若狂，蘇志誠不禁又是一陣心酸。

進了轎車後，蘇志誠吩咐管家兼司機的老章說：「我們回陽明山吧！」

「可是夫人不是叮嚀您，務必要回家吃晚飯嗎？今天是老夫人的冥誕。」

「免了吧！我不想帶珞美回去，免得她被大家當成笑話。」

老章想辯解，但是看到蘇志誠的臉色，只能保持沉默。

蘇志誠口中的「我們回陽明山吧！」，意思是回陽明山的家。

十年前，蘇志誠帶著沙美亞從國外回台。由於兩人的愛情無法被蘇家二老所接受，於是蘇志誠便在陽明山竹仔湖買了塊地，建蓋了他們的家，一棟小小的西式洋房。他保留了原來的日式房屋當作他的研究室，放置一整屋子的貝類、螺類等腹足類軟體動物的外殼。然後請了老章夫婦來照料他們的居家生活。同一年的冬天，蘇志誠迎娶了蘇家二老心目中的理想媳婦宋文媛。隔年，沙美亞走了，老章的太太也走了。

從後視鏡望著老章專注開車的臉，蘇志誠感慨的比較兩人的命運，老章幸運多了！他的妻子走的時候，兒子十八歲，高中剛畢業。如今，已經是個在大學攻讀博士學位的有為青年。

「阿爸……山……山。」珞美興奮地拉著蘇志誠的衣袖，指著車窗外，覆蓋在白雲下的青山。

「珞美好聰明，山上面那白白的是什麼？」

她笑容燦爛的看著蘇志誠，眼睛卻一片迷惘，這是蘇志誠最怕見到的表情。雖然他已經教她不下十遍了，只好再教她一遍，說：「那是雲嘛！」

沒想到她只聽到最後一個字——嘛，就大聲的喊起來。「媽媽！媽媽！」蘇志誠想制止她，可是看見她正高興地吶喊，情不堪、心難捨地老淚縱橫了。

當他們進入屋內，客廳的電話突然響起來，蘇志誠走過去接。

「喂？是志誠嗎？」

原來是大學附屬醫院裡的王永輝教授，也是換帖的好友。蘇志誠知道他打電話的用意，手心不由自主地滲出了冷汗。王永輝的口氣不怎麼樂觀，可是他需要實情。

「哦！那麼Test的結果是……？」

「Positive，不過我建議你再Test一次，也許是偽陽性。」

「我知道了，謝謝。」

蘇志誠聽完對方安慰和鼓勵的話，掛斷了電話，悵然地望著珞美。她正坐在地毯上，玩著啟智學校為她設計的積木。他心裡一陣亂轟轟，於是喊著：「老章，我出去走走，這裡請你注意一下，別讓小姐碰到什麼危險的東西。」

「是的，蘇博士。」

蘇志誠沿著草徑，步上石坡，並找了個地方坐下。眼前一片半白的蘆葦，像從天上沉澱下來的雲渣，順著稜線的藍天溜滑到雜亂的土黃，再從他視線不及之處蔓延到腳邊來。山窪處處，滾散著扭來轉去的白煙，在山風中龍騰虎躍，挾帶著刺鼻的硫磺味。

一群農學院的大學生突然從蘇志誠腳下的斜梯——青春的面孔毫無顧忌地、順序地出現在面前。他們的行囊，裝滿了採集而來的枝葉。牛仔褲和運動鞋沾著草泥，一群從地心裡釋放出來的快樂小魔鬼。

蘇志誠坐在大石頭上，望著他們逐漸消失在遠遠的隊伍，彷彿珞美也在其中，還回頭揮手，說：「再見，阿爸。」

雖然王永輝的話，重重打擊到蘇志誠心裡頭，最嫩弱的地方。但是他還有時間去處理，絕對不能浪費一分一秒。想著、想著，猛然警覺已經出來快一小時了。因此他很快站起來，迅速地走回家。

當蘇志誠一腳踏入客廳，因尿急而直接走向浴室，卻被眼前的一幕嚇住了。

他無法相信自己當下所見的一切。

一絲不掛的珞美動也不動地站著，一個年輕人蹲在她的前面，雙手拿著白毛巾，擦拭著她的身體。蘇志誠用盡平生最大的力量，嘶吼出聲。

年輕人驚嚇地轉過來，不知所措地平攤雙手，毛巾滑在地毯上，猶如一片凝成固體的水。珞美天真無邪地向蘇志誠微笑……

「你是誰？你在做什麼？」蘇志誠想跳過去，掐住他的脖子，可是力量已被方才那一吼用盡了。

「蘇博士，您誤會了。」年輕人慢慢站起來，口齒清晰地解釋，說：「我是阿廣，你不認識我嗎？我是您台北府上的使用人。小姐跑到浴室裡玩水，差點把自己溺死在浴缸，幸好我發現得早，否則一條小命就報銷了。蘇博士，您要相信我的人格，我怎麼會做出傷天害理的事呢？」

「老章呢？」

「老章的小孩出了車禍，提早回家了。不過他有等到我來，才離開的。」

「銀嫂呢？他怎麼不派銀嫂過來？」銀嫂是蘇家的另外一位管家，她主要負責延平北路那邊的厝，不過也時常過來這邊幫忙。

「那，我就不清楚了。」

蘇志誠一面替女兒穿上衣物，一面向心中的沙美亞求援。他無聲地嘶喊：我該怎麼辦呢？不管阿廣說的是真、是假，萬一我晚一點回來，或是沒有回來，事情又是如何的演變呢？何況這世界上，除了阿廣外，又有多少男人會在類似的情況下對珞美造成傷害。稚嫩的珞美已經具備誘惑某種特殊癖好男性的肉體了，可是卻又如嬰兒般無法保護自己。這個宇宙唯一能保護她的，只有她的父親。而這個無能的父親又將離她而去，永遠的，就像她的母親一樣，因為蘇志誠罹患了癌症。

「你先回去吧！」蘇志誠望著阿廣年輕的眼睛，試圖找尋是否犯罪的證據。

「是的，蘇博士。」阿廣像老鼠般快速地離去。

「珞美！」蘇志誠悲淒地拉起她的手，小巧潔白的身體猶如夕陽下的蝴蝶花。

「珞美！阿爸帶妳去找媽媽，好嗎？」

「媽媽……媽媽……」她跟著蘇志誠的語尾，興奮地叫起來。

「來吧！乖，阿爸的乖寶貝。」蘇志誠牽著她的手，走進了浴室。先開了熱水，把浴缸裡的水溫調到最舒服的程度。然後讓珞美跨進浴缸裡，水溢出來了，那也是身為父親的軀殼裡，裝不住的淚水。

珞美仰著臉，緩慢地浸沉下去，水面昇旋起幾粒大大小小的氣泡。珞美的髮絲如海藻般散開。可憐的孩子，她唯一的幸福是沒有面臨死亡的恐懼和痛苦。

蘇志誠繼續讓溫水流著，然後從架上取出一條繩子。當他完成了所有的程序，那感覺輕鬆極了，就像是……就像是即將讀完一本很累人……很累人的厚書。就在把自己掛上去時，他發現珞美忽然從浴缸站起來……。

渺渺茫茫中，暖暖的風吹著，窗外搖動著洋紫荊的花花葉葉。穿著白衣的醫護人員走來走去，蘇志誠正要走過去，卻看見了沙美亞也在其中。她溫柔地對他笑，左手攜著一位小女孩。

「我要走了，阿誠。」

「妳要走了？要去那裡？」

「回到我們初次相見的地方，愛與和平的樂園。」

「那個小女孩是誰？」

「她是我們的女兒，珞美。」

「妳也要把珞美帶走嗎？」

「是的！這個世界不適合她。」

「那……我也和妳們一道去。」

「不行！」

「為什麼？」

「因為你是個壞人，必須在這個罪惡的世界受苦受難。」

「我不要！」

「那也沒辦法！」一大一小的人影逐漸模糊、模糊。

「我也要去……我也要去……」

當蘇志誠被自己的呼叫聲嚇醒過來，發現他的妻子宋文媛靠在身邊，緊握著他的手，滿臉淚痕斑斑。她的身後站著一名醫護人員，原來自己人在醫院。

但是，為什麼會在醫院呢？蘇志誠想起來了，王永輝替他做的檢查，證明罹患了癌症，所以住進醫院。是不是這樣呢？應該是這樣！然而，他不明白自己的頸部會被一圈又一圈的紗布包裹。感覺隱隱作痛，顯然是受傷。這到底是怎麼一回事？

「這到底是怎麼一回事？我到底怎麼了？」蘇志誠連聲問道，但是感覺自己的喉嚨隱隱作痛，發音有些困難，語調模糊難辨。

宋文媛發現蘇志誠醒過來，趕緊停止哭泣，可是一時也不知道怎樣回答。

蘇志誠忽然想到一件非常重要的事情，急忙追問：「珞美呢？」

「她……。」

宋文媛開口說不了幾句話，蘇志誠立刻激動起來。醫護人員隨即過來安撫，同時在輸液加入了鎮靜劑。

蘇志誠自覺有些過份，安靜一回之後，帶著既誠懇、又內疚的語氣問道：「珞美呢？珞美呢？」

「你才剛甦醒，身體這麼衰弱，卻不斷地重複地問珞美呢？珞美呢？」宋文媛柔聲回應：「我剛才不是說了嗎？你聽都不聽。珞美在你養病的這段時間，我讓她和我住在延平北路的家，並由銀嫂全心全天照顧。」

蘇志誠聽了之後，舒了一口氣，握住宋文媛的手，雙目閃著淚光，說了聲：「謝謝妳。」

「夫妻之間，還說甚麼謝謝。」宋文媛到了一杯水，插上吸管，讓蘇志誠喝。

「可是……。」

「我知道你的顧慮，我沒有讓珞美轉學，一切照常。珞美很乖，對於新環境，沒有不適應。鵬飛很喜歡他的姊姊，課後會和她一起玩。」

「鵬飛那孩子呢？我好久沒看到他了。」

「鵬飛？誰是鵬飛？」

不知道蘇志誠是聽不出宋文媛語氣中的諷刺，還是一味裝傻到底，正經八百地解釋說：「鵬飛，就是我們的孩子啊！」

「你也會掛念我們的孩子？真是稀奇。」宋文媛刻意把「我們的孩子」說得特別重，表情出現平日難得一見的幽怨。

「文媛，不是我偏心。實在是因為……。」

「我瞭解，珞美這個樣子，不論誰都會同情。另外，我當時堅持不讓珞美進入蘇家，其實是阿娘的意思。」蘇志誠喝完水，將空杯子遞給宋文媛。

「我知道，阿娘嫌棄珞美，讓妳做了壞人。」

「我們已經說好，不提往事。」

「話是這樣說，其實我對妳還是有所虧欠。這些年，妳對於我和珞美的安排，我都瞭然於心。好吧！我們不要再說這些了！鵬飛好嗎？在校成績如何？」

「很好。他一直保持班上前幾名，對文科和美術特別有興趣。」

「鵬飛啊！真是個聰明的好孩子。」
「唯一讓我擔心的是整天躲在家裡不是看小說，就是畫漫畫。個性孤僻，沒甚麼朋友。」
「都是我這個做阿爸的不好，沒有盡到做父親的責任。」
「好啦！好啦！俗語說：家家有本難念的經，這就是我們家的經，都是老天的安排。」宋文媛話鋒一轉，又回到原來的主題，談起珞美，說：「不管如何，請你先好好養病，我再讓珞美來看妳，好嗎？」
看著情緒穩定的蘇志誠，宋文媛難得幽默一下地說：「你千萬不要威脅我說，如果妳現在不答應立刻將珞美帶到我的眼前，我就拒絕打針吃藥，坐以待斃。」
對於宋文媛如此軟硬兼施，蘇志誠一時也不知如何是好，只能結結巴巴地回應：「妳不要這樣，我只是擔心珞美她……」
「看你這樣，實在是讓人難受。」宋文媛以堅定的聲音，對他說：「阿誠，請你放心，我會好好照顧珞美，請你好好地養病吧！還有，我已經嚴重警告鳳慈不可以欺負珞美。」
「鳳慈？」
「鳳慈，你忘了嗎？她是我弟弟的女兒，從小就死了母親，有一陣子住在我們家。現在念小學了，每逢寒暑假都會從韓國來我們家玩，你忘了嗎？」
宋文媛停頓下來，問蘇志誠想不想吃些甚麼？答案雖然是否定，她還是去剝橘子，然後一瓣一瓣地餵蘇志誠吃。

「鳳慈不了解珞美的狀況，所以為了爭玩具或是甚麼小孩子之間的事情吵吵鬧鬧。珞美不會應付，只會哭，所以你一直認為她欺負珞美。我知道你一直誤解我偏袒鳳慈，記得有次你和我賭氣，連阿娘的冥誕都不願意回來。」

「我是個不孝子。」

「過去就讓它過去吧！對了！張老師說珞美，她大有進步。所以我試著讓她獨立地做某些事情，譬如說自己吃飯、洗澡。」

蘇志誠聽到後面的「洗澡」兩個字，從頭部深處驟然刺痛起來。到底發生甚麼事情？他的思緒開始混亂起來，眼睛不由得閉起來。然後昏昏沉沉地落入睡魔的懷中……。

當他醒來的時候，已經是第二天的早晨。睡眼惺忪中，只見清亮的晨光塗滿了整個病房的角落。有個頭髮綁著蝴蝶結的紅衣小女孩坐在窗前，握著色筆在畫畫。

「珞美？」

小女孩沒有回應，只專心畫畫。蘇志誠不由自主提高聲音：「珞美！」

「蘇博士，您醒了。」銀嫂適時從外頭走進來，趕緊制止蘇志誠，不讓他擅自下床，只讓他半躺著說話。

「銀嫂！妳帶小姐來了？」

「是啊！夫人昨天回家告訴我們您身體已無大礙，交代我今天早一點帶小姐過來給您看看。

讓您放心、讓您歡喜。」

「老章開車過來？你們吃飽了嗎？才沒幾天，怎麼珞美好像不認識我了？」

蘇志誠一口氣問了好幾個問題，銀嫂一一回答後前面幾個問題後，然後走到窗邊把珞美拉到病床邊。

「小姐！這位大人是誰？」

「阿爸！」

「夫人說：小姐看見阿爸要怎樣？」

「要乖乖，不要吵。」

「那……小姐看見阿爸要說甚麼？」

「阿爸！珞美想念阿爸，阿爸快快好起來，陪珞美一起玩。」聽到珞美的回答，蘇志誠的心情開始激動起來。

「還有呢？」

珞美露出靦腆的笑容，搖搖頭，說：「忘記了。」

「小姐看見阿爸要拿甚麼給阿爸看？」

珞美規規矩矩把手中的畫紙呈給蘇志誠，蘇志誠接手之前，看到銀嫂微笑點頭。畫紙上面有各種顏色的線條，但是從那些歪七扭八的曲線，可以看出是一個類似人類的物體。

「小姐！這……這畫的是誰？」

「阿爸！」

銀嫂看出蘇志誠的眼睛閃爍著淚光，就說：「夫人讓小姐去學畫，那位老師剛從韓國留學回來，她學的是心靈派版畫。自從小姐學畫之後，學習能力突飛猛進，大家都覺得不可思議。」

當蘇志誠情不自禁如往常似地要去摟抱珞美，珞美卻靈巧地閃開。銀嫂見狀，趕緊解釋說，珞美已經是個大女孩，夫人和老師教導她要迴避異性的肢體接觸。話是沒錯，但是蘇志誠還是感到濃濃的失落感。過沒幾分鐘，珞美就吵著要離開、要去跟老師和小朋友畫畫。

望著銀嫂牽著珞美的手離去的背影，蘇志誠把眼光落在畫紙上扭曲的自己。

蘇志誠覺得自己身體越來越衰弱，精神越來越恍惚，只能一直待在醫院。這段期間，珞美每周來兩次，都是由老章開車，銀嫂陪同。令蘇志誠感到欣慰，珞美的情況一次比一次好。宋文媛也來了幾次，其中一次，她帶來一幅版畫。

版畫中的主人翁是一個拿著貝螺的小女孩，背景是濃密寬闊的樹林和一大塊微青色的天空。樹林之間出現了淺淺的河流。河邊的石頭，有一種不規則的美感。蘇志誠感覺到畫中有迎面吹來的風，同時似乎嗅到樹葉在陽光之中搖擺的清新氣息。河流的上方有一座三孔橋，河岸停放著一隻小船。蘇志誠只要看久一點，小船似乎就會隨著水流而輕輕搖動。版畫的右上方有兩個英文字「My Angel」。

「Your Angel，應該說是Our Angel」宋文媛一面吩咐老章把版畫掛在牆上，一面說：「這是韓國鼎鼎大名的心靈派版畫家姜正武大師的作品，持續欣賞，不但能夠平撫創傷的心靈，還有開啟智慧、解放心靈的功能。我拿了一張你替珞美拍的照片，千拜託、萬拜託才求來這一幅姜正武大師特別為珞美創作的版畫！」

宋文媛對著癡癡看著版畫，因而默默無語的蘇志誠，說：「姜正武大師完成之後，實在是太滿意了，第一時間竟然不願意割愛。我只好把珞美的真實情況說出來，他不但立刻答應，還建議我們把珞美送到韓國去治療。」

「甚麼？」蘇志誠反射動作地吼出聲音：「不行！」

「請你耐心聽我說完，再做決定也不遲。以前你把珞美照顧得無微不至，別人想關心也被你排斥門外。現在你必須先照顧好自己的身體，關於珞美，就由我來安排，好嗎？」

蘇志誠欲言又止，其實是有口難言，只能直直望著牆上的那幅版畫。

「我在大學時代專攻藝術創作理論，畢業後從事宗教信仰書籍的編輯工作。我相信一幅畫、一首歌、一首詩或一句話都能改變一個人的想法，引導至心靈正面或負面的發展。姜正武大師早期的畫冊、書籍和文宣都是由我負責。所以我雖然住在台灣，也時常回到韓國，參加或協助姜正武大師的活動。按照我現在的理解，說不定珞美只是成長遲緩。依照心靈派藝術的理論，如果找到開啟心靈的鑰匙，珞美必然會恢復成正常小孩的樣子。這就是所謂對症下藥，為了珞美的前途著想，你還是花點心思閱讀吧！」宋文媛從皮包拿出一本類似住宿學校的英文簡介，封面印著「Manjushri House-Support and Preparedness with Intellectual Disabilities（文殊啟智學苑）」。

「Manjushri就是文殊菩薩，在韓國人心目中是性靈的泉源、智慧的象徵。」宋文媛接著說：「姜正武大師雖然不是醫師或研究智力障礙的專家，可是因為他的版畫已經被學術界證明有神奇的力量。所以，他們就成立了一所專門幫助智能不足的兒童，除了一般生活技能和知識的學習課程外，並從音樂、藝術和心靈信仰的層面給予幫助，效果都很不錯。很多類似珞美這樣的孩子都有很大的進步。」

「我不相信。這幾年來，我花了多少時間和精力去探討，從來就沒有成功的案例，甚至相關的論文。至於研究報告，都是雷聲大、雨點小，不是不了了之，就是虛晃一招，只是為了騙取研究經費。」

「沒錯，因此我要求家父親自拜訪文殊學苑，也和姜正武大師和駐學苑的專家討論過。雖然沒有明確的研究成果，但是的確改善了幾個類似珞美的兒童的狀況。他是個最注重科學理論的人，他建議我們何不試試看。家父是你的老師，他保守的個性你也清楚。他建議不妨試試看，等於鼓勵我們趕緊採取行動。」

身為高級知識分子的蘇志誠瞭解人類在異常事故發生時，往往會產生一股不可思議的力量。而且依據他的經驗，有些老是醫不好的長期病患，只因聽信名醫一言，服用普通的消化劑，而藥到病除。另外，因為宗教信仰產生出來的奇蹟，更是時有所聞。

當蘇志誠說出他的顧慮，宋文媛立刻反駁：「我剛才不是說過嗎？很多類似珞美這樣的孩子都有很大的進步，目前醫學界不承認，可是事實擺在眼前。珞美不是一個活生生的例子嗎？你不是親眼看見她的進步嗎？目前教導珞美畫畫的老師就是姜正武大師的學生。」

蘇志遠略微心動，但是生性保守，想了一想，最後還是說：「難道珞美不能留在台灣繼續……我知道效果不一樣，算我白說。那讓我考慮、考慮吧！」

宋文媛也知道如果自己過於急迫，反而顯得意圖不良，所以不再說下去，向蘇志誠表示家中還有事情必須先離開。

蘇志誠點了點頭，轉眼望向那一幅「My Angel」的版畫。版畫中的珞美，手中拿著的那一枚貝螺正是他最喜歡的織錦芋螺。看著、看著……他不但著迷，也被說服，他相信文殊學苑的姜正武大師，一定可以讓珞美正常的成長。只是他不放心、也不忍心讓珞美離開自己身邊。無奈自己這身被病魔侵襲的軀體，也無法跟著珞美去韓國，親眼判斷虛實。他在心中吶喊：為了珞美，為了大家，我一定要好起來。

關於「把珞美送到韓國去治療」，宋文媛充分地表現出「永不低頭」的耐力，甚至搬動王永輝教授來當說客。當蘇志誠還是不為所動，宋文媛最後先斬後奏地將珞美送出去，連回轉的餘地都沒留存。當然，她特地請她的父親，也是蘇志誠的大恩人從韓國來台灣，當面說明。

到頭來的蘇志誠只能屈服，也只能事後不停地抱怨，說：「文媛，妳太殘忍了！連讓我親自送她去機場的機會都不給我。」

「請你原諒我，並且瞭解我的用心。如果，你看到她的時候，勢必會破壞整個計劃，而且我不忍看見你痛苦的樣子。」

文媛說的一點都沒錯，自從他入院之後，不知為了什麼，一想到珞美，頭就像被人用釘鎚敲似的痛苦。所以，他試著去忘記……但是無能為力。只能盯著那一幅「My Angel」，看到心情恢復輕鬆平靜。

或許是堅強的意志戰勝了病魔，或許是老天垂憐，或許是……總之，蘇志誠恢復了健康，甚至連癌細胞也被發現停止了蔓延。經不起蘇志誠的苦苦要求，醫師只好答應他再觀察一些時候，如果一切正常，便可獲准出院。他望著鏡中的自己，還是想不起為什麼頸部有一道深深的疤痕。

蘇志誠和宋文媛討論出院後，到底是回台北延平北路的厝？或是仍然住在陽明山的別墅。當蘇志誠表示既然珞美不在，他想回去台北延平北路的家住，也想多和自己的兒子鵬飛親近，彌補往日虧欠的父愛。

沒想到宋文媛卻說：「不是不讓你回去住，因為你身體還虛弱。城內的厝，人多吵雜，萬一那裡不對勁，惹你生氣，總是不太好。」

「以前妳要我住城內的厝，我不願意，老愛呆在陽明山的別墅。現在我想住回去，妳又不准許。是不是記仇呢？」

「要記仇的話，我早就和你離一百次婚了。」宋文媛走到蘇志誠的輪椅後面，輕輕地在他的雙肩按摩。

「過去種種，是我辜負妳。」

「夫妻之間，說這些話，不嫌生疏嗎？跟你說一聲，銀嫂剛剛從韓國打電話回來，一切順利妥當，珞美在文殊學苑適應得很好，她和老師、小朋友都相處得很好。再過幾天，銀嫂就回來，我再讓她回來當面跟你報告。」

「不知道在日本過得好嗎？」

「我跟你說過好幾次了，珞美是去韓國。」

「珞美才六歲，一個人在日本，好可憐喔！」蘇志誠不停說著：「不知道在日本過得好嗎？」

「珞美以經九歲了，她是去韓國。」

「珞美去了多久了？半年了吧！老章有沒有好好照顧她？」

「六天．不是六個月。是銀嫂陪她去，不是老章。銀嫂過幾天就會回來，她回來會跟你說清楚。」

接下來的對話益發雞同鴨講，宋文媛失去耐性，把蘇志誠的話當作耳邊風。

蘇志誠在陽明山竹仔湖的別墅養病，宋文媛依然安排老章照顧他的生活起居。如果忙不過來，銀嫂會過來幫忙。至於那個年輕的阿廣，始終不曾出現蘇志誠的面前。有一天，蘇志誠忽然想起阿娘敲的木魚聲，香案上的蓮花燈和觀音像，嫋嫋的爐香。

「老章。」

「有什麼事要吩咐？」

「開車送我到延平北路的厝。」

「這個時候嗎？」

「正是。」

蘇志誠好久沒有回到延平路的厝，周遭很多地方都蓋了大樓。三角窗的雜貨店改建成剛從國外引進的連鎖速食店，原本是門可羅雀的千歲聖府，曾幾何時變得香火鼎盛。

車子停了，老章先下車，然後替主人開門。蘇志誠想到這間厝大概也快要變成商業大樓，或什麼的。反正他不管事，大事、小事都是文媛在做主，隱約聽說她正在籌備開店或成立甚麼甚麼公司的，一天到晚忙到不見人影。自從蘇志誠出院之後，宋文媛似乎也有了她自己的生活，兩人交集的時間和空間逐漸淡離。

「鵬飛呢？」

「少爺去上課了。」

想到被自己忽視的骨肉，愧疚讓蘇志誠的內心一陣刺痛。

「夫人呢？」

「參加教會的女宣，今天下午聚餐。」

蘇志誠搖搖頭，自從阿娘過世，宋文媛就改信基督教。走進宋文媛的房間，一股濃厚的粉香立刻撲鼻而來。他看著梳妝台上的化妝品，看著吊在衣櫃裡的衣裳，看著放著一對枕頭的大床。

床頭有一本黑皮的聖經，他取過來一翻，夾著書籤的那一頁是「以賽亞書」。

他隨口唸著——主說，因為這百姓親近我，用嘴唇尊敬我，心卻遠離我。他們敬畏我，不過是領受人的吩咐。所以我在這百姓中要行奇妙的事，就是奇妙又奇妙的事。他們智慧人的智慧必然消滅，聰明人的聰明必然隱藏。

讀到一半，感到頭好昏，趕緊闔上聖經，把它放回原處。在床上躺了幾分鐘，直到舒服一點，才又爬起來。折騰一陣，有了尿意，就到廁所去解手。

出來之後，便站在後院看假山和涼亭，還有在樹枝上跳來跳去的小鳥。不知道是不是錯覺，覺得眼前徐徐地暗下來，好像快要下大雨的樣子。

轉身想回客廳，卻看到不遠處的書房的門沒關好。風一吹就響起伊呀、伊呀的雜音，十分刺耳。於是走過去，伸手把門關上。忽然想起好久沒有進去，懷舊之情不由得從心坎深處幽幽昇起。但是，當蘇志誠踏入書房時，不由大吃一驚。

書房是他阿爹少年唸書，中年飲茶下棋、與友人吟詩、彈唱作樂的場所。晚年因為和阿娘分房，所以在這裡又添了一台八腳眠床，權充臥室。

如今，八腳眠床上躺了個少女。

是不是錯覺，眼前罩滿了黑霧，蘇志誠想去按電燈的開關，可是遍尋不著。此時，他的頭開始又疼痛。不行！我必須以意志力來克服生理上的不適。蘇志誠一步一步向前，眼前有討厭的蚊影飛來飛去。

天哪！躺在八腳眠床上的是……竟然是珞美。

啊！珞美，蘇志誠雙手趕緊扶住床緣，免得不支而倒地。該死的黑霧，該死的頭痛，還有該死的……一時之間，他不知道該詛咒誰。

多久沒見到妳了，珞美。

雖然妳變了，但是依然是阿爸最愛的女兒。

是誰讓妳一個人孤零零地躺在這裡。

蘇志誠忍住暈眩和頭痛，拂去淚水，伸手摸摸珞美的面龐，感覺不是熟悉的鮮活柔嫩的肌膚，涼涼地似乎沒有人的體溫，脈搏也是弱地幾乎查不出來。他微微搖她，輕呼她的名字，可是卻沒有反應。

他深深地吸了一口氣，開始去分析——珞美為什麼被丟棄在這間荒棄的書房裡？文媛在不久以前，不是說要送珞美到日本、還是韓國嗎？她根本就沒有，或是送去了，沒有成效，又送回台灣。不管是那一個理由，珞美終於又回到我的懷抱裡，這是最值得慶幸。可恨的文媛，把珞美折磨成這個樣子。乖，珞美。阿爸一定會為妳討回公道。現在最重要的事，就是將珞美帶回陽明山的別墅，愈快愈好。

「老章！」

老章聽到蘇志誠的呼喊，迅速地進入書房。

「把珞美抱進車內，我要帶她回別墅。」

「蘇博士，您……。」老章的表情十分迷惑。

「廢話少說，照我的話去做。」

「是！」

「還有，告訴銀嫂，如果夫人問起任何事，一律回答不知道，也不用刻意提起我來過這裡。」

「是！」

老章抱著沉睡的珞美，蘇志誠則緊跟在後面，快步離開。銀嫂和那個叫做阿賡的年輕人在暗處詭異地看著他們，識時務地不吭聲。

車子疾勁地往前奔馳……。

「老章，你覺得珞美小姐是不是怪怪的？」

「我不知道……。」

從後射鏡可看見老章一副驚弓之鳥的模樣，蘇志誠知道他嚇壞了。如果不是臨時起意，想去延平北路的厝看看，怎麼會發現這宗可怕的陰謀。可憐的珞美不知吃了多少苦頭，竟然變成像植物人一般。必須設法，至少讓她有元氣一點。

蘇志誠繼續和老章說話，可能攝於文媛的淫威，所以答話有些避重就輕，甚至有些語無倫次。既然老章怕事，蘇志誠只好自己在心中分析推理。

想必是為了財產吧！文媛知道自己把大部分的財產都留給珞美，同時成立基金會，任何人都無法染指。所以她設法將珞美從自己的身邊搶走，讓她在缺乏照顧之下，迅速地搶在自己之前自然死亡。文媛怎麼可以違背當初的諾言呢？難道正如常言所道：人不為己，天誅地滅。真是天下最毒婦人心！

不過，蘇志誠認為這未曾不是一件不幸之中的幸運之事。記得以前，細緻脆弱的珞美給自己帶來多少惶恐，就像放在細繩上的水晶杯。各種可能的不幸，在自己的想像中潮起潮落。如今她變成植物人……不！她變成永恆的睡美人，自己可以將她深鎖在城堡，不受惡人的迫害。

身為父親的自己是她最忠誠牢靠的守護神。也許有一天，有個白馬、王子吻醒了自己的小公主，那麼我會將珞美的手交給他。如果那一天永遠不來，那麼我就永遠守下去。蘇志誠在兩種結局都很幸福的假設下，安靜喜樂地生活。

事件過後，宋文媛若無其事地過來看蘇志誠，蘇志誠認為她可能做賊心虛，不太理她。兩人相處時，宋文媛有時候會忽然抱住他，或忽然摸著他的臉，然後輕輕地嘆息。蘇志誠就惡狠狠地推開她、瞪著她。宋文媛眼眶一紅，假裝沒事似地躲到一邊哭泣。後來，宋文媛就逐漸在他的世界煙消雲散了。

不管珞美聽得懂，還是聽不懂，蘇志誠每天固定為珞美講故事，或引導她開口說話。早晨則推著坐在輪椅上的她，到附近的社區公園散步。可是總會引來好事之徒的指指點點，或大驚小怪的眼光，所以他決定不外出，只有在自家花園或周圍走走。晚上，蘇志誠在書房看書，讓珞美獨自躺在灑滿星光的臥室。看書看累了，他就會悄悄地去看她，看她是否會如睡蓮般，悠悠地綻開來。老章彷彿也習慣了珞美的安安靜靜的存在，還有蘇志誠瘋瘋癲癲的生活方式。

有一天……蘇志誠坐在客廳，翻翻古老的相片簿，忽然想起以前，常常帶珞美去吃冰淇淋。那一家冰淇淋店就在社區公園附近，門口放著滑梯、鞦韆等讓小孩子玩耍的設備，珞美最喜歡去那裡了。她快樂的笑聲就像是淋在冰淇淋上面的巧克力醬，甜蜜地流過蘇志誠的記憶。他決定立刻去為珞美買一盒冰淇淋。

好久好久沒出門了，一切變得很陌生。溫暖的太陽照著馬路，閃爍著恰似金沙般的光芒。蘇志誠覺得腳步好輕盈，心情十分愉快。口中喃喃地唱著歌，那是沙美亞教他的一首關於思念故鄉的民謠。好久沒有哼哼唱唱了，竟然還記得旋律。柔柔的風吹著他的頭髮，宛如撥著豎琴的手。

蘇志誠走了很多路，可是為什麼看不見那間冰淇淋店，甚至連社區公園也不見了！路旁的樹是綠色的柵欄，圍成龐大的迷宮。他抬抬頭，不知何時，光線變的好刺眼，彷彿整個太陽就落在眼前。

有一輛汽車開過來，他舉手召喚，它卻停也不停地奔過去。第二輛也是，第三輛也是……。好不容易，有個年輕的摩托車騎士停下來。

「請問竹仔湖的社區公園在那裡？」

「老先生，你走錯方向了。」他指了指另一個山頭。

「謝謝！」

「老先生，很遠哦！」
「沒關係，謝謝你。」
年輕的面孔流露出關心和疑惑，再三叮嚀之後才揚塵而去。
走了又走，蘇志誠發現了一座涼亭。休息一下吧！再也沒有比運動之後的休息，更令人身心感到舒暢。彷彿只閉眼幾分鐘，為什麼睜開眼之後是一片黑暗呢？他立刻跑出涼亭，太陽已經變成月亮，彷彿一粒蛋黃似地貼在黑鍋的中央。
雖然久居山中，平常的夜晚，住屋一帶都是燈火明亮。一點也不像現在這個樣子，連聽慣的鳥叫聲，也令蘇志誠心驚肉跳，彷彿警告他，有個怪物正藏在身邊。幸好有路燈，蘇志誠就站在那裡。燈光引來幾隻小蟲子，在他頭上飛個不停。
不久，有輛車開過去。但是在不遠處停下來，然後又倒車回來。出現一張洋人的臉，蘇志誠覺得似乎在哪裡見過。
蘇志誠是懂英文的，所以交談之下，才知道老外住在這附近。他在台北上班，每天都駕車經過蘇志誠的別墅。他說：他常常看見蘇志誠推著娃娃車，載著一個洋娃娃在散步。
洋娃娃？蘇志誠大笑，知道老外他說的是珞美。老外知道蘇志誠的家，就好意送他回去，雖然他又要繞一大圈才能回家。
蘇志誠請他進屋來喝杯咖啡，他笑著拒絕。真是個好心的洋鬼子，蘇志誠一面心中感謝，一面微笑揮手。

當他進入屋內，發現裡頭鬧哄哄的，到底發生了什麼事？老章、一男一女兩名警察，還有文媛也在場。所有的人看見他若無其事地出現在面前，似乎放下重擔似的鬆了一大口氣。

宋文媛一開口就埋怨，說：「阿誠，你跑到那裡去？讓大家急死了。」

「沒有啊！我只是在附近走走。」。

老章搶著說：「家裡來了小偷。」

「小偷？」蘇志誠忽然想到珞美，腦海像被魚雷擊中似地，炸出萬丈的波濤。

宋文媛看到蘇志誠滿臉驚慌，立刻安慰他，說：「幸好沒什麼重大的損失。」

蘇志誠忍住一波又一波的暈眩，跌跌撞撞地往珞美的臥室奔去。推開門一看，果然不出所料。珞美動也不動地躺在地板上。

「啊！怎麼會這樣呢？」

蘇志誠衝過去，跪在她的身畔，大聲哭喊。

「這位老先生怎麼啦？」年輕的女警發問：「他為什麼抱著洋娃娃痛哭呢？」

「不要介意，他是個老年痴呆症患者。他以為洋娃娃是他的女兒。」老章讓宋文媛和銀嫂照顧蘇志誠，獨自應付這兩名員警。

「那他女兒呢？」

「人在韓國。」老章不斷搖頭嘆息，說：「夫人把小姐送到韓國去接受治療後，蘇博士開始有了痴呆症的症狀，而且愈來愈嚴重。有一次，我們到延平北路的厝，老爺看到了這個真人大小的布娃娃，就直說它就是我們家小姐。」

老章一面說，一面看著客廳牆壁一處略顯灰白的地方。女警的目光不由自主地也跟著看過去，顯然那裏曾經掛上一幅版畫。

「所有的東西都原封不動，只有那幅畫被偷走了。」

女警乍聽之下，全身緊張起來，急忙追問：「是價值連城的名畫嗎？」

「還好。是一幅韓國非常知名的心靈派版畫家姜正武的作品，是我們家小姐的畫像。」

「喔！原來如此。」女警稍稍鬆口氣，然後要求老章取來失竊版畫的照片。

照片是以蘇志誠和她的女兒為主，女警端詳他們身後的版畫。畫中的小女孩顯然就是蘇志誠的女兒，不論表情或服飾皆栩栩如生，右上方刻著「My Angel」兩個英文字。女警將照片放入證物袋內，調查完畢，就隨著顯然是官階比她大的男警離去。

哭到聲嘶力竭的蘇志誠，意識漸漸地明朗，宛如一道清澈的河水流過入汙濁的靈魂深處。眾人的議論聲漸漸地矇矓，漸漸地遙遠，唯獨自己是夢中的甦醒者，感覺自己全身發光，清寒冷冽的銀光。

蘇志誠望著窗外，只見沙美亞一個人，微笑地向他招手。

「跟我一道去吧！阿誠。」

「去那裡？」

「我們初見面的地方，愛與和平的樂園。」

「好！我們一道去，然後永遠都不要分開。」

蘇志誠等待沙美亞走過來，牽住他的手，然後雙雙飄向銀色的月光世界。

第一章

今年春節的最後一天，晚上八點五十五分。

一輛銀灰色的馬自達停在松江路公園的一角。車窗被慢慢地搖下來，露出一張隱藏在棒球帽下、模糊的臉。

左前方的「天寶皇居」，一棟淡綠色的二十八層建物。車中的人在短暫的瀏覽過程，似乎鎖定了目標，於是戴上了墨鏡。墨鏡因街燈的原故而閃閃發亮，好像小小的夜空擠滿了小星星。

車門開了，露出一雙印著向日葵圖案的鹿皮馬靴，然後是窄管的牛仔褲，上面是黑色的大衣。皎潔的月光下，這一條人影緩緩過街，停在「天寶皇居」面對公園的門口。經過一陣觀察之後，揚起右手，往門禁控制器前對應一下。那雙繡著向日葵圖案的鹿皮馬靴，迅速地跨入打開的大門。低著頭，迴避監視器，迅速向靠邊的電梯走去。當電梯關門時，「天寶皇居」的女性管理員正從洗手間走出來。大廳的掛鐘，時針指9，分針指7。

大約半小時以前，居住在「天寶皇居」六樓D室的嬌安娜舒適地躺在沙發上面講手機。

「總之，那一天實在是很不好意思。海棠姐，妳一定要原諒我喔！」

九天前，胡海棠到台北辦事，路過一家以前常去的咖啡店。店名改了，門面未改。她不加思索地推門而入。以前滿屋子走來走去的貓咪不知去哪，只有一隻慵懶、不理人、名字叫做「麵包」的老狗。其實牠的氣質恰似英國公爵般的典雅高貴，如果改名叫做「愛德華」、「威廉」應該比較符合。名字叫做「麵包」的老狗不知道是狗眼看人低，還是看穿胡海棠是個虛有其表的「敗犬」，對於她的極力討好，愛理不理。

獨自喝咖啡的胡海棠在左顧右盼時，猛然看見了嬌安娜正和一個男子說話，那慎重的樣子似乎在談很重要的事情。胡海棠本來不想過去打擾，只因為那個男子竟然是久未見面的老同事章劍波，情不自禁地走過去打招呼。可是她的熱情，卻換來對方十分冷漠的對應。章劍波在嬌安娜和自己寒暄時，竟然自顧自地和那條名字叫做「麵包」的老狗親密互動，讓她心裡很不是滋味。不知所以的嬌安娜雖然當時打了圓場，胡海棠還是很尷尬地回到自己座位，然後裝著沒有看到他們離去時，嬌安娜的點頭致意。

當晚，嬌安娜來電道歉。胡海棠心有芥蒂，但聽得出嬌安娜似乎有口難言，所以兩人沒有多談。

今晚，嬌安娜再次來電，無非是老生常談。但是，胡海棠還是很在乎章劍波的狀況，而且很想要知道他們兩人的關係，於是舊事重提。

「其實是我自己太白目，忘記了妳的藝人身分。沒有注意到或許妳正在和他談事情，不希望旁人打擾。」

「沒甚麼啦！只是我不知道妳認識章先生。」

「是啊！好多年不見，太興奮了，忍不住大聲嚷嚷起來。結果，他好像忘記我了！」

「我不知道妳們曾經是同事。我還以為他是出生在韓國的台灣人。」

「這樣啊！難道後來他去了韓國？我認識他的時候，當時他還是個博士生。我大學剛畢業，一起在藥理研究所工作。雖然過了十六、七年，他瘦了很多，可是臉形並沒有改變多少。我記得他做事認真、個性溫和憨厚，對我也很照顧。你們是怎麼認識的？」後面幾句是胡海棠的違心之論。

「說來話長，有機會再慢慢告訴妳。我看見妳想和他說話，但是他那故作鎮定的冷淡，說不定有甚麼苦衷。妳就不再追究，每個人都有不想提起的過去。」

胡海棠知道嬌安娜別有所指，因為每個人真的都有不想提起的過去。另外，胡海棠猜想章劍波可能不是明說、就是暗示嬌安娜，沒有必要對他人說起他個人的事情。

「也是啦！誰知道當年的黃毛小丫頭，在短短幾年，就脫胎換骨成為家戶喻曉的大明星。」

胡海棠話一出口，有所警覺，立刻閉嘴，於是迅速轉移話題，說：「網路沸沸騰騰，盛傳妳最近和一位高富帥交往，是真是假？」

「妳說那個畫商蘇鵬飛啊！真真假假、假假真真，我們才認識不久，凡事不要說死。總之，鬧個新聞，對大家都有好處。大家都是這樣搞的！至於我和他真正的關係，有機會再跟妳說清楚。唉！沒想到我真實的人生比我演過的戲，不！我看過的戲還曲折離奇。」嬌安娜望了望牆上的那幅版畫一眼，話聲越來越低，到最後成為喃喃自語。

版畫的主題是「My Angel」，刻畫著一個拿著貝螺的少女。背景是大片的樹林，從樹林之間流出河流，河邊亂石堆疊。遠方有一座三孔橋，河岸邊有一隻小船。嬌安娜感覺自己和畫中的小女孩似乎越來越像，只是她手中把玩的不是貝螺，而是胸前的一串珠鍊。那串珠鍊正是章劍波從韓國來台灣時，送給她的禮物。

「妳在說甚麼？」

「沒甚麼。」嬌安娜忽然提高聲調，神秘兮兮地說：「海棠姐，其實是因為一幅版畫，我對於模模糊糊的童年，開始有了比較清晰的記憶。」

「甚麼版畫？」

「妳聽過韓國心靈派版畫家姜正武嗎？」

「當然聽過，而且曾經很感興趣。二十多年前轟動一時，後來消聲匿跡。難道妳拿到傳說中的那幾幅號稱具有甚麼心靈魔力或神奇療效的版畫嗎？」

「是啊！而且，我證實了，我的記憶慢慢恢復。」

「真的嗎？我很驚訝。事情過了這麼久，妳竟然會想起來。」身為心理諮商師的胡海棠對於用繪畫或音樂來治療心理創傷或性格缺陷有相當程度的瞭解和信任。

「海棠姐，妳曾對我說：想想妳自己的人生吧！尤其最近剛剛進入演藝圈，不可分心，要全心全意衝刺。多年之後，身心安頓之後，才有堅強的能量去面對過去。我覺得我可以了，而且時機成熟了。」

「那麼，妳想起那個人是誰嗎？」胡海棠很迫切地想看那一幅韓國心靈派版畫家姜正武大師的遺作，而且更想從嬌安娜口中證實版畫的魔力和神效。

「他是……。」嬌安娜停頓一下，因為耳邊響起一陣輕微的聲音，她不悅地說：「咦？好像有人在外面。我去看看到底是誰，可能是管理員，或是隔壁的小麻雀來找我？妳等一下哦！把她們打發走之後，我們再聊。」

握著手機的海棠望著桌燈，腦海慢慢浮現章劍波削瘦的臉，還有那雙閃爍不定、充滿猜忌的眼神。

十六年前，胡海棠從大學心理系畢業，捨棄到醫院去實習。經由師長的介紹，來到由王永輝教授主持的福生藥理研究所當研究助理，主要想多了解一下心理疾病和藥物治療之間的機制作用和臨床效果。她計畫好好做個一、兩年，再去美國深造。先拿個博士頭銜，給父母一個交代之後，然後是去大學教書，或是去醫院工作。至於，是否一定要當個開業的心理諮詢師，她沒有考慮過。所以，胡海棠生活得很愉快、很充實，索性連愛情的溫柔和滋味都丟棄了。

不過這也不能怪她，因為在這一棟建築物裡的男人，不是又老又醜，就是已婚。唯一例外就是章劍波，只因為他是王永輝教授的得意門生，又是她的直屬主管。所以除了工作之外，兩人的關係很冷淡。胡海棠搞不清楚章劍波是不是另有特別任務，在福生藥理研究所裡，很少看到他的蹤影。

某天的午後，平靜的天空，悠悠飄來一縷煙雲。幽暗的研究室內，百葉窗把陽光織成一面巨大的夢網。

提醒午休時間已過的鈴聲，迫使胡海棠睜開眼睛，舒展一下因午睡過久而發麻的四肢。喝了口冷澀的茶水，腦部的思想才微微地恢復了次序。於是，拿起筆記簿和掛在椅背的實驗衣，往實驗室走去。當她看見貼在玻璃門上，那個黃底黑扇的輻射安全標誌時，下意識地摸摸左胸……糟了！T.L.D.佩章不見了。

T.L.D.是Theymo-Luminescence Dosimeter的簡稱，中文譯成熱發光劑量計，是一種非導電或半導電性之固態晶體物質，受游離輻射照射時，能夠交互作用，而測出讀數。每一個和輻射性物質有所接觸的技術人員必須例行佩帶T.L.D.，然後每個月中由專人收集，送至有關單位判讀分析，看看是否有受到輻射性的傷害，以便再做進一步的追蹤。

所以丟了T.L.D.佩章是一件非常麻煩的事。於是，海棠走回研究室。翻天覆地地找了半天，然而卻一無所獲。當她的眼光接觸到桌上那一束斜插在三角燒杯中的白色海芋時，才想起來，那枚T.L.D.佩章可能是遺落在某個地方。

胡海棠寫了張「有事外出」的紙條，放在主管章劍波的桌上。不理會已經響了三次的鈴聲的他依然仰頭大睡，那副心滿意足的模樣，讓人忍不住嫉妒起來，而想要在他的耳朵旁大叫一聲，看著他驚恐失措，方能心理平衡，否則太不甘心了。

離開了充滿冷氣的研究室，胡海棠走向停車場。當她啟動那台上個月才買來的、不知道經過幾手的機車時，汗水就像強力接著劑，把她背部的皮膚和襯衫黏得密不可分。唉！在濃烈刺眼的陽光照射下，彷彿置身在封神榜，金光聖母所佈下來的金光陣中，又悶又熱。不由分說，她快速往陽明山竹子湖的方向奔去，就如昨天一般。

昨天研究所的數據處理系統罷工，同組的技術人員紛紛作鳥獸散。胡海棠本來是計畫在實驗室裡，把被章劍波退回來的報告再好好整理一遍。可是吃完午餐，看到空蕩蕩的實驗室，於是違背了自己的意志，決定出去蹓躂蹓躂。

從位於北投中山路的福生藥理研究所，胡海棠騎著機車經過陽明山竹子湖的一個路口時，機車不知何故忽然跑不動了。望著路邊幾棟農舍，碧樹翠茵之間，一片又一片潔白的海芋花海，原本應該心曠神怡的心情馬上煩躁起來。不過想了一想，不如先把機車推到一旁，打手機叫朋友來幫忙處理。

附近有塊雜草密布的荒地，其間有棟好像是廢棄的日式宿舍，於是把機車推了進去。只見走廊上擺著木製的桌椅，角落堆置著丟棄的物品。不要的書本倒是不少，都是自然科學的刊物。胡海棠東張西望，見不到一個人。反正就是出來閒逛，海棠就走上玄關。拉拉門把，紋風不動。從窗子往內窺視，類似科學展覽的展示間。除了顯微鏡和一般常見的設備儀器外，其中一面牆的架上，擺滿了書，一本比一本厚。另外的一面牆，掛滿了各類貝殼、螺類的圖像，好幾排懸空的架上，放置著可能部分是真品、部分是仿製的貝殼。她看了看唯一叫得出名字的貝螺，也就是曾經轟動一時的龍宮翁戎螺。

「喂！妳是誰？要找人嗎？」

突然傳來沙啞的問聲，把胡海棠嚇了一大跳。順著來聲逆尋過去，不知何時，大樹下站立著一位看是上了年紀的男子，五官雖然精緻清秀，氣色卻蠟黃，體格高大卻讓人感覺衰弱。他穿著麻紗材質的家居服，站在庭院深深的綠蔭下，頗有古畫中文人雅士的神態和氣質。

「不好意思，我騎車路過這裡，機車忽然拋錨。因為好奇，所以就走過來瞧瞧。對不起，我馬上離開。」

「沒關係，我叫我的管家幫妳修理。」男子向胡海棠揮揮手，那種架勢就像德高望重的師長，令人無法拒絕。

男子抬頭大聲地呼喊：「老章，你馬上過來。有個小姐的機車拋錨，你過來幫她修理。」

「這裡是你家嗎？」胡海棠東張西望，好奇地問。

「不是，我家在那邊。」男子指了指隔壁的歐式洋房，然後說：「這裡是我的研究室，不過很久沒在使用，所以都荒廢了。」

「研究室？」

「我本來是研究熱帶生物，後來把專注到貝類形態、生理、發生、分類、生態、地理分布的研究。」

「Conchology！」

「喔？妳是生物系的學生？」

「不是，我是讀心理系，已經畢業了，正在準備臨床心理師資格考試。目前暫時在福生藥理研究所當研究助理，替教授們做實驗，其實和在校生也沒兩樣。」

「福生藥理研究所，你們所裡有位王永輝教授，他是我的朋友。」

「好巧，他是我們的所長，負責放射醫學組。」

他們一面說，一面經過一條由安山岩鋪成的小路，旁邊是座約有一人高的假山。胡海棠發現岩壁上鑲著各種貝殼，正想觸摸。耳邊傳來男子高聲的警告：「不要亂摸。」

胡海棠面頰感覺一陣燒紅，正不知所措時，從假山後面走出一個體格很強壯的中年男人。謙卑的舉止顯示出他是男子的管家老章，不過聽在胡海棠耳中是老張。

老章必然見過世面，所以很有分寸地調整著自尊和自卑的比例。他站在男子面前，恭敬地喚了聲：蘇博士，聲音輕柔的彷彿怕嚇著他似地。

男子和藹的臉色立刻收起來，換上肅然威嚴的神情。他指了指胡海棠的機車，低聲吩咐幾句。然後帶領胡海棠走到連接日式宿舍和歐式洋房的藤架下，那邊擺放著一個桌子和三張椅子。

胡海棠一邊聽著男子閒情逸致地說個不停，一邊看著不遠處的老章正滿頭大汗地修理機車，趕緊再打手機，通知朋友不必前來救援。

眼前的男子絕非泛泛之輩，但是講起話來，不但內容一直重複、顛三倒四，邏輯更是讓人懷疑他的智商。鳥叫蟲鳴、涼風徐徐，還有偶而經過的車聲，配合著沒有抑揚頓挫的聲調和極其無聊的談話內容，只有表情充滿閃亮的驕傲和榮耀。就在胡海棠放鬆戒備、昏昏欲睡時，男子突然問起她的名字。

胡海棠立刻振起精神，答道：「我叫胡海棠，古月胡，海棠花的海棠。」

她一面說，一面去掏放在皮包的名片，胡亂翻了幾遍，才發現根本沒有帶名片出來。

男子露出長輩責備晚輩的笑容，說：「把皮包先放好，慢慢檢查。為人處事也要如此，不要心浮氣躁，否則什麼都亂了。」

不知道是因為男子方才說話時所呈現的癡呆、還是天真，胡海棠反而感覺有點好笑，正想敷衍幾句，同時請教對方尊姓大名，一個大約三十多歲的婦女從歐式洋房那邊，快步走過來。

「蘇博士。剛才郵差來過，有您的掛號信件，好像很重要。」

「這樣啊！讓我看看。」男子接過來，細心撕開信封，然後閱讀起來。

胡海棠注意到信封上寫著：蘇志誠博士親啟。接下來的沉默讓她感到窘迫，於是起身告辭。

「我去看看機車修好了沒？。」

蘇志誠沒有答腔，專心閱讀，站在一邊的婦女露出不好意思的笑容。胡海棠舉步轉身時，背後忽然響起蘇志誠的聲音：「銀嫂，送客吧！」

「是的，蘇博士。」

胡海棠趕緊轉頭回禮，蘇志誠正將信件放在桌上，望著天空沉思。老章剛好將機車修好。她離開後，在路旁的農家買了一束白色海芋。

當胡海棠看到桌上的那一束白色海芋時，驀然想起，很可能當時在找名片，不小心把T.L.D.佩章掉落在「蘇志誠博士」的住處。於是，再度來到竹子湖，憑著記憶，很快找到那座荒廢的研究室和典雅的歐式洋房。她一停好摩托車，昨天那名幫她修理機車的老章，就匆匆地從歐式洋房走出來。

他認出來人是誰之後，立刻皺起眉頭。臉部中心的不悅，明顯地擴展開來，問道：「小姐，有什麼事嗎？」

「我掉了一枚佩章，上面寫著我的名字，胡海棠。」

老章不等胡海棠說完，轉回屋裡。過了約幾分鐘，他又現身，然後揚揚手中的佩章，說：「是不是這個？喔！妳也在福生藥理研究所工作啊！」

胡海棠急著趕回實驗室，所以沒有注意對方會說「妳也在福生藥理研究所工作啊！」的涵義，更沒有想要多聊幾句的意願。一面鞠躬道謝，一面伸手去接。正要告別，想起也應該向昨天的那名、應該是屋主的男子，請安一聲才對。於是順口問起：「昨天那位蘇博士呢？」

老章若無其事地說：「他病了，被送去醫院。」

胡海棠嚇了一跳，連忙問道：「昨天不是還好好的，怎麼就病了呢？」

「沒事的，例行檢查。」老章似乎覺得眼前的小女子很囉唆，沒好口氣地說：「小姐，妳沒事的話，就趕快請便吧！」

一小時之後，胡海棠進入實驗室，陳專員正在一個個地收集T.L.D.佩章。她暗暗鬆了一口氣，幸好及時趕上，否則重則被申誡扣薪水，輕則留下難看的記錄。於是，面帶微笑地踩著凌波微步，雙手奉上及時尋回的T.L.D.佩章。

好死不死，整天不見人影的章劍波今天竟然在場，冷面冷言問起胡海棠到底跑到那裡去「摸魚」。她於是便將經過一五一十地告訴他，當她提及「蘇志誠博士和王永輝教授相識」，還有後來的「蘇志誠博士身體不適」，章劍波瞬間閉口不言，若有所思。

兩天後，陳專員突然怒氣沖沖地跑來，見到胡海棠就劈頭大罵：「喂！妳是怎麼做實驗的，怎麼T.L.D.的讀數突然變那麼高，是不是把佩章掉到輻射性溶液裡去。」

胡海棠被罵得丈二金剛摸不著頭腦，陳專員惡聲警告，說：「如果再這樣，妳就不可以執行輻射性實驗的業務了。知道嗎？」

陳專員雖然訓話完畢，闊步離去。可是遺留下來的氣氛，令胡海棠十分難堪。殊不知，一向視胡海棠為隱形人的章劍波竟然開口安慰她，說：「下次小心一點就好了，人家也是就事論事。」

「可是我做實驗是非常謹慎，佩章絕對沒有到污染。」

「事實擺在眼前，難道有人惡作劇，或是你自己不心將佩章掉在強度輻射性地方，而妳自己不知道。」

胡海棠心想，絕對不會有人那麼無聊。可能的話，就是後者了。然而自己一直很妥善地保存，除非是那一天……她看一眼桌上的白色海芋洋。枝葉依然英挺，只是那潔白美麗的花瓣，已經有些凋謝了。

過了幾天，胡海棠正在寫報告時，章劍波走過來，對她說：「那位蘇志誠博士，好像是得了血癌。」

「血癌？」胡海棠瞪著章劍波，等待他進一步的說明。

「聽說蘇博士被送到醫院後，沒多久就開始腹瀉和嘔吐，然後嘴巴和喉嚨開始發炎，並不支昏倒。於是被緊急轉診到台大醫院，經醫師初步認診斷，白血球減少，磷酸鹽活動力降低，唾液腺的分泌作用停止，皮膚呈嚴重的濕性脫屑。最後，判定是血癌末期。」

胡海棠畢竟是心理學系科班畢業，忽然產生一種疑惑。章劍波怎麼會對於一個似乎未曾見面的「蘇志誠博士」如此熱絡呢？難道他們早就認識，還是只是他個人對於「老闆／恩師的朋友」的關心？或是別有企圖。

又過了幾天，胡海棠在儀器室的走廊遇見章劍波。他正在申請外借手提式伽瑪射線偵測儀，顯然是要外出去做田野調查或是去受到放射線汙染地區進行偵測。她隨口問起：不知道蘇博士近況如何？出乎她的意料，章劍波的回答是：蘇博士前天蒙主恩召了。

雖然，胡海棠得知蘇志誠患了血癌的時候，就升起不祥的預感。但是沒有想到他如此快速地離開世間，不由得感嘆生命難測，命運無常。當她把鈣化血清存入冷凍庫，手指接觸到冰寒的玻璃瓶時，就像接觸到「死亡」。

其實「死亡」並不可怕，可怕的是生命的無常。生命就像捏在手中的玻璃瓶，只要五指一鬆，就碎成片片，由不得人呀！胡海棠邊想邊把冷凍庫的門關上時，留在手中的那塊寒冷，久久不能消除。

第二天是周末，胡海棠出外辦事，騎著摩托車恰好經過陽明山竹仔湖時，看到不遠處的海芋花田，忽然有一種想要「舊地重遊」的慾望，於是往蘇志誠的住處開去。

胡海棠把機車停在那棟由日式宿舍改建的研究室附近，原本有些零亂的走廊已經被認真整理過。木製的桌椅井然有序，曾經堆置的書籍物品也被收拾得乾乾淨淨。那間研究室看起來簡直是明窗淨几、一塵不染。倒是在窗口多了一個兒童般大小的洋娃娃，睜大著眼睛看著再度光臨的不速之客。此時，耳邊似乎迴旋著淒美的午後琴聲，窗內隱約躺著血跡斑斑的屍體，還有一抹還依戀人間的幽魂。這一切當然只是她的幻覺，不過她深信蘇志誠的幽魂真的就殘留在那庭院深深處。

經過那片鑲滿貝殼的假山，胡海棠赫然看見小徑邊，躺著一隻腐爛的狗。牠什麼時候死的？怎麼死的？為什麼死的。記得來訪時，並沒有看見牠或任何寵物的跡象。牠到底自然死亡，還是被人毒殺？不知道為什麼，感覺整棟研究室好像籠上了一層死亡的黑紗。

胡海棠站在歐式洋房的門口，輕輕按下門鈴，可是沒人回應。大門似乎沒有關好，將手輕輕一推，門竟然無聲無息地開了。

「有人在家嗎？」胡海棠高聲地喊了十幾聲，還是沒人反應。於是先探頭探腦一番，再登堂入室。眼前的客廳，給海棠的第一印象是高雅清爽，呈現出濃濃的書香氣息。此時，有個微弱的聲音，從迴旋式的樓梯，一節一節地傳遞下來。

胡海棠訝異地抬起頭，發現那個見過兩次面的老章正坐在樓梯的半腰，整個人依靠在扶欄，大口大口的喘氣，就像隻熱壞了的癩皮狗。

老章可能是聽到胡海棠的呼叫，正想下樓，可是走到一半，身體不支而坐在那裡休息。她不敢往前，只遙遙仔細觀看，心想：這個人外表無恙，可是看起來有氣無力。仔細一瞧，那一身健壯的體格有些浮腫，五官似乎有些變形。

「張（章）先生，你看起來好像病了，怎麼不去看醫生呢？」

老章呻吟地說：「沒有用的，我是罪有應得，蘇博士要找我去陪他。」

千百個念頭一閃而過！可是海棠不敢亂說，只能問他為什麼。此時此刻，老章一點也不介意這名魯莽的小女子如入無人之境般地闖入他所經營的宮殿。他完全失去了一名身為上流家族的管家，應有的小心翼翼和優越感。

老章不知所云地說了一大串話之後，忽然流下眼淚，用悔恨的口氣說：「都是我不好，動了蘇博士的骨灰，所以才會有這樣的報應。」

胡海棠驚訝地身體不由得一陣顫抖，眼前這個人是精神異常？還是在因為承受的壓力太大了，所以急於找人分享心底的祕密。胡海棠想到這裡，感覺恐懼，想要立刻奪門而出。但是一想到自己好歹也是大學心理學系畢業的，或許可以學以致用一下。於是安定心情，拿出專業的精神和態度應付。

「蘇博士一直對我不錯，也曾口口聲聲對我說，他死後的遺產絕對少不了我的一份，只要我好好地工作。沒想到他突然暴斃，也沒留什麼遺囑，夫人也沒給我什麼交代。我心裡很不滿，可是我又不便說出來。」

胡海棠看老章一面說、一面喘氣，想要去拍拍他的背部，卻又不敢伸出手，只好說話安慰他，同時要他慢慢說。

「蘇博士去世之後，夫人就將他迅速火葬，草草了事，根本不管他一生在學術界的成就和名聲。因為來不及安葬在蘇家的祖墳，骨灰先放在一個大理石罐裡，暫時供奉在二樓。」老章指了指上面，喘口氣後，繼續說：「我心血來潮，擅自打開骨灰罐，結果就病了。我的病和蘇博士的病一模一樣，我知道蘇博士生氣了，要索取我的魂魄去陰間。苦啊！我老章一輩子服伺人，連死了也不能舒服。」

胡海棠好奇地問：「你為什麼要打開那個骨灰罐？」

老章面露愧色地說：「當我搬回那個大理石罐時，感到出奇的沉重。照理說，那麼一個罐子加上些骨灰，也不致於重到那種程度。我心裡想：難道這罐子裡放著黃金嗎？禁不起好奇，我就設法打開來看，結果……」

「結果怎樣？」依照海棠的想法，骨灰罐應該是封死，不可能輕易打開。想想老章應該是有辦法的，也就不多加追問。

「罐子內側沒有放著黃金，而是襯著厚厚的鉛板呢！」

鉛板？為什麼裝骨灰的大理石罐子裏，要襯著鉛板呢？胡海棠百思不得其解。

「後來那個骨灰罐呢？」

「夫人拿去安放在蘇家祖墳。」老章繼續說：「她算是還有點良心，讓我留在這裡。沒想到從前幾天開始，我身體就不舒服起來。可是我不敢去看醫師，也不敢跟任何人說。今天早上醒來，感覺特別嚴重。」

胡海棠聽到老章這樣說，忽然感覺整個屋子充滿了致命的病毒。恐懼立刻湧上心頭，再也無法多呆一分鐘，立刻逃命似地告辭而去。

當她正要發動機車時，卻看見一輛熟悉的小汽車，上面印著「福生藥理研究所」幾個字，慢慢停在屋前的馬路。然後，跳出一條身影。仔細一看，竟然是章劍波。他打開後車廂，換上輻射防護衣。低下頭把伽瑪射線偵測儀打開後。然後從那棟歐式洋房的外圍開始，以扇形方式往內偵測。

躲在研究室邊邊的胡海棠，遠望著埋頭工作的章劍波，她想像著伽瑪射線偵測儀上面的指針快速的往右移，到了盡頭，還不停跳動，同時發出高亢的聲響。

胡海棠沒想到在十六年後，竟會不期然又見到章劍波，模模糊糊的記憶拚湊出往日的點點滴滴。是誰說過？人間的初遇是萍水相逢，終究會曲終人散。然而，不期而遇，就像一首忘記了旋律的歌曲，忽然又開始在她的心弦幽幽彈撥。

思緒回到現實之後，那些曾經有關章劍波和王永輝教授之間的傳言、那些耳語、那些始終無法解開的疑惑，絲絲縷縷地浮上胡海棠的心頭。事過境遷，照理自己不應該追究。然而章劍波竟然會和嬌安娜碰在一起，那麼事情就不會像表面那麼單純，尤其是事關嬌安娜忽然說出她想起那個影響她一生的人，自己更不能袖手旁觀。至少、至少要把內情弄清楚。

「我明明聽到有聲音，結果又沒有了。難道是我幻聽？還是……。」嬌安娜聲音充滿不解，然後問道：「我們剛剛說到哪？」

胡海棠笑著說：「我也忘了！我對我的老同事章劍波充滿好奇。我想知道你們怎麼認識的？」

第二章

去年九月上旬，台北的氣候異常炎熱，可是首爾已經有些涼意。乾爽的空氣，讓人感覺秋天的腳步近了。人們匆匆忙忙地從南大門附近的地下鐵站走出來，然而當他們走過三星大廈時，幾乎每個人的眼光都被一個冷豔嬌貴的女子所吸引。

她就是嬌安娜，帶著大型墨鏡，長髮自然披散在雙肩。穿著一件淡紫色的洋裝，上衣的領口有著紫紗綴成牡丹花。在現代建築及微弱天光的照射下，將五官艷麗、身材前凸後翹、現代感十足的嬌安娜渲染得古典脫俗。她緩緩地走著，怡然地接受紛紛拋來的注視。半高跟的皮鞋踩在磚道上，彷彿走在伸展台上，敲出一節又一節美妙的旋律。

兩排由近而遠的銀杏，宛如透視圖。不易脫落的扇狀樹葉，讓道路能夠保持乾淨，因而景色缺少幾分真實性。嬌安娜拂了拂髮絲，繼續往前走。往上的坡道並沒有讓腳步放慢，倒是呼吸的頻率稍稍加快。當她和章劍波約見的咖啡店出現在眼前時，迎面吹來一陣風，原本清新蔚藍的北國天空，忽然轉向陰森。

縱然是看慣三教九流的咖啡店經理，難免也要對這位推門而入的艷色女郎注目垂涎。除了讓人眼睛無法不停留的嬌媚，還有那種從容不迫，充滿自然和自信的氣質。然而仔細觀察，那冷若冰霜的表情和寒冽高傲的眼神，讓這位韓國大叔猛然想起來，莫非她就是他的性幻想對象，來自台灣的性感女神嬌安娜。

她點了咖啡，不理會韓國大叔的搭訕，拿出手機撥打。

「我已經到達了。」

「……」

「沒事，是我早到。」

「……」

「沒關係的，你慢慢來。」

嬌安娜說完，收起手機，就靜靜地看著窗外。石橋下是滾滾的車河，重重疊疊的高樓大廈間，矗立一個粉青色圓帽狀的屋頂，那裡就是首爾火車站。她記得首爾好像有兩個火車站，此刻她遙望的是舊火車站。當時她來韓國拍片，去過新火車站，有個很大的地下百貨公司。還有一個水柱通道，經過時會令人聯想到海軍儀隊中，寶劍交叉成無數個拱門的情景。

咖啡端上來，嬌安娜喝了一口，同時開始回想在一個月以前，有個名字叫做「章劍波」的男子在她的臉書留下私訊，表示他可能知道她的身世之謎。嬌安娜起初根本不甩，因為多年來聽多了這種無聊的訊息。不過接踵而來的說明，包括具體化的內容和證據，讓她怦然心動。最有說服力的是，對方說出她原來的姓名：蘇珞美。這個名字就像一道曙光，照射入她陰暗的心靈角落。因為依照收留她的養父母說過，當她被警察發現時，只會喃喃說道兩個發音類似「落梅」的字，所以才會替她取名「洛梅」。如今對方又多說了姓，而且這個姓對她而言，似乎別具含意。不過當嬌安娜問到如何能夠得知她的身世之謎，對方卻始終避而不談。

後來，嬌安娜開始主動去調查那個名字叫做「章劍波」的男子，發現對方是個在韓國有些知名度的企業家。他的集團有營養食品、化妝品等。令她更加驚訝的是，他竟然已經向她所屬的公司，大力推薦她擔當多樣韓國產品的代言人。因而，換成嬌安娜積極地去聯絡章劍波。對方以慎重的口氣表示，兩人最好當面對談，他近日將會來台灣。

不過，嬌安娜可不想等待，趁著拍片空檔，立刻隻身前往首爾。除了確認他的說法是否正確，也想知道他如何能夠得知她的身世之謎和了解他的動機。最大的希望，說不定會喚醒她的記憶。

十分鐘之後，從門口走入一名穿著體面的男士。嬌安娜一眼認出他就是章劍波，因為她看過他的照片。隨著咖啡店經理的指示，他快步走向嬌安娜。

「不好意思，竟然讓大明星先到。」

對於男人，嬌安娜和歡場女子類似，並不注重儀表和外貌。不同的是，歡場女子關切的是對方口袋裡的錢，嬌安娜好奇的是對方的肚子到底有沒有貨。

「沒事，是我提前早到。」

「歡迎妳來首爾。」章劍波微笑地做了個歡迎的手勢。

嬌安娜坐著不動，只是仰起頭來，看著那張有些虛偽的臉，用冷淡的口氣問著：「在這裡談嗎？」

章劍波似乎習慣美女的冷漠，依然笑容不改，殷勤地說明：「雖然這裡是韓國，但是您是台灣的大明星。如果讓人看到了，尤其是專門挖掘演藝圈八卦的狗仔隊，對您的形象恐怕有所影響。所以我特別包下了這家咖啡店，沒有閒雜人來打擾。」

嬌安娜聽了章劍波的說明，才發現整個咖啡店除了那個色瞇瞇的大叔之外，見不到任何人。於是開門見山地說：「我專程從台灣來韓國，我希望能夠得到我想要的答案。」

「當然、當然！」

章劍波對咖啡店經理做了個手勢，對方並沒有走過來，只是點點頭，將店門關上，並且把「本日暫停營業」的牌子掛上，然後隱身不見。章劍波儼然以一店之主的姿態，熟門熟戶地去架上拿了杯子和一些零嘴，還有一壺韓國人常喝的麥茶。

嬌安娜率先開口說道：「關於您目前協助我將要在韓國演藝圈裡的發展，我由衷感謝。我原先也不知道，因為都是透過公司安排，所以沒有在第一時間跟您道謝，請不要介意。」

「在商言商，我盡我的能力去協助妳在演藝路上發光發熱，是為了賺錢。而妳也要憑自己的才華和努力，才會有亮麗的成績，讓我的投資有了回收。我們還是言歸正傳吧！我是在偶然的機緣，從妳的簡介，知道你的本名叫做謝洛梅。不知道為什麼，這個名字讓我聯想到一個名字叫做蘇珞美的小女孩。算算年紀也是相符。年紀久遠，面貌五官自然是無法對照。當然，還有其他因素，例如：妳小時候好像被綁架、囚禁，還是甚麼的……童年記憶一片模糊。我起先是基於好奇的心理去調查妳過去的個資，結果發現妳們似乎是同一個人。這些，我都已經和妳說過了。」章劍波抓起一把松子，邊吃邊說：「在來往的信件，我盡可能地說明蘇珞美的過去，我個人也認為我已經將妳的疑惑解釋很清楚。當然，如果妳認為妳不是蘇珞美，那就算了。或者妳認為妳是，但是過去就讓它過去，不願意讓陳年往事弄亂妳目前的生活，那也算了。就算我白忙一場好了，以後我就不再提起這檔事。不過，我還是仍然支持妳在韓國的演藝事業，不受絲毫影響。」

「謝謝。」嬌安娜的表情透露一些不耐煩。

「那我就把我所知道、能夠知道的細節，說明清楚。所以，妳盡管發問吧！至於我的動機再單純也不過了，就是好奇，想知道事實發生的真相。」章劍波看了嬌安娜一眼，露出心虛的笑容，說：「我知道你不會相信關於我的動機，說真的，連我自己都覺得這個理由很可笑。至於真假，由妳自己發覺吧。」

「姑妄信之吧！」嬌安娜笑笑，說：「你和蘇珞美是甚麼關係？」

「我的父親在蘇志誠博士家幫傭。有關蘇志誠博士在貝類學上的成就，妳可以上網查證。蘇珞美是蘇志誠博士在外面生的女兒，是個智障少女。」

「你說蘇珞美九歲那年被蘇家送去韓國。可是，我的情形好像不是這樣。」

「蘇珞美在九歲那年被蘇家送到韓國治療是蘇家對外的一種說法。事實是如何，沒有人知道。我的父親知道一些秘密，可能被迫禁口，所以連我都沒說。」章劍波說完，臉上忽然出現一種混和著悲傷和憤怒的表情，接著又說：「蘇珞美是否被送到韓國治療，應該只有蘇太太和少數人知道。我個人認為當時的妳可能走失，或是被人誘拐。蘇太太為了怕被蘇志誠責備，所以騙大家說妳被送去韓國。更有可能，蘇太太為了獨吞蘇家的產業，私下把妳送走，然後騙大家說妳被送去韓國。」

「如果蘇珞美沒有被送去韓國，而是如同你所說的，我很可能就是蘇珞美。領養我的父母和輔導我的心理老師都說我有腦部發育遲緩，別人是記不起四、五歲以前的事物，我是想不起八、九歲以前的事物。這種生理異常的比例不多，發生在黃種人身上尤其少，所以我是蘇珞美的可能性又增加一成。如果誠如你所說的，蘇珞美的親生母親是個外國人。」

「妳想不起八、九歲以前的事物，一點點都想不起來嗎？」

「不是想不起來，而是不敢確定。好像是……」嬌安娜舉了幾個例子後，立刻按住額頭，滿臉困擾。

「這……不必妳自尋煩惱，只要順其自然，妳所需要的答案，就讓蘇家去幫妳證明！」

「那……萬一他們根本不想，以為我是覬覦他們的財產？」

「這個嘛！妳放心，妳完全沒有資格。不過，話說回來，妳這次只不過是想再一次驗證妳的身世。從妳的個人紀錄可以證明妳並非詐欺，這有甚麼好擔憂的。除非妳自知不是蘇珞美，卻非常想要這個身分。」

「我才不希罕。」

「我知道。」

「你說蘇珞美的雙親皆亡，那親人呢？」

「據我所知，蘇太太本名叫做宋文媛，是個韓國人，私德非常敗壞，以後有機會再慢慢說給妳聽。蘇志誠死後，她就開始搞建築，賺了大錢。後來出了問題，被迫退休。宋文媛和蘇志誠有一個孩子，蘇珞美同父異母的弟弟，目前是專門經營美術骨董買賣的『誠光藝術空間』的執行總裁。」

「所以我和蘇鵬飛應該有血緣關係。」

「那可就難說，這要看蘇鵬飛是不是蘇志誠的親骨肉。據我所知，宋文媛是個楊花水性的女人，連自己丈夫的好朋友都搞上了。我知道她有個私生女，小時候住在韓國。長大後帶在身邊做生意，後來生意做垮了。那個私生女也蠻厲害的，高票當選新北市市議員。不過，我建議妳不要主動這麼做。先看他們怎麼出招，我們再想想如何拆招。」

嬌安娜雖然保持不變的表情，但是眼神透露出她完全同意對方的說法。

「對我而言，只是想尋回妳童年的記憶而已。如果他們主動要求ＤＮＡ鑑定，那我也願意完全配合。」

「總之，妳就隨妳的意願去演出一齣妳自己想演的、真實的戲劇，就在妳自己的人生劇場。」

章劍波的動機何在？目的何在？他自己也承認絕對不是他自己說的那麼單純。如果兩相不衝突，各得其利，嬌安娜不在乎被利用。

「我既然幫妳拉起序幕，第一場戲就由我來編劇吧！妳總不能無緣無故跑去跟蘇家，自說自話妳是他們家失散多年的小姐。我要借你一幅版畫！我言明在先，是暫時的『借』。不論妳認祖歸宗也好，想起往事也好，甚至無疾而終。三個月之後，務必要把那幅版畫歸還給我。」

「聽你說得這樣慎重。我猜那幅版畫不是對你意義重大，要不然就是價值不斐。」

「屬於後者。它是韓國已故的心靈派版畫家姜正武的作品「My Angel」。這幅畫曾經是屬於蘇家的，後來不知道怎麼不見了。我在沒多久以前無意中發現，趕緊高價收購。聽說這幅畫有神祕的魔力，我是姑且信之，但是已經身故的蘇志誠博士和他的太太宋文媛可是深信不疑。所以，如果妳說妳日夜欣賞那幅版畫，然後啟動妳的記憶鑰匙，所以妳逐漸恢復記憶！那位宋文媛必定深信不疑。」章劍波望著嬌安娜一臉的不相信，露出神秘的笑容，說：「哈哈，不信的話，妳谷歌一下就知道了。」

嬌安娜依照章劍波說的話，用手機上網，輸入關鍵字，立刻有大量有關心靈派版畫家姜正武的資訊。毀譽參半，但還是有很多治好類似失眠症、憂鬱症、自閉症等心理疾病的案例。不過，沒有關於「My Angel」的任何報導資料。

嬌安娜似乎還有很多話要說，但是一時找不出話題。

「昨天晚上，首爾的電影文化協會會長請我到一家名叫『野趣』的高麗傳統餐廳吃飯，我覺得很不錯，等一下就一起去用餐吧！」

「最後一個問題。你說你的動機再單純也不過了，就是好奇，想知道事實發生的真相。可以告訴我到底發生了甚麼事？讓你產生好奇。」

「我們先去餐廳，在享用美食和溫馨的氣氛中，再慢慢告訴你。好嗎？來日方長，誰知道將來會有甚麼變化。」章劍波輕柔地攬住起立的嬙安娜，一面引導她走向大門走，一面低聲地說：「那家餐廳有種很合台灣人口味的湯粥，妳一定會喜歡。哦！我來開門。」

「你還蠻有紳士風度。」

「我可不是對每個女孩都這樣子的喔！」

章劍波專心開車，嬙安娜則望著窗外的街景。在一、兩首陌生的旋律之後，響起嬙安娜最愛的歌曲，冬季戀歌的「我的回憶」，因為自己和劇中的男主角遭遇一樣的命運，只是人生的階段不同而已。比較起來，自己似乎比較幸運。隨著旋律，嬙安娜不由自主放鬆了緊繃的神經，開始以女人的視角去打量這個來路可疑、心機叵測的男人。

目的地「野趣」餐廳，客人用餐的地方，是在一大片有花有樹的庭園裡，餐桌之間是利用竹簾隔開。餐桌旁邊，擺滿了奇形怪狀的石頭，石縫中透出的各種顏色的燈光。章劍波事先訂好菜單，所以餐點很快地由穿著朝鮮傳統服飾的服務員端上來。

「妳看，這就是我最喜歡吃的湯粥，裡面有碎雞肉、紅棗和人蔘。怎麼樣？很不錯吧！」

「嗯！馬西達。」

「謝小姐會說韓語？我忘了！妳也算是半個韓國通。」

「只會幾句簡單的會話。不過有關這句『馬西達』倒是有個笑話。念大學的時候，我和來自韓國的同學去夜市。她每吃一種，就不斷地說『馬自達、馬自達』，我很納悶食物和汽車有甚麼關係。弄清楚意思和發音，才知道那是『很好吃』的意思。所以『馬西達』算是我學會的第一句韓語。」

嬌安娜喝了一口酒後，臉蛋迅速燒紅起來，顯得格外豔麗動人。此時，忽然傳來一陣歌聲，正是嬌安娜所熟悉的旋律，所以跟著哼唱，章劍波就著歌詞，翻譯給嬌安娜聽。

「今晚陪我，好嗎？只有今晚，因為不知道以後是否會再相見，請給我激情的今夜。找一間能看見大海的旅店，讓我們在月光下相愛。明天醒來時，即使只有我一人站在楊柳樹下，我也不會埋怨無情的晨曦……。」

不知道是烈酒、還是歌聲、還是寂寞的夜色，兩人自然而然地摟在一起。沒有月光，只有石燈籠裡的光線把深夜的庭園，照得宛如是黎明的前刻。嬌安娜想起章劍波對自己所說的那一句「來日方長，誰知道將來會有甚麼變化」，不由得露出自嘲的笑容。

第三章

去年九月的最後一天，灰藍的天空，漂浮著各式各樣、讓人幻想甚麼就像甚麼的雲朵。蘇鵬飛打開窗戶，讓清風和紗簾共舞。隨後吃著從冰箱裡拿出來的吐司，喝著鮮奶，看著鄰居養的花貓出現在自家的陽台。四眼相接，彼此有種做錯事、被發現的刺激感。

蘇鵬飛打開電腦，發現幾封尚未閱讀的信件。他一眼就注意到其中最不尋常的一封，迫不及待打開。匆匆略過信中內容，就打開附件。那是一份ＤＮＡ鑑定報告書，蘇鵬飛略過密密麻麻的注意事項，目不轉睛地注視鑑定結果那一欄。大約過了幾分鐘，他從書桌的抽屜取出一封手寫的信。

那封信來自一位自稱是他失散多年的親姊姊之手。筆意誠懇，明顯不是惡作劇。內容清晰明確，所以應該不是詐騙之類。至於令他無法等閒視之，乃對方是個名人。雖然是個專門演三級片的艷星嬌安娜，經過探聽之下，其人形象不差，私生活也算檢點。

刻印在蘇鵬飛的腦海裡，姊姊是個心智發展嚴重遲緩的少女，而且她那宛如水仙花般的姿容和這位豔名遠播的的女明星根本是天壤之別。可是信中所寫的，字字有根有據、句句合情合理。

那是一封讓蘇鵬飛不得不注意和關注的信。依照身為畫商的職業本能，他展開調查。他確認嬌安娜根本不是他的姊姊蘇珞美，但是從他有個同母異父的姊姊宋鳳慈，不能不保證嬌安娜和他有血緣關係。因此他回信給嬌安娜，希望兩人在互不相見的情況下，各自到雙方認可的檢驗所做DNA鑑定。除了身份的確認之外，蘇鵬飛對於嬌安娜口中的版畫「My Angel」也是充滿極度好奇。老實說，他對於那一幅失蹤多年的版畫「My Angel」的興趣遠大於嬌安娜的真實身分。

檢驗所寄來的檢驗報告，確定了蘇鵬飛和嬌安娜的血緣關係。只是報告的資料無法證實嬌安娜是否和和自己同父同母、同父異母或同母異父。謹慎思考，最大的可能性是同母異父，至於是不是和阿姐宋鳳慈同一個父親，那就另當別論了。

蘇鵬飛關上電腦，陽台上的花貓也優雅地完成了晨光下的漫步。臨去回眸一望，張了張口，似乎對他說：好戲就要上場了。幾乎同時，他從手機簡訊收到嬌安娜的晚餐邀約。

嬌安娜指定的咖啡屋，店名「梵谷」。

蘇鵬飛提早半個小時到達。推門而入，迎面是一個年輕的女孩。她穿著草綠色的上衣和桃紅色的短褲，全身上下披掛著蝴蝶結的髮飾、紅心或星星造型的耳環和項鍊、一雙手被無數個手鍊和戒指所佔據。蘇鵬飛注意到她平淡的臉龐，右邊驚心動魄的出現了黑紅交錯的斑痕。年輕女孩似乎很習慣陌生客人透露出驚訝和憐憫的眼光。精緻的menu原本就是一本手繪本，上面寫著一些詩句和俏皮話。

因為嬌安娜事先交代，肚子空空的蘇鵬飛便先點了義大利番茄貝殼麵。服務員端上來，挖塞！一大盤血淋淋的的耳朵。蘇鵬飛記得每次吃番茄義大利麵，總會聯想熱情的太陽和艷紅的玫瑰。這可怕的聯想，除了店名「梵谷」和疤臉女孩，主要是他將要面臨和嬌安娜會面的緊張和迫切感吧！

不過，當蘇鵬飛抬頭再看疤臉女孩一眼，發現她臉上可怕的斑痕實際上是精心畫上去的圖案。窗外繁茂的蔓藤，然後隨著逐漸西沉的日光，化成玻璃窗上黯綠的花紋。疤臉女孩再次出現，她的身後多了一條玲瓏有致的人影。

蘇鵬飛趕緊站起來，望著女子拿下墨鏡和口罩，見慣媒體海報上的嬌安娜，如今她似乎換上另外一張臉。

兩人相見，除了微笑，一時無語，甚至連起碼的打招呼都忘了。

嬌安娜不等蘇鵬飛回神，自己坐下，仰著頭說：「沒想到我們是姊弟。」

蘇鵬飛如夢初醒，趕緊跟著坐下，說：「是啊！沒想到我有一個當大明星的姊姊。」

「我們在電話中談過，你認為我們是同母異父的姊弟。為什麼？」

「我知道我阿爸在年輕的時後，外面有一個女人，不過她生下小孩就死了。那個小孩就是妳自稱是妳自己的珞美，不過事實證明並非如此。」

「為什麼？」

蘇鵬飛說出他的想法，這也是嬌安娜當初的想法，但是她不想說出章劍波的假設和推理。

「自我懂事以來，我的阿爸就神經衰弱、體弱多病。我不認為他會有別的女人。既然DNA

鑑定下來，妳我有血緣關係，從妳的個人資料推算，我們應該是同母異父的姊弟。」

「所以我被一生下來就被母親拋棄了！」

「或許她有不得已的苦衷。」

「不得已的苦衷，我的確可以了解。」嬌安娜的口氣有明顯的怨懟。

「我給你一個良心的建議！妳不要去招惹我的阿母，她不是一個普通的女人。」

「從她狠心拋棄自己的骨肉，就可以證明她不是一個普通的女人。」

「而且不是只有妳一個。」蘇鵬飛看了滿臉迷惑的嬌安娜，接著又說：「這個謎題就由妳自己去解吧！很容易，只要問問我們的親朋好友，就會得到答案。」

「被你一說，我心中有譜。」嬌安娜再度想起章劍波跟他說過的話，宋鳳慈的臉立刻在眼膜前一滑而過。

「我希望妳答應我一件事情。如果妳堅持要去和我阿母相認，能不能不要把我扯進去，也就是說不要提起我們的ＤＮＡ比對鑑定。可以嗎？」

「沒問題！我用我自己的方法。其實能過證明我的一半身世，我就很滿意了。關於我的生父，你有甚麼想法嗎？」

「妳說妳心中有譜，那麼就照那個譜去追溯，八九不離十。」

「聽說那個人消失多年……」嬌安娜倏然住口，做了一個「抱歉、不關你的事」的表情和手勢。

「我想我會把妳寫信給我的事情稟告我阿母。但是除了剛才所說的DNA比對鑑定，我還會隱瞞我今天、還有未來的相見。接下去，妳怎麼做，我不干涉。如果妳需要幫忙，我做得到的，我一定盡力而為。」

「謝謝你，弟弟！」嬙安娜伸出手按住蘇鵬飛放在桌上的手。

「不客氣，姊姊！」蘇鵬飛在心中產生的暖流竄升到雙眼。

蘇鵬飛讓疤臉女孩把還剩下的半盤貝殼麵收走，並點了飲料，然後對嬙安娜說：「妳說有個名字叫做章劍波的人跟妳說，妳就是我的姊姊珞美？雖然證明妳不是她，卻是我的另一個姊姊。他到底是個怎樣的人？我覺得事有蹊蹺。他到底知道我家多少祕密？他居心何在？」

「我會查清楚。」

蘇鵬飛不忘版畫「My Angel」，建議是否可以親眼觀看。於是，兩人一用完晚餐，便連袂到嬙安娜的住處。蘇鵬飛沒想到多年之後，還能夠再度親眼目睹「My Angel」的真跡。五味雜陳的震撼、無法形容的滋味，版畫中那個手拿著貝螺的小女孩，他同父異母的珞美姊姊更讓他激動到幾乎無法克制。

兩人繼續秘密「交往」約一個月，見面的地點都是在天寶皇居，嬙安娜的住處，因而引起媒體的注意。直到有一天。嬙安娜突然打電話給蘇鵬飛，告訴他一個天大的秘密。

月明星稀下的「天寶皇居」，在面對公園的眾多窗戶之一。昏暗的燈光裡，嬙安娜正拿著手機講個不停。安靜的夜，響起了詭異的聲音。本來以為是自己幻聽的嬌安娜現在聽得清清楚楚。

「咦？好像有人在外面。我去看看到底是誰，可能是管理員，或是隔壁的小麻雀來找我？妳等一下哦！千萬不要掛斷，把她們打發走之後，我們再聊。」

嬌安娜將手機擱在小几上，以彷彿有千萬觀眾在注視她的優姿美態，從沙發中撩高玉腿，然後踮著腳尖，往門口走去。

從魚眼望出去，沒人！小心翼翼打開門，沒人！嬌安娜探探頭，左看右看，沒有半個人影。前方的A室和電梯門都關得密不透風。右前方的安全門，沒有關好，裂出一道黑色的痕跡。不知是否眼花，嬌安娜感覺好像有個人影閃了一閃。然而仔細再看一眼，卻是什麼都沒有。左邊B室和C室的門也是關得緊緊地，盡頭是一面大窗。明亮的月光流瀉進來，讓設計成五線譜圖案的走廊，跳動著一大群銀色的音符，似乎正在演奏夜之奏鳴曲。

「明明就聽到門口有聲音，怎麼會……？奇怪，我是不是太疑神疑鬼了！」嬌安娜搖搖頭，喃喃自語一番，再把門關上。

她坐回沙發，對胡海棠抱怨：「明明聽到有聲音，結果沒人，難道我幻聽？我們剛剛說到哪？」

「我也忘了！我對我的老同事章劍波充滿好奇。我想知道你們怎麼認識的？」

於是，嬌安娜把章劍波為什麼和她聯絡，以及她去首爾找他的前因後果說得很清楚，但是保留了她和章劍波首次見面就上床的章節。然後說到胡海棠那次遇見他們，也就是章劍波回台的第一天。

胡海棠很想直接了當地問嬌安娜對於自己的身世調查的結果如何，但是身為心理諮詢師，由於習慣使然，不論聆聽或引導說話，總有一定標準程序。

嬌安娜接下來又說了大半天，包括章劍波去國多年，所以很多以前的事情都忘記了。

胡海棠見縫插針，趕緊問道：「妳說妳想起了那個曾經性侵妳的人，妳知道他是誰？」

「那個人就是……。」嬌安娜又換了一個坐姿，眼光瞥向那幅手拿著貝螺的小女孩版畫。

「喔！到底是誰？」

胡海棠繼續追問，嬌安娜忽然停頓下來，彷彿思索如何回答。其實不是，她又聽到門口有奇怪的聲響。這回可真惱了，兩個腳板用力往地上一蹬，連句話也不交代，氣沖沖地往門口再走去。

嬌安娜才到門口，門驟然自動被打開，她還沒弄情楚怎麼回事，眼前一條黑影就衝進來。她感覺自己胸口被一硬物碰擊，隨即而來是巨大的刺痛。雙手無助地揮舞，那件豔藍色的緞子罩袍鬆開來。就這樣，昏死過去。

安安靜靜的房間裡，書桌上的手機訊號顯示通話中。一隻戴著黑皮手套伸過去……

胡海棠焦急地對手機發問：「嬌安娜，妳怎麼啦？」她的耳邊是「沉默」。

「我方才似乎聽到一些怪聲音，到底是怎麼一回事？」她的耳邊是「無言」。

「妳不要只發出呼吸聲，亂恐怖的！難道妳想要模仿性變態電話嗎？不要嚇我，嬌安娜……」

手機訊號顯示通話中，但是胡海棠的一放到耳邊，卻只有「微弱的呼吸聲」傳過來。

到底經過多久呢？嬌安娜終於悠悠清醒過來。但是眼前一片黑暗，接著下來的直覺告訴她，她正在被性侵。她全身無力，無法動彈。當腫脹堅硬的物體不斷地在嬌安娜的體內抽動，如同往常的經驗，每一次的衝擊，破碎的記憶似乎又多了一塊拼圖。原來自己在情慾片上出色的表現，不是演技、不是對性的渴望，而是急於解開深鎖記憶中的迷團。

嬌安娜努力地想看清對方的臉，卻聞到身上的男人所飄散出來的體臭，讓逐漸清醒的嬌安娜，中斷了好不容收集到的一點點記憶。她忍不住地嘔吐起來，並且開始極力掙扎。但是身上的人影仍然持續「騎馬」的姿勢，彷彿正在不斷地跨欄……跨欄……直到終點。

身體上的重量消失了，惡夢終於停止了。依然躺在地板上的嬌安娜，仰著頭聽著遠去的腳步聲。接著是門被打開，再被關上的聲音，最後歸於平靜。她在黑暗中動了一動，讓身體上的疼痛略為減輕，才一面用手背擦拭嘴邊的嘔吐物，一面拖著精疲力竭的身體走向浴室。

這個時候，房間忽然大放光明。原來嬌安娜是在停電的時候被性侵。她用顫抖的手扭開開關，讓溫暖的水柱緊緊擁抱著她。她知道她不應該這麼做，她必須保留證據，但是沒辦法，她必須把身上所有的髒汙洗乾淨。因為，如果她報案，她的演藝生涯可能從此斷送。但是，她一想到如果被拍照，那麼情況可能更糟。應該不會，剛才停電……但是，如果用閃光燈？千頭萬緒，只能把性侵過程中的細節盡量記住，因為這是她和失去的過去，一個非常重要的連結。

當嬌安娜緊迫的神經逐漸放鬆時，忽然發現浴室的門被打開，還沒來得及感覺害怕，她就被推倒在地上。隨之而來是遮住燈光的黑影，然後是欺身而來的重量。嬌安娜想要尖叫，可是叫不出聲。因為，一條鐵鍊子快速地圈上了她的脖子。她用雙手去拉鐵鍊，試圖反抗緊摧的壓迫感，卻沒想到連指頭都被捲進去，八個骨關節迅速地把嬌安娜的氣管擠成一個扭曲的水管。

盤繞在嬌安娜脖子間的鐵鍊一度鬆開，項鍊被扯斷，散落一地的珍珠。她不斷地咳嗽、喘息。然後，抬頭一看那個跨坐在自己身上的人，眼睛立刻露出迷惑和憤怒的光芒。

嬌安娜的迷惑逐漸減弱，憤怒卻迅速加強。但是憤怒的光芒過沒多久便消失無蹤，因為那條冰冷的鐵鍊再度圈上她的脖子。

「嬌安娜，妳怎麼啦？」

「……」

「我方才似乎聽到一些怪聲音，到底是怎麼一回事？」

「……」

「不要嚇我，嬌安娜……」

對方掛斷，然後關機。

一直得不到回應的胡海棠只好無奈地放下話筒。這到底是怎麼一回事呢？她感到腦袋瓜裡，飛滿了無數則死亡預言。

報警！

可是當胡海棠按下第一個阿拉伯數字時，不禁湧起警察是否會信任她的說詞。最重要的一點，嬌安娜的藝人身份。萬一被狗仔隊發現一絲絲風吹草動，難保不出現在明天各大媒體。尤其最近網路媒體流傳嬌安娜正在和名流蘇鵬飛交往，更不能不謹慎。但是在這段空檔，嬌安娜是不是發生了甚麼可怕的事情？剛才所聽到的呼吸聲和奇怪的音效，宛如空谷回音，剎那間又在耳朵激盪出來。

腦海再閃過一個念頭，胡海棠再次拿起手機，花了很長的時間才找到小麻雀的聯絡電話。胡海棠和小麻雀不熟，所以連她的名字也不知道。只知道她姓羅，不知是嬌安娜的助理還是經紀人。她和另外兩個剛出道的女星住在嬌安娜的隔壁，四個女孩同屬於一家經紀公司。

「喂？小麻雀嗎？對不起，怎麼晚了，還打電話給妳。真的，不知道我有沒有吵到妳。」

「沒有啦！我還在公司。什麼事呢？」

「我是嬌安娜的朋友胡海棠。」

「喔！我知道，妳就是那個心理醫師。」

不是，我不是心理醫師，我是心理諮詢師。不過，胡海棠沒有時間解釋兩者之間的差別。她急促地說：「是這樣子，我剛才和嬌安娜通手機時，她說好像有人找她，還說可能是管理員，或是妳去找她。要我等一下。可是，我等了好久，又聽到很多奇怪的聲音，然後嬌安娜一直沒來回話，我很擔心萬一發生了甚麼不好的事。」

「有這種事？」

「能不能麻煩你立刻過去看看到底發生了什麼事？」

「可是，我人在公司。」小麻雀似乎很為難。

「如果沒辦法，妳可以打電話拜託管理員去一趟。」

「好啊！我就打電話好了。」

「謝謝妳。還有不論有事沒事，妳一定要給我回電。」

「好，我現在就連絡。」

「謝謝妳，請小心。」

交代完畢後，胡海棠的眼角餘光掃過放在木桌上的電子相框。不斷變化的照片，正放映著……嬌安娜摟著自己，兩人笑得好開心，背景是巴黎的凱旋門。

那是一年前的秋天，她們參加歐洲旅遊時所留影。記得當時導遊帶整團去紅磨坊看秀，胡海棠覺得無聊，不想進去看。於是嬌安娜就陪她在附近逛來逛去，結果引來各種膚色男人的凝視，有的人還以為她是秀場裡面的歌舞女郎，嬌安娜的光采把巴黎最有名的風化區照得光輝燦爛。

等待中的胡海棠不禁掉入另一個回憶的漩渦……。

第四章

今年春節的最後一天，女王經過馬組長的辦公室，牆上的電子鐘標示23點35分。燈還亮著，難道這麼晚了，還在加班嗎？於是敲了敲門。

「請進。」

女王把頭探進去，說：「老馬，怎麼還沒回去？」

「處理一些公文。妳呢？」

「我今晚值班。」

「進來坐坐、聊聊吧！」

邁入中年後段的馬組長，長得十分高大健壯。早期練過舉重健身，肌肉十分發達。臉上原本凹凸不平的皮膚在慘淡的日光燈下好像雨後泥濘的大地，亂糟糟的頭髮彷彿是豎直的葉芽，難怪有人暱稱他「鳳梨」。比起肉壯的馬組長，本名王筱語、死也不肯承認已經三十五歲的女王簡直是「甘蔗」。不過別看她瘦巴巴，可是國術高手。近身格鬥，馬組長也不是她的對手。

馬組長的組員之中，以前有個本名叫做王效瑜的女警。個性冷靜威嚴，身材削瘦精實、迅速靈活的動作加上炯炯有神的眼光，立刻讓人聯想到銀幕上的女打仔。事實上也是如此，她念大學時，蟬連多次國術冠軍，號稱雙槍王八妹。她是普通大學畢業，當了幾年老師後，參加考試進入警界。後來由於她的性格和辦案態度，贏得「破案女王」的綽號，簡稱「女王」。她自己很滿意這個稱呼，有時會自稱「朕」。她加入馬組長的團隊沒多久後，因為在連環毒殺事件表現良好，就升等到別的單位去了。以上紀錄可以參考《夜色滾滾而來》一書。

王筱語是一路跟著馬組長走過來，兩人的情感不像上司和部屬的關係，有點像不分大小的師徒，又有點像喜歡互相吐槽的兄妹。不論在工作上，連生活的點點滴滴，彼此都付出高度的關懷。她原本和馬組長同一組，後來高層決定另有他用。但是，兩人還是保持密切的聯絡。王效瑜走了，王筱語就被調回原來單位，再度和馬組長並肩作戰。

回鍋的王筱語自是不可和當日相提並論，她的名字和王效瑜發音類似。雖然兩人個性迥異，但都是屬於身手不凡的行動派，破案成績也在伯仲之間。所以大家就把「女王」這個稱號轉封到她頭上。不過，年輕許多的新任女王謙虛多了。

「我剛才救了一杯奶茶！」

馬組長眼皮動了一下，愛理不理。

「我剛才吃了一份卡拉雞腿堡。上餐之前，酷弟服務員旋即給了我一大杯奶茶。我喝了一口，覺得這家店真是佛心來著。殊不知，那位酷弟服務員說了聲『拿錯了』，正要端走。好幾個念頭浮上心頭。其中之1)他可能端去給……我猜就是那看起來像是賣保險或是房屋仲介的中年男子。其中之2)他可能倒掉……然後會被店長臭罵一頓。其中之3)、4)等等。於是，我多付了錢，買下那杯奶茶。只是我計算一下，今天可能沒有額度再吃一客冰淇淋或是一塊蛋糕。我說的是卡洛里，而不是今天的餐費。」

「感謝妳來，但是能不能不要說那麼多浪費口水的廢話。」

「老馬，你為什麼看起來心神不寧？」

馬組長用力扯出一絲笑意，反問女王說：「妳怎麼看出來？」

「想必是和大嫂吵架。」

「妳這是瞎貓碰上死老鼠，還是像福爾摩斯一樣，從我身上瞧出甚麼蛛絲馬跡？」

「很嚴重吧？否則不會躲在辦公室，假裝加班，其實不敢回家。」

馬組長當作沒聽見，彷彿要幫忙打破僵局，電話鈴聲適時響起。馬組長反射性地抓起話筒，面色轉成凝重，然而眼眸卻放射出興奮的光輝。女王知道好戲要開鑼了。果然不出她所料，馬組長放下話筒，低沈地說：「有個女明星被殺，我們行動吧！」

「天寶皇居」是一棟淡綠色的二十八層建物，位於松江路社區公園的側邊。外觀是金碧輝煌的羅馬風，內部則是採取時下流行的多功能規劃。面對馬路的第一層和第二層是24小時營業的小型賣場，第三層到第五層是健身房、會議室和小電影院、閱讀室和KTV等娛樂空間。以上的樓層就出租給工商企業當作辦公室。二十六層以上將要設立高級餐廳。其他的房間就一般的居家住屋，又因為不同格局，又分成大、中、小坪數。小坪數就是豪華套房，適合單身高端男女居住，集中在十六層以下。出入口則是面對公園，環境非常安靜優雅。

馬組長一行人到達的時候，命案地點是六樓D室，門口站著一個穿著保全制服的粗壯中年婦女和三個大約二十歲左右的妙齡女郎。其中一個相對比較年長、打扮正式亮麗，看起來像是個時髦的OL。其他兩個年紀較小、較為甜美，穿著有漫畫人物的休閒衣褲，上頭披著厚厚的羽絨衣。其中一位的頭上夾著奇型怪狀的髮夾，另一個的臉上還貼著眼膜。

早先到達的幾位員警看到馬組長到來，其中一名地區派出所的資深員警立刻報告死者姓名、職業、年齡等，還有一些其他事項，然後指指穿著保全制服的中年婦女說：「她是報案人。」

馬組長瞪著那名中年婦女，粗聲問道：「妳！有沒有人進入房間？」

中年婦女年紀大約四十歲，推推一臉驚慌的OL，淡定不懼地回答：「只有我和她。其他兩位只在門外觀看，我不准她們輕舉妄動。除了我的主管，我沒有驚動任何人。」

「妳是守衛嗎？」馬組長看了對方的制服，順便打量一下她粗壯的身材。

「我是專業保全。」

馬組長懶得和她爭辯，問道：「妳怎麼發現屍體的？」

可能是經過職業訓練，保全大媽態度從容，講話也很清晰分明。她指著身後神色慌亂的OL，說：「她打電話說這個房間很奇怪，要我進來看看，沒想到竟然發生命案。」

馬組長做出「有這種事？」的表情，轉身吩咐身後的女王和另一位有一張娃娃臉的張姓員警對四人展開偵訊，自己戴上頭罩、穿上鞋套，進入犯罪現場。

門口牆角有一盆被撞倒的植物，泥土撒了滿地，再往客廳過去，散落著似乎是死者的衣物，還有類似廚餘或嘔吐的穢物。

整間套房的天花板是以多層次木片堆疊而成，造成海浪的造型。海浪之間有許多燈泡。鵝黃色的牆壁掛了多幅死者的性感海報，馬組長花了些時間「研究」，再探頭看看臥室。床上擺滿玩偶、牆壁掛滿垂飾，還有靠窗的巨大化妝台，上面是數不清的化妝品。

「屍體呢？」

「浴室。」地區派出所的年輕員警抖著聲音回答。

馬組長避過走來走去、忙個不停的鑑識人員，走向浴室，戴著口罩的江法醫正在仔細地查驗屍體。

「好大喔！」馬組長一靠近，立刻現出「男人本色」的原形。不錯！屍體胸前的兩顆肉球，和江法醫那光禿禿的頭比起來，尺吋毫不遜色。雖然上面有明顯的傷痕，但是那嫩白的肌膚，柔美的弧度，配上酒紅色的乳頭，讓馬組長剎那間忘了自己的身份。

「喂！尊重死者。」江法醫瞪了馬組一眼。

「姦殺？」難怪馬組長有此第一想法，裸露的屍體，胸部出現多處的瘀青，尤其是乳暈附近，似乎有被抓傷過留下的血痕。

「老馬，不要老是盯著那裡看。」江法醫低聲警告，然後指著屍體的脖子，說：「這裡是致命傷。」

只見頸部的前側、後側及左右兩側，出現兩條深度有異的索溝，皮下出現溢血點，還有吉川線。由於索痕明顯，並出現一深一淺、兩道鍊狀的排列，所以法醫判斷，凶器可能是手指粗的鐵鍊。

「凶手以鐵鍊纏繞死者的脖子。」江法醫說：「這就是行凶的大略過程。除此之外，在左邊鎖骨下方有被電擊過的痕跡。顯然死者是先被電昏之後，再被勒斃。另外，手部有傷痕，但是無法辨認是不是防衛性瘀傷，或是一般性的拉扯。」

「死者一絲不掛，還有……」馬組長還沒說完，就被江法醫用眼神阻止。

馬組長做了個抱歉的手勢，改換比較文雅的說法：「生前是否被性侵？或是被屍姦。」

「我找到致命傷之後，就詳細地檢查過死者的陰部，生前有性器插入和些微精液的痕跡。目前分不出是強制性交或自願性性交。」

「喔！死亡時間？」

「不久以前，十點到十一點之間。解剖之後，會有更精準的死亡時間。」

「老馬，你看。」法醫用一隻棉花棒，撥撥死者的陰毛，然後指著大陰唇，說：「這裡有幾道類似刮傷的痕跡。」

「會不會是凶手穿著褲子搞，摩擦之間，褲子的金屬鈕扣或是拉鏈在摩擦時，使死者造成這樣的刮傷。」

「老馬，你真有經驗。」江法醫嘲弄地說。

馬組長不以為意，帶著遺憾的口吻，說：「從死者潮濕的頭髮判斷，被強姦之後，有洗過澡，微物蒐證會比較困難。」

「恐怕是如此！」

「咦？」馬組長發現死者右拳緊握，要求江法醫設法使之鬆開。

江法醫掰開死者手掌，手心有一顆珠子。江法醫用鑷子捏起來，在燈光下觀察。馬組長則發現浴缸的角落有一小段被扯斷的珠鍊，其他散落的珍珠則滾到低窪的地方。因為積水和略顯昏黃的燈光，乳白色的小型珍珠不容易被發現。

「看這光彩和色澤，應該是貨真價實的珍珠。」江法醫對珍珠似乎頗有研究，又說：「體積小了些，價格不會太高。不過，還算是高檔貨。」

馬組長讓江法醫繼續工作，走出浴室，在客廳東張西望一番之後，開始和鑑識人員交換意見。採取指紋的鑑識人員表示，除了死者之外，尚有多枚可疑的指紋和鞋印。另外，還表示門口的牆壁有撞擊的痕跡，證明和死者的頭部相符，包括形狀和殘留的頭髮。鑑識人員從客廳牆壁上的略顯空白的痕跡和空留一枚吊鉤猜測，有類似畫框、鏡框或相框的物品被移走。馬組長立刻派人去調查。他在客廳「巡視」完畢後，指示運走屍體，然後結束命案現場的偵查。馬組長看看眾人，不見女王和小張，估計他們的問訊任務還沒結束。

女王在馬組長踏入犯罪現場的同時，便迅速將保全大媽和其他三名女孩子帶開，並且利用一樓的管理室做為臨時辦案的地方。

經過初步問訊，得知綽號叫做小麻雀的OL被一位名叫「胡海棠」的女性友人通知，住在六樓D室的嬌安娜可能有不尋常的舉動，要她過去看看。她「強調」自己人在公司，只能打手機請求保全大媽過去看看。沒多久，她就接到保全大媽的回電，告知她這令人無法相信的消息。

至於保全大媽的說明是，當她接到小麻雀的來電，因為手邊有「重要事情」需要辦理，所以略為耽擱。她上樓去，按了幾次門鈴，久久無人回應，於是自作主張開門而入，結果在浴室發現嬌安娜的屍體。她當機立斷，先呈報上級，再用大樓警報系統報案，最後才告知小麻雀。

女王看看保全大媽和小麻雀等四人的基本資料後，因為小麻雀要求先回自己房間處理一些私事，便由保全大媽先接受詢問。至於那兩個女孩子，一個說她睡死了，一個說她帶著耳機看韓劇，根本問不出所以然。女王便讓她們先行離開。

「祝寶如女士，妳在這裡擔任守衛有多久時間？」

「直接叫我祝姐吧！我剛來十五天。」

女王抬頭看看對方的面孔，乍聽之下以為「註解」，然後聯想到「豬姐」。

「請妳詳細說明這棟大樓的設計和人員出入管控。」女王一踏入「天寶皇居」時，感覺門禁森嚴，所以第一個念頭就是兇手可能是死者熟識之人。如果不是的話，也許是同樣居住在這棟大樓的住戶、或是在這裡工作的人員？

祝姓保全立刻站起來，從檔案架拿出一份「天寶皇居」介紹，翻開讓女王看，同時說明：「誠如妳所見，這棟大樓有各種功能，所以設置各種保全人員。除了大賣場和商業用辦公室和一般住戶，其他就是適合單身男女或小夫妻的套房，簡稱密花區。」

「密花區？」

「秘密花園區。」

「祝寶如女士，妳一來就負責這一區嗎？」

「是，因為工作單純，適合我這個剛上任的新人。」

「了解！大賣場的出口是面對大馬路，商業用辦公室和一般住戶的出口是面對學校，密花區則是面對公園。」女王比對手中的資料，問：「所以目前密花區只限定六樓到十六樓嗎？」

「是的！」

「六樓到十六樓全部都是嗎？」女王為了確定，再問一次。

「不是，只有面對公園的一部分。每一層樓只有四間房間，共用一座電梯。換句話說，是一個獨立的空間。密花區的六樓，四間全部被天紅演藝經紀公司承租下來，分別給旗下藝人或工作人員或長期或短期或臨時居住。剛才我已經說過，D室只有嬌安娜一個人住。C室住三名模特兒，她們前天出國。A室的空間最大，作為讓他們公司員工過夜，類似旅館功能的場所，這幾天都沒人使用。B室就是給剛才那三個女孩子長期居住。」

「房客如何出入呢？我是指密花區的房客。」

「喔！必須經過我負責的櫃台，搭乘右前方的專用電梯。如果是開車的話，只能搭乘地下室的電梯上來。因為必須依照不同的區間，搭乘不同的電梯。所以密花區只有一座專屬電梯。」

「請問門禁如何管制？」

「就是這個感應卡！」祝姓保全從一串鑰匙中，挑出一個拇指般大小的東西，說：「先用這個打開大門！經過櫃檯，再用這個使用電梯，只能在特定的樓層上下。最後用這個，或是鑰匙，才能打開自己的家門。樓梯只限於緊急使用，同時出入口都有攝影機。」

「還有呢？」女王先點點頭，再看了對方一眼，偶而露出欽佩的表情。

祝姓保全似乎受了鼓勵，滔滔不絕地說：「這棟大樓的密花區是一個姓吳的投資客籌募資金，自行設計規畫和經營。也就是說，任何人都可以買這裡的房間。如果不住的話，可以委託他經手，出資人除了擁有產權之外，每個月又可以得到分紅。由於是平均分攤，所以多多少少都會拿到……」

女王很耐心地聽完一篇和案情幾乎無關的長篇大論之後，問道：「嬌安娜小姐的人際關係如何呢？我的意思是，她常常有訪客嗎？」

「這個，我就不清楚了！我是新來的，不過我可以請我的主管下來說明。」

「好，麻煩妳。」

女王在等待的時間，又問了祝姓保全幾個問題。

「她們那幾個同公司的女孩子有時候會和我說上幾句話，不過嬌安娜都是獨來獨往，從來不和我打招呼。」

祝姓保全的主管很快就出現，一個臉色蒼白的中年人，看起來很緊張。

女王先問他稱呼，請他坐下，放鬆心情。

「韓經理，請問最近有沒有人來找過嬌安娜？我的意思是常常或固定，或是引起你注意的人。」女王刻意不指明時間，僅以「最近」代替。

「她一直都是獨來獨往。後來出現個大約四十來歲的男人，看起來總是神祕兮兮的樣子。次數不多，卻讓我印象深刻。最近一個月，神秘男子不再出現，換了一個白白胖胖的年輕企業家。」

「神秘男子？有甚麼特徵？」

「神秘男人的打扮和樣子很像韓國人。」韓經理說了幾個韓國中年明星的名字。

「是，我知道。那另外一個男人呢？」

「聽媒體報導，那個比較年輕的男人就是誠光藝術空間的總裁蘇鵬飛啦！」韓經理顯得有些為難，說：「他來的次數比神秘男多，逗留的時間也比較長，有幾次留下來過夜。」

女王點點頭，繼續再問：「你說那個像池珍熙的男人呢？他和嬌安娜看起來的互動如何？常常來嗎？停留時間？」

「我記不清楚。如果妳需要正確的時間表，我電腦中有紀錄可以查。互動？硬要說的話，比一般朋友親密一點。我想他們可能是在合作甚麼生意。嗯！有一次和他們在電梯相遇，聽到他們好像要籌備甚麼電影吧。」

韓經理查了一下電腦紀錄，說：「他們都是搭嬙安娜的車子，逗留時間約兩小時，沒有過夜。只有錄像記錄，沒有書面紀錄。等一下，我查一下訪客登記簿。喔！幾乎沒有。最近半年只有一個女性訪客。胡海棠，兩人關係是朋友。」

女王一一記下之後，又問道：「還有其他比較特殊的訪客嗎？」

「沒有了。嬙安娜小姐平時眼高於頂，自以為了不起。但是對於那位蘇鵬飛，態度很卑微。我覺得……我個人看法，嬙安娜應該是有求於他。」

「怎麼說？」女王認為對方的說詞有所保留，所以再強調一遍。結果引來韓經理很多不必要的亂說瞎猜，只好改問：「今天密花區有沒有訪客？」

韓經理看看祝姓保全，要她說明。

「今天晚上七點以前，除了住戶自己帶的之外，只有三名外來的男性訪客，十一點以前離開。再來就就沒有了，包括所有的住戶都回家。如果需要更詳細的資料，就必須查閱電腦管控紀錄。」

「電腦管控紀錄？」

祝姓保全轉頭望韓經理，韓經理迅速回答：「除了手寫在平板的訪客紀錄，我們還將感應卡的紀錄儲存到電腦。我們就知道住戶何時出門和回家，甚至是否徹夜不歸或是出遠門。」

「麻煩你各列印一份給我。」

「是。祝姐，妳去印吧！」韓經理已經不再緊張，蒼白的臉不但恢復血色，還發出興奮的光澤。他說：「按照規定是每一位要登記，可是有的住戶不想留下證據，我們就讓受訪人下來接他們上去。不過，今天晚那三名男性訪客都有登記。」

「今晚有甚麼異狀嗎？」

「異狀？」眼前的兩人都不解地要求說明。

「不尋常的情形，例如……」女王一時間也無法舉例說明。

「停電算不算？」韓經理問。

「甚麼時候？」

祝姓保全回答：「十點左右停電，詳細時間必須查一下。那時候，我怕有訪客無法進來，所以我將大門打開。」

韓經理歪頭思考，說：「我想，那時候會不會有人乘著妳不注意……」

「我瞭解，我只有一個人，沒辦法面面俱到。不過，除非他有這個……」祝姓保全將感應器放在手掌掂一掂，毅然而然地說：「而且是六樓D室的感應卡。」

女王接過祝姓保全印好的電腦紀錄，上面有標註的記號。因為簽字筆太粗，蓋住了原來的字跡，所以祝姓保全貼心再用鉛筆註明。除此之外，還有當晚的錄影帶。讓女王感到遺憾，如果有人使用鑰匙開門，或是房門沒有關好，電腦無法紀錄。

問訊結束之前，女王再度確認祝姓保全是在十點十分時，接到小麻雀的來電。但是因故無法接聽，直到十一點半才回電。四十分時發現嬌安娜的屍體，立刻向韓經理報備，然後在十一點四十五分報案。

「發生這種事，我真的感到十二萬分的難過和遺憾。」說到這理，韓經理很恭敬地向女王行了個禮，說：「我希望能夠早日破案，除了安慰死者在天之靈，也能夠使住在這裡的住戶不再困擾和驚嚇。」

「我們一定盡力而為。」女王正經回禮，看在韓經理眼中，眼前這位作風明快、心思敏捷的美女警察，簡直就是犯罪懸疑推理劇的女神探，令他佩服得五體投地。

兩人離開，換小麻雀進來。因為不是甚麼重要參考人，女王只是口頭提問個資，並沒有詳細核對身分證。女人之間都會比較，女王自然也不例外。眼尖的她一下子就發現小麻雀的臉部明顯有整形過，濃密的頭髮蓋住雙耳。問到嬌安娜生前的人際關係，比起韓經理的滔滔不絕，小麻雀顯得保守含蓄，含含糊糊地一筆帶過，倒是慎重強調一個名字叫做「章劍波」的男子，並且透露他和嬌安娜有不尋常的關係。女王確認章劍波就是韓經理口中那個像韓國人、神祕兮兮的男人。至於蘇鵬飛，小麻雀顯得有些避重就輕。當女王問及胡海棠時，小麻雀也含糊其辭，不過無意中提到了一個人，享譽畫壇的版畫家趙東尼。

女王在問訊小麻雀時，除了要求將胡海棠來電的內容交代清楚之外，並且確認九點五十五分時，胡海棠的來電。她在十點十分打給祝姓保全，但是無人接聽，直到十一點半才接到回電。她告知祝姓保全，嬌安娜的房間有異狀，要求她去看看。沒想到竟然發生了驚天動地的慘案。

偵訊完畢，女王讓小麻雀自行離開。猛一抬頭，馬組長那張「鳳梨」般的臉忽然出現在面前。

「怎樣？」

女王跟馬組長說明問訊結果。

「她們公司發現嬌安娜最近和誠光藝術空間的總裁蘇鵬飛走得很近。起初以為兩人產生戀情。結果又不是那樣，有點像要一起合作甚麼生意。從小麻雀和祝姓保全的說法，蘇鵬飛應該不會是兇手。不過最好是去調查一下。」

「哦！」晾在一旁的小張不甘寂寞的插嘴：「他們不是提到一個像韓國人的神祕男？」

「小麻雀說：那個頻頻和嬌安娜接觸的男子並不是韓國人，是個旅居首爾多年的台灣人，名字叫做章劍波。」

章劍波？馬組長表示對這個名字有些印象，指示小張去查一查。

女王問及命案現場有何異樣和線索，一聽說有物品失竊時，關切地詢問到底是甚麼東西。

馬組長表示他也是剛剛才從手機接到圖檔，於是立刻打開讓大家看。

當女王看到那幅版畫中，拿著貝螺的小女孩，還有那一行「My Angel」時，不由得驚呼出聲。

「怎麼了？」馬組長和小張不約而同，齊聲發問。

「大約十六年前，我剛從警校畢業。我的第一次任務是處理一宗竊盜案。有個失智的老人抱著一個破碎的洋娃娃，大哭說他的女兒被強盜殺死了。」女王回憶地說：「我記得發生地點是在陽明山竹仔湖的一處民宅。如果我沒記錯，當時失竊的就是這幅版畫。」

「事隔多年，妳會不會記錯？」

「絕對不會錯，那是我人生的第一次案子。」

「女王，妳交代我要聯絡胡海棠，可是打了幾十通電話過去，一直都沒人接聽。」小張憂慮地望著馬王兩人，說：「我有個很不好的預感，但願只是我個人的預感。」

「把地址資料給我，我派個人去看看。」

「小麻雀並不知道胡海棠的居住地址。不過大略知道她工作的醫院，據說是名心理諮商師。」女王看看方才祝姓保全提供的電腦列表，胡海棠並沒留下地址。這並不奇怪，一般人只會在訪客紀錄上留下名稱、手機號碼和身分證字號。

馬組長正要交代手下去調查胡海棠的地址，手機搶先響起來。他左手接聽，右手用力搔著滿頭亂髮。女王似乎看見滿天飛舞的頭皮屑，下意識地把臉移開。

屋外濃濃的夜色已經散去，月光被稀釋在淡淡的黎明中。公園的幾盞街燈只剩下一口氣，寒風下的樹葉，虛弱地在枝頭抖瑟。

第五章

春節的最後一天，午夜時分。

新莊化成路的小巷弄，焦慮恐懼的胡海棠掉入另一個回憶的漩渦……。

嬌安娜在大約九歲的時候，被發現在中壢新屋的街頭。不知是天生，還是驚嚇所致，嬌安娜只能斷斷續續地說些沒有意義的話。當她被問到名字時，她回答類似「落梅」的發音。後來領養她的一對謝姓夫婦是詩詞愛好者。太太立刻想到納蘭性德的那一首「浣溪紗」，殘雪凝輝冷畫屏，落梅橫笛已三更。先生則想到高適的「塞上聽吹笛」，借問梅花何處落，風吹一夜滿關山。把「落梅」取成名字自是不祥，所以他們就引用祝敦孺的「鷓鴣天」，玉樓金闕慵歸去，且插梅花醉洛陽。於是「謝洛梅」就成了她的名字。

警方發現年幼的嬌安娜的時候，衣服有些破舊、手裡拿著好像是別的孩子丟棄的玩具。由於警方無法從精神似乎異常的嬌安娜得知她的身份和家庭背景，便將之安頓在附設有受虐兒童少年庇護所的育幼院，並由專業的兒童心理師長期觀察輔導、諮詢溝通和分析評估。他們無法判定嬌安娜是否被人誘拐、囚禁，雖然看不出有被虐待的痕跡，但確認已非處子之身。

主治心理醫師認為嬌安娜年幼無知，唯恐二度傷害，所以選擇避重就輕，並不刻意去挖掘醜陋不堪的真相。過了沒多久，嬌安娜就和其他同齡的兒童沒兩樣。因為醫療資源沒辦法無限制使用，經過評估，判定嬌安娜的心理治療修訂成心理輔導，然後從每周兩次逐漸改成每月一次、每季一次，每年一次到最後的不了了之。當時，胡海棠剛通過資格考試，在醫院擔任兒童心理師，便接手負責嬌安娜後期生活的觀察和追蹤。

胡海棠記得嬌安娜接受長期接受心理輔導時，每當遇到隱喻測試時，反應並不強烈。年幼的她對於引導式的問話非常不耐煩，至於啟發式的溝通，反而相對積極配合。胡海棠猜測年幼的嬌安娜並沒有意識到被性侵，甚至可能把性侵轉移成遊戲、或是某種特殊意義的活動。

女童被綁架、囚禁和性侵本來是一件媒體最感興趣的新聞，只因為同時發生了當紅女歌星的女兒被綁架、囚禁、性侵、虐死的相同事件，所以相對之下，前者就被輕描淡寫。同理可證，警方似乎也無法撥出警力來調查這件案子。由於犯人一直都沒有落網，這件事情就被大家遺忘。除了定期訪談，嬌安娜的人生也沒有被打擾。她被領養之後，是否繼續接受心理輔導，胡海棠就不得而知了。不過，在往後的日子，胡海棠如果經手類似的案例，偶而會想起，但也只能在心中默禱她能平安無事地長大。

直到多年之後，她忽然收到了嬌安娜的電子信件。

從電子郵件的大頭照，胡海棠很驚訝記憶中的嬌安娜已經脫胎換骨，變成一個清麗脫俗的女大生。

簡單的致意和謝詞之後，嬌安娜詳細地描寫她的成長過程。她說她在中學時代，因為養父母的教導和鼓勵，個性變得活潑開朗，積極參加各類活動，並列出相當出色的成績。高中畢業，依照興趣考進藝術大學戲劇系。後來在一次表演練習中，她飾演一名被老師強暴的女學生時，忽然全身發抖、呼吸困難。指導老師是一名資深的女演員，曾經遇見類似的狀況。不但安撫了當時已經情緒失控的她，並且鼓勵她去追查事情的真相。因此，嬌安娜費盡心力找到了當時輔導她的胡海棠。

閱讀完畢，胡海棠立刻回信。對於才讀大學二年級的嬌安娜，想要探索過往的舉動，她並不鼓勵。但是，她心中明白，對方必定不會罷休。果然，嬌安娜要求會面相談。幾番思考，胡海棠答應了。

那一天，胡海棠依約前往。地點是由胡海棠挑選，離她服務的醫院不遠，是一間擺滿書冊和油畫的咖啡店。她每次來這裡，原本在醫院面對一個又一個陰沉困頓的患者時的心情，因為音樂和咖啡，感覺自己似乎浸淫在一井浮著青苔的水中，整個人都透亮清明起來。

胡海棠的視線來回巡視，店內並沒有合乎嬌安娜外型的年輕女孩。選好位置，坐下沒多久，門鈴叮噹作響，有位美貌女子推門而入。

兩人隔空對望，美貌女子立刻展露笑容走過來。一番簡單自我介紹，確認彼此身分之後，各自點了飲料。胡海棠看著嬌安娜低頭默默地望著桌面，好像在閱讀一本看不見的魔法書。

胡海棠起頭發問，嬌安娜似乎已經準備好台詞，清晰流暢地敘述。

專心聽著，偶而發問幾句之後，胡海棠簡單扼要地表示她所能做的，也只是提供一些當時的資料。然而，那些資料是片段、零亂，而且無法保證是否正確。因為當時她只是在醫院實習的臨床心理師，所有的正式紀錄必須歸檔。如果有必要，嬌安娜可以去原來的醫院申請調閱。嬌安娜看著胡海棠打開筆電，讀著她整理出來的資料，不發一語。胡海棠認為這些資料，嬌安娜必然早就知道了。不過，她還是把預先準備的隨身碟交給嬌安娜。

後來，不知道是不是因為逐漸精彩忙碌的生活分了心，還是困難重重、沒有甚麼結果。總之，嬌安娜的追求真相之熱忱，逐漸冷卻。胡海棠也沒有追究，倒是當嬌安娜進入演藝圈，開始有了新的煩惱，相差十餘歲的胡海棠頓時成了她傾吐心聲的對象。

胡海棠回想到這裡，心神不寧地走出臥室。站在客廳，焦慮的眼神透過落地窗，凝視對街的那排公寓。正前方公寓的鐵窗爬滿了蔓藤，搖曳著暗綠的葉片和亮紫的小花穗。窗戶都染上溫暖的燈光，似乎正飄出淡淡的奶油香。她的眼角餘光再次掃向電子相框，影像出現一個男人的面孔。彷彿互相呼應，手機終於響起。

「胡小姐嗎？我是小麻雀，這裡發生了可怕的事情！」

「咦？」

「嬌安娜被人勒死了。」

「啊！老天爺，是真的還是假的？」

「這種事怎麼能亂講，當然是真的，管理員已經報警了。她很有經驗，說警察會調我們去問口供。尤其是第一個發現屍體的人會被問得七葷八素，到時候妳可要出面說清楚。」

「怎麼會發生這種事？太可怕了，也太出人意料。」

「我也一頭霧水，太可怕了。先這樣子，再見囉！」

對方在胡海棠歇斯底里的呼叫聲中結束通話，收線的聲音刺激著她的耳膜。

怎麼會這樣？到底是怎麼一回事呢？

胡海棠畢竟受過專業心理學訓練，首先讓自己冷靜下來。但是面臨不曾真正經驗過的狀況，使她再次陷入恐懼迷惑的亂流。

胡海棠的雙腳彷彿穿上了永不休止的舞鞋，走過來又走過去。雖然強迫自己不要往壞處想，但是嬌安娜演過的情色片，被歹徒強暴的畫面猶如驚濤駭浪般湧過來，逼得她幾乎無法呼吸。她又想到嬌安娜，好不容易擺脫童年的陰影，力爭上游，終於在演藝圈中，徵得一席之地。如今，還交上蘇鵬飛這麼個高富帥的人物。看來她真的幸福在握，成功在望。誰知道……想到這裡，胡海棠縮了縮脖子，自言自語：說不定是她聯合小麻雀在搞鬼嚇她，整個過程是他們無聊的編劇想出來的整人遊戲。

「那麼，妳想起那個人是誰嗎？」胡海棠想起自己曾經這樣問嬌安娜，但是還沒聽到答案，又被打斷。那麼兇手會不會是那個人？

此時，她的眼角餘光掃向電子相框，影像再次出現那個男人的面孔。她嘆了一口氣，立刻在手機找到他的名字－趙利廣。毫不考慮地按了下去。在這個驚悚、無助的夜裡，他是她目前所能想到、唯一能夠訴說、求助的人。

望著窗外皎潔的月光，胡海棠希望自己是在夢中，或是因為那魔幻的月光所引起的幻知幻覺。電話中的趙利廣情緒高昂，但還是溫柔地安慰她，保證立刻過來看看。

經過一段好像飛機繞著地球轉一百圈的時間，手機再度響起。胡海棠低頭一看，雖然有來電顯示，卻是一組陌生的數字，於是不予理會地按了紅鍵。就在這個時候，她忽然發現書桌上的擺設似乎有所異動。沒錯，自己時常亂動文具架、檔案夾等等，但是絕對不會動到那一具從風水大師求來的聚寶盆。難道家裡曾經遭受小偷嗎？但是財物並無損失。

胡海棠來不及去思考到底是怎麼一回事時，手機再度響起，還是那一組陌生的數字。她想了一想，決定把它封鎖。然後，再次聯絡趙利廣時，但是所得的答覆是關機中。她相信他正一路飛奔而來，她還幻想經過這樣的事件，兩人是否會破鏡重圓。

閉上雙眼、深呼吸，胡海棠企圖讓自己鎮定下來，同時索盡枯腸地回想曾經讀過的犯罪心理學，但是換來的是一頁又一頁可怕的血腥畫面。她望著書桌上的電子相框，強迫自己去回憶美好的往事……。

午後的威尼斯，胡海棠和嬌安娜沿著施亞奴河畔，從皇宮步行到中央廣場。雨霧濛濛，飄拂過兩人的面頰。此時，遠方的鐘聲清越地響起。雨霧愈來愈濃，兩人在蜘蛛網似的街弄走來走去。眼前的市立銀行，因為是休假，所以城堡似的大門，重重的鎖著，然而一點也不減缺往日羅馬帝國的氣勢。

她們步上階梯，胡海棠一面撫摸著花崗岩的牆壁，一面隨著嬌安娜漫步在白色的外廊。繞了一圈，嬌安娜面不改色，建議去不遠處的知名商區走走，胡海棠表示體力無法負荷，想要獨自留在原地休息。

胡海棠等嬌安娜離開，才慢慢舉步前行。走到靠近第十幾根石柱時，發現有個人拿著手機在拍照。他穿著帽T，戴著棒球帽，還豎起了頭蓋，所以看不見他的臉。可是從那體態和穿著，胡海棠猜想應該是名年輕的男子。她順著他拍照的方向望去，正是閃爍著歷史光輝的總督府。石欄上的雕像，被籠罩在雨霧中，若隱若現。倒是那五個凸起的半圓型屋頂，堅毅的輪廓，宛如五顆充滿智慧的頭顱，正為人類的前途而沈思默禱。

一面拍照，一面慢慢往前走的男子，看到跟在背後的胡海棠時，禮貌地向她打招呼。胡海棠點頭答禮，發現對方是個東方男子，年紀和自己差不多，全身散發著濃濃的台灣味，不知不覺多看他一眼、甚至想多了解他一點。

「我看你好像是台灣來的。」

「沒錯，妳也是吧！」

「我是和朋友一起來旅遊。」

「我是版畫師。我和這裡的畫廊有合作關係，所以幾乎每年會來一次。」

「版畫家，好酷！」
「謝謝，我叫趙利廣。小姐，妳怎麼稱呼？」
「胡海棠。」
胡海棠回到台灣之後，沒多久在友人開業的醫院再次遇見趙利廣。
但是，美好的回憶畢竟敵不過殘酷的現實，逼使她再度數次聯絡趙利廣時，所得的答覆一律關機中。到底是怎麼一回事？難道趙利廣以為自己在亂開玩笑？還是無理取鬧。他明明說好要盡快趕來，語氣誠懇堅定，絕對不會信口開河，或是隨便爽約。那？他開車途中出了車禍？還是發生了甚麼大事阻擾了他。對！一定是他的助理姜天恩不准他來，當初他們分手，姜天恩不是最大的破壞份子嗎？
胡海棠嘆了一口氣，既然如此，靠人不如靠己，決定做最壞的打算。首先檢查門鎖的功能，再仔仔細細關緊落地窗，這是唯二和外界的通道。最後把窗簾拉上，關上電燈。但是想了又想，還是把電燈放亮，拉開窗簾。萬一發生甚麼事的話，或許對街的人家會幫忙報警救人，甚至當個目擊證人。但是，想來想去還是決定把窗簾拉上，關上電燈。
一切妥當之後，躲入臥室。她仍然不放心，於是用盡吃奶的力量，把靠牆的衣櫃推過去，緊緊堵在門後。
胡海棠搖搖腦袋瓜，回復到現實，再度思考自己為什麼要這樣做？

想起她和嬌安娜聊天時，嬌安娜說好像有人，所以放下手機去應門。那個時候，嬌安娜可能就慘遭不測了，所以掛掉她電話的人一定是兇手。兇手從嬌安娜的手機知道她的名字和手機號碼。所以她下意識把那幾通陌生來電當成兇手來電，然後自然聯想到兇手可能會找上門來。仔細一想，單憑名字和手機號碼就能找上門來嗎？不無可能，兇手或許躲在嬌安娜的房間偷聽，而且難保嬌安娜在遇害之前，被逼說出她的身分和住址。因為這個原因，她趕緊再次向趙利廣求援。但是面對無情的關機，在求救無門時，也只能自立自救了！

到底還有哪裡可能是兇手入侵的途徑，還有哪裡必須加強防備呢？

時間緩慢地流逝……胡海棠除了毫無選擇地承受等待的折磨之外，也開始去思索趙利廣為何拒絕她的去電。沒有理由，也沒有答案，於是去思索他們浪漫的初相遇，接下來似乎是天意的再次相遇，跟著不被看好的交往，最後是無疾而終的戀情。

胡海棠想起房東李小姐的警告，想起趙利廣對於嬌安娜曾經失去記憶的童年格外感興趣。但是，身為心理諮商師的自己竟然沒更進一步去探討，難道……被動過的聚寶盆，難道他曾經偷偷來過自己的屋子？調查些甚麼嗎？患者的資料全部存放在醫院，家裡只有一些私人資料。他要的是嬌安娜的私人資料？

血色的念頭一湧而出，她很想跑去廚房準備一把自衛的刀。但是，一想到要把那張堵在房門後的單人床大沙發推開，全身立刻軟弱無力。更慘的是不知道為什麼雙腿抖個不停，寸步難行。絕望的她只能把自己鎖在臥室，然後像條蛇似地縮入床底下。

不知道經過多久，胡海棠耳邊傳來一陣悶悶沉沉的聲響，還來不及弄清楚怎麼一回事，接下去清清楚楚地聽到有人在掰動臥室的房門。驚弓之鳥的她緊閉雙眼，雙手摀住嘴巴，心跳的聲音清晰可聞。不久，房門被打開，隨著幾句呼喚她名字的聲音。

然而，這好像只是一霎那的幻覺，驚慌恐懼像強酸似地潑入胡海棠的內心。當她想往後縮時，頭部突如其來的劇痛和隨即而來眼前一片漆黑。因為這陣劇痛，讓她不由自主地發出聲音。此時，一雙巨大的皮鞋出現在眼前。

迷幻中漂浮著一條人影，看不清對方的手中是握著一把槍？還是一把刀。胡海棠不知道是要眼睜睜看見對方的手指快速地扣下板機，讓子彈射入她的太陽穴，還是緊閉著雙眼讓刀尖刺入她的心臟。

胡海棠試圖動動麻痺的身體，除了四肢無法動彈，還感覺頸部好像被人用力按住。她在狂亂的掙扎中，絕望地認為自己再也見不到這個世界了！也好，告別這個醜陋的世界，到另一個極樂的天地吧！棄械投降的她開始感覺到靈魂慢慢地飄離軀殼，飄向不知名的國度。但是，她不甘心，再度回首，見到原本放在櫃上的電子相框，不知何時掉落在自己身邊。

相框中秋天的巴黎，風吹得緊勁張揚，把站在凱旋門前兩名女子的頭髮吹得像孔雀開屏。如果她們知道今天的下場，是否還會笑得那麼開心呢？當轉換成趙利廣和胡海棠的合照時，春蠶絲盡、蠟炬成灰說的不只是她的愛情，也是她的生命。

秒針迅速往前跳躍，分針也不甘落後，時針過了一格又一格。

有隻蟑螂迅速地從床底爬出來，晃動觸鬚，不解地望著躺在地上的女人。再往前幾公分，依然沒有動靜，於是牠決定從手指登陸，開始神祕的探險。但是，又被輕微的聲響嚇得躲到暗處。

叮咚！叮咚！叮咚……

沒人去接，屍體已經不算是人。

叮咚！叮咚！叮咚……

秋風下的兩名女人也沒去接，她們被困在相框裡。

叮咚！叮咚！叮咚……

忍受不了沒有反應的反應，門鈴終於絕響，取代而之的是逐漸提高的雜音。

第六章

蘇鵬飛自從和嬌安娜私下姊弟相認之後，就千方百計想把那幅「My Angel」占為己有，只是苦於不知如何下手。今天如同往日，八點起床。運動和飽餐一頓之後，準時在十點，從頂樓的住家到一樓去上班。雖然他經營的誠光藝術空間平時不會有甚麼事情，但是照例會在自己的辦公室上網，看看一些國內外的新聞，尤其是畫壇方面的大小事。他最近對版畫師趙東尼的作品很感興趣，連續讀了好幾篇有關他的深入報導和傳聞。

午餐時間，蘇鵬飛進入一間每周至少光臨一次的餐館，撲鼻而來的是陣陣濃郁的香氣。店裡已經有幾個來台灣旅遊的年輕人，行李散放椅上或腳邊，用英、日語交雜談著有趣的事情，笑得很開心。店中流放著由吉他彈奏的「阿罕布拉宮的回憶」，慵懶傷感的旋律，很適合秋季旅情的浪漫。點了一個漢堡和一杯可樂。眼前是青春的容顏，耳畔是哀愁的音樂，口中是讓人感覺幸福的味道。

窗外，誠光大樓的噴水池旁坐著一名年輕男子。蘇鵬飛望著他低垂的臉蛋，粉紅色嘴唇輕微地動著，似乎在哼唱著歌曲。整潔時尚的服裝，清爽優雅的坐姿，配上身後無數朵細細碎碎的水花，放肆而璀璨地開放，襯托他彷彿是蓮花化身的仙童。

似曾相識、似曾相識……絕不是一個給自己跟對方搭訕的理由。自己一定在許久以前見過這名年輕男子，不是某年某月某天的擦身而過，也不是在某個夜晚的某一張床上，而是……蘇鵬飛在心中吶喊。他不由自主放下沒吃完的漢堡，一口氣喝光還有半杯的可樂，結帳離開餐館。

蘇鵬飛走到離年輕男子不遠處停下腳步，當雙方眼神交會，蘇鵬飛的雷達發出一個清亮的音符。

「嗨！」年輕男子首先向蘇鵬飛微笑招手，然後示意請他過來說話。

受寵若驚的蘇鵬飛快步前去，在略為靠近的距離坐下，立刻聞到一股淡淡的香氣，有點像枯葉、被秋天的風吹落、被秋天的陽光曬得乾乾的枯葉，似乎還可以聽到沙、沙、沙的聲音。

「我注意到你注意我很久了，剛才你就在那間餐館。你認識我嗎？還是想要認識我！」

在漫天飄灑著因陽光而閃著虹彩的水珠下，蘇鵬飛迷惑於年輕男子的美貌，因而沈默。

「你在這附近上班嗎？」

蘇鵬飛點頭，也因為對方的問話，啟示了他必須說話。於是，他也問：「你也在這附近上班嗎？」

年輕男子搖頭，說：「我是來這裡拜訪客戶。」

「我在這棟大樓上班，你找哪家公司？」

「誠光藝術空間。」

「我是誠光的員工，你找哪位？」

「蘇總裁、蘇鵬飛總裁。」
「好巧，我就是他本人。」
「真的是很巧。」
「你怎麼不進去？」
「現在是午休時間，等你們上班時間，我再上去。」年輕男子立刻笑臉迎人地雙手奉上名片，標準業務員的恭敬謹慎表露無遺。
「姜天恩，無言版畫室業務經理。負責人不是趙東尼嗎？久聞大名，我有收購他的版畫。」
「我知道，因為趙老師最近要開畫展，我們想請你贊助。」
「到我公司談吧！聽你口音，不像是本地人。」
「我出生在中東，在歐洲成長。因緣際會到韓國受教育，現在來寶島台灣工作。」
「好豐富的經歷！」幾經思考，蘇鵬飛選擇英文和姜天恩溝通。

兩人邊走邊談，蘇鵬飛才知道姜天恩是已故韓國心靈派畫家姜正武的養子。除了表示相見恨晚，還說他手中擁有十幾幅姜正武的遺作，其中有他本人最喜歡一幅。他要姜天恩猜是哪一幅，姜天恩猜不出來，他說：「火車。」

蘇鵬飛把姜天恩目瞪口呆的表情解讀成驚訝，先是一副志得意滿，然後以讚賞的口氣說：「每當我遇到挫折，只要面對迎面而來的火車頭，立刻精神百倍，充滿意志力。如果從不同的角度，都會產生不同的心情。真正印證了心靈派畫風的魅力。」

「那是您的慧根和慧眼。家父天上有知，必定會很感謝您這位知音。」

「令尊蓋世盛名，知音滿天下！」

兩人並肩走入誠光藝術空間的會客室，牆上果然掛著那幅氣勢磅礡的火車。蘇鵬飛親自出去準備飲料，姜天恩則若有所思地欣賞著。

蘇鵬飛拿著兩杯咖啡進來，說：「家母年輕時候曾經替姜大師工作，所以擁有多幅姜大師早期的作品。不論是來自姜大師的饋贈，或是她個人的收購，還有很多畫稿和手記。我記得小時候，姜大師曾經為家姊創造一幅版畫，可惜被偷走了。這幾年，我一直都在尋找。」

姜天恩露出似笑非笑的表情，說：「我孤陋寡聞，全然不知道這件事。我會找個機會，專程拜訪令堂大人，親睹家父早期的畫作和紀念品，聽她說說以前的事情。」

蘇鵬飛願意贊助「無言版畫室」明年春季的趙東尼版畫展，並訂購其中幾幅版畫。談妥之後，又聊了一些共同認識的朋友的八卦，姜天恩便起身告辭。蘇鵬飛望著他離去的背影，更加堅定自己以前見過姜天恩。

三天之後，蘇鵬飛收到歐洲藝術協會的邀請，到了威尼斯。水都的魅力正如去栓的香檳，奔放得不可收拾。他在格蘭迪迪運河畔的「度淵妮里畫廊」聽到了來自台灣的版畫家趙東尼和姜天恩，在威尼斯邂逅的浪漫傳說之後，內心有些淡淡的的醋意。

回國的第一天，助理撥電話進來，表示有外線，蘇鵬飛懶洋洋地拿起話筒，打起精神地「喂」了一聲。

「我是姜天恩。好久不見了，這趟歐洲行應該是滿載而歸吧？」

「可以這麼說！」

「我想找個時間再去拜訪你，談談明年春節的版畫展。」

「不敢，我想還是親自登門造訪。親眼參觀名聞遐邇的無言版畫室，也想當面和趙大師談談畫展的策畫和內容，還有他的創造理念。我不是說好要訂購其中幾幅版畫嗎？我可以順便先看看。」

「好啊！請問您何時蒞臨指導？」

「這樣吧！我今天就去，大約下午三點到達。」

午後三點五十四分，比預定時間慢了五十四分。蘇鵬飛將車停在「無言版畫室」的門口。他望著深藍色的招牌，那特意刻畫出來的字體，尤其是那個「言」字，宛如一具冤魂不散的骷髏，橢圓形的「口」字彷彿可以吞入任何和他對視的靈魂，又彷彿無時不刻吐出人間最惡毒的咒語。

趙東尼親自出來迎接蘇鵬飛，表示姜天恩有事外出。

「你們版畫室成立多久？」蘇鵬飛不經心地問趙東尼，眼睛看著木桌上擺著的酒甕形花瓶。紫色的素陶。裡頭插了一大把盛開的百合花，莖高葉繁，氣勢凌人。

「原先的『東尼版畫室』是在十年前成立，後來我和韓國心靈派版畫大師姜正武合作後，改名『無言版畫室』。姜老師過世後，我繼續和他的義子姜天恩先生合作，由他負責行銷，我專心我的創作。」

「改名『無言版畫室』應該是為了符合姜大師的心靈派風格。」蘇鵬飛略帶嚴肅地問：「聽說有關賣到韓國的畫都是由姜天恩設計構圖，然後由你依樣畫葫蘆，再加上一些潤色修飾，對不對？」

「是的！」

「這樣好嗎？」

「見仁見智。就像別人拿照片要你畫，或是有個人的想法或意念由畫家替他表達出來。還有譬如畫插畫來表達文章的意境，或是畫廣告畫強調產品的特色。天恩了解我的作品，對於版畫市場有敏銳的觀察力，互相信任後，產生所謂叫好又叫座的作品。您是畫商，應該了解吸引顧客花錢購買是維持創作的最佳動力。」

「我同意你的看法。」蘇鵬飛笑笑地做了個投降的手勢，又說：「我的意思是說他的構圖有沒有特殊含意？」

「他指導我如何進入老師所創立的心靈派版畫的境界。說句老實話，老師的心靈派版畫在韓國、日本依然很受歡迎，我不太敢加入過多的自我風格。」

蘇鵬飛順著他低垂的眼睛接觸到桌面，突然發現那木頭的紋路，就像年畫中的海濤，原來那也是一幅版畫。桌上放著厚厚一本畫冊，封面寫著「生涯作品集」，裡面全部都是版畫的彩色照片。

趙東尼作了個「請」的手勢回應蘇鵬飛「我可以看看嗎」的眼神。

「生涯作品集」中的圖片是依據完成的時間列序編號。有的是人物、有的是風景、有的是靜物、有的是看不出所以然的抽象畫。蘇鵬飛感覺趙東尼越早期的作品，越有強烈的熟悉感。以他天生對線條和色彩的敏銳度，還有多年來不論是工作上的訓練或是不斷提升自己的藝術品味，他嗅出那些版畫似乎存在著某種意義，尤其是讀到趙東尼的作畫心得或類似心靈獨白的詩句。

「不論是創作或欣賞心靈派版畫，都是面對自我的良方。不過也可能過於天馬行空，導致走火入魔到幾乎人格分裂，最後昏頭轉向，搞不清楚真實與幻境，也搞不清楚自己是誰。沉溺於創作的我時時刻刻警惕自己，並且自我解剖分析……」

窗外枝葉後的招牌，「無言版畫室」五個字在閃著夕陽餘暉的樹葉之間，若隱若現，尤其是那個「無」，就像是一堆被命運拆散了的枯骨，漂浮在即將來臨的夜之海。

「你是阿廣哥，對不對？」蘇鵬飛猛然抬起頭來。

「你終於認出我了，鵬飛少爺。」

自從趙利廣和蘇鵬飛多年之後的重逢，很多記得的、或是已經忘了的往事，全部一股腦地擠入了當晚所做的夢中。醒過來，夢中的情節清晰地複製在腦海。

那一幅「My Angel」，也就是「珞美的畫像」不停地像是從颱風眼渦漩出萬縷的幻影，緊緊纏住他。幻影逐漸鮮明，他忘不了畫中少女毫無防備的眼神和天真純潔的笑容，更忘不了她赤身裸體，高舉雙手，快樂地轉圈圈，散開的長髮就像盛放的朝顏之花，在雲曦下閃耀著露水的光芒。

趙利廣抱著這個既甜蜜、又苦澀的印象，沉沉地再墜入夢中。

趙利廣國中畢業之後，因家庭困苦，被迫離開中壢的老家，到處打零工。經人介紹到台北延平北路的一戶有錢人家當佣人。作了約一個月，他才知道男主人是個名字叫做蘇志誠的科學家，專門研究貝類。因為罹患癌症，另外住在陽明山竹仔湖的別墅休養。後來，有了輕微的失智。他真正的主人是蘇志誠博士的太太，名字叫做宋文媛的韓國女人。

蘇太太一天到晚都不在家，家中的大小事情就由另一個名符其實的管家婆銀嫂全權負責。他主要的工作是打掃清潔、照料庭院和出外跑腿辦事，還有銀嫂交代的工作。至於另外一名成員就是小少爺蘇鵬飛，他被安置在二樓，完全由銀嫂一個人悉心照料，所以趙利廣不但沒有和他說過話，連打個照面的機會都很少。還有一個傭人老章，他和蘇志誠博士住在一起，名義是司機，實際上負責照料蘇志誠博士的起居生活。老章是個鰥夫，有個兒子，他記得他的小名叫小波，是個資優生。

每當寒暑假，蘇家總是會出現一個十幾歲的少女，據說是蘇太太住在韓國的姪女。蘇太太對她特好，甚至比對自己的兒子還好。兩人親密的關係，說是母女也不以為過。趙利廣很晚才知道蘇志誠博士有個女兒。記得他第一次看見蘇志誠博士帶著他的女兒珞美出現在眼前時，「驚為天人」已經無法形容他當時的感受的千萬分之一。他一開始並不知道她的智商有別常人，只是目眩神搖於她天真的眼神和美麗的笑容。

趙利廣從小就很喜歡看漫畫，也喜歡在課本上畫小人頭。記得有次作文課，題目是我的志願。他寫將來要當漫畫家，被老師約談。她講得很含糊，趙利廣到現在還是搞不清楚她是鼓勵，還是覺得他的志向不太正確。

國中畢業，到蘇家工作，便很少接觸漫畫，甚至忘記了他曾經有過當「漫畫家」的夢想。但是當他見到珞美，她的美麗宛如瀑布般衝擊著少年的心。對於漫畫中美少女的印象全部回歸到他的靈魂深處，於是他開始去描畫暗中思慕的她。珞美的天真無知，他非但不以為意，反而認為是上蒼賜予的絕美佳作，甚至將原本的自卑一點一滴的轉換成英雄護花的心理。尤其是每當寒暑假，宋鳳慈從韓國來台北度假時，常常欺負珞美，趙利廣總是設法保護她，有時候會偷偷修理宋鳳慈。

珞美常年和父親居住在陽明山竹仔湖的別墅，很少來台北，讓原本壓抑的情懷益發無法紓解。有次，老章的兒子出了車禍，銀嫂又無法分身，於是讓他過去幫忙。他到達的時候，蘇志誠博士恰好外出，他開鎖進入時，發現珞美一個人在浴室玩水，全身濕漉漉。他趕緊過去阻止，並且用毛巾在她無比光滑的肌膚擦拭。雖然他沒有逾越，可是他過於溫柔的動作、炙熱迷戀的眼神被回家的蘇志誠博士發現。他在蘇志誠博士的怒罵中，既羞且愧地落荒而逃。蘇志誠博士沒有辭退他，但被禁止前來。

趙利廣心中愛慕洛美，表面卻不動聲色。有天，蘇太太忽然將洛美送去韓國。這件事情對於趙利廣而言，不啻是晴天霹靂。禁不住對於洛美病態的狂戀，跑去了陽明山竹仔湖的別墅，偷走了洛美的畫像。

後來，趙利廣接到兵單，離開蘇家。回到中壢老家後的那一段日子，是他整個人生最不堪的回憶，因為他在洛美迷情魅影下，私下把自己的妹妹改名洛美。妹妹是被他的父母在九年前，不知道從哪裡抱來的棄嬰。雖然她和洛美一點也不相似，但是卻是一樣智力發育障礙，一樣有著一雙誘惑著他犯罪的清純美麗的眼睛。終於有一天，趙利廣在幫妹妹洗澡時，因保持不住而侵犯了她。

入伍之後，趙利廣得知妹妹無故失蹤。他的父母或許存有隱情，沒有報案。

趙利廣退伍之後，考取美工高中。雖然半工半讀，可是成績非常優秀。保送藝術大學之後，因為洛美的畫像，他選擇了版畫。畢業之後，他無力出國深造，只能隨便找個工作養活自己。經過漫長時間的努力，他終於開始嶄露頭角，並且引起國際版畫界的注意，其中最欣賞他作品的就是號稱韓國心靈版畫家姜正武大師。

師徒相稱之後，趙利廣忽然想起來。當時他所偷竊的那幅洛美的畫像，不正是姜正武的作品嗎？難道冥冥之中，命運的安排嗎？為了報答姜正武，也算是跟自己過去犯下的罪孽一刀兩斷，他將偷竊的那一幅「My Angel」送回姜正武的手中。

大約那個時候，趙利廣在偶然的機緣，得知妹妹竟然就是大名鼎鼎的性感女星嬌安娜。

當他正準備到韓國發展時，傳來噩耗，姜正武家中出了大事，計畫從此終止。

不久，姜正武去世。不過，他留下一部分遺產贈送給趙利廣。趙利廣便用這筆錢成立「無言版畫室」，代表若是心靈相通、何需言語，並致力於台韓雙方的藝術交流。然而，趙利廣缺乏商業的眼光，因此畫室經營得搖搖欲墜，他所創造的版畫也逐漸乏人問津。這時候救星出現，姜正武的養子姜天恩及時出現，不但出資援助，並且來台協助所有的公關和行銷的業務，讓趙利廣能夠專心創作。

姜天恩和趙利廣的初相逢非常戲劇化，時間是兩年前的秋天，發生在威尼斯的「度淵妮里畫廊」。

一位正在觀賞畫的年輕男子發現站在背後的趙利廣，警惕地睨了他一眼。於是，趙利廣禮貌地向他點頭致意。

年輕男子離開後，趙利廣逗留了約半小時，才慢慢走出畫廊的大門。當他正要往格蘭迪迪運河的方向走去時，發現方才那位年輕男子，靠著石柱，似乎正在等他。

「請問你是不是東尼趙？台灣來的版畫大師。」

趙利廣並不驚訝，因為他常常遇到粉絲，只是不知道竟然會出現在威尼斯的畫廊。

「所以你就是趙利廣先生？我是姜天恩，姜正武的兒子，我們不但寫過郵件，還有電話聯絡。感謝上神的慈悲，安排你我的相逢。」

當年輕男子先用半生不熟的華語說出來時，趙利廣不但眼睛和嘴巴張得開開的，連鼻翼也因為訝異而抖動。對於用英文華文交雜、滔滔不絕說個不停的姜天恩只能沉默地聆聽，偶而點點頭或說上一兩句。

「要不要去看看我住的地方，就在格蘭迪迪運河附近，離這不遠。我們可以僱條小船，沿著運河瀏覽詩情畫意的威尼斯風光。」

趙利廣點點頭，跟著姜天恩往小碼頭走去。

一抹朦朧的陽光在修道院的塔樓之後，如融化了的圓形金牌，慢慢地擴散在濃厚的雲層。看上去有種軟軟暖暖的感覺，使趙利廣好想把臉頰枕上去，睡他個永遠都不要醒過來的覺。

在格蘭迪迪的運河上，趙利廣回頭望了望那面目迷濛的船夫。他低戴著扁帽，只露出蓄著短髮的半張臉，彷彿是名藏在窗口後，舉槍正欲射殺獵物的黑手黨。當他手中的長篙輕靈地往水中一點，趙利廣感覺自己猶如是隻滑翔飛起的蒼鷹，穿過那以青苔和歲月之痕為裝飾的橋孔，輕輕盈盈地盤旋在聖馬利亞教堂的上空。

兩人一前一後地從小船跨出來，越過拱橋，沿著貧民區和運河之間的石磚路而行。頭上的新月是吉普賽女郎的水晶球，正在預示未來，可是趙利廣卻無視於她的魔力。隨著姜天恩爬上裸露在外的窄梯，生鏽的鐵皮，伊呀伊呀地叫著，像似病人的呻吟。姜天恩表示這裡曾經是棟貴族的癈邸，主人沒落之後，就設計成大雜院似的公寓，然後分租給學生或潦倒的藝術家。

姜天恩進入屋內，趙利廣則暫時站在門口。暮色如倒過來的沙漏，迅速地滑落下來。這碟子般狹窄的陽台，擺滿了盆栽。好幾株仙客來，亮亮艷艷，像破碎的瓷器。

姜天恩扭亮了小燈，光線很柔和，讓走進來屋裡的趙利廣，瞳孔並沒有感覺到刺激。屋子裡掛滿了幾幅版畫，都是威尼斯的景色。水面和大氣之間，佈滿星辰，魔幻的意境中，趙利廣感覺隱隱約約都有一個小女孩的身影。

當月光悄悄地浸漫到窗邊時，趙利廣感覺自己宛如是被雕刻在版畫中，而幻影中的小女孩正注視著自己罪惡的靈魂。白色的「蘇珞美」和黑色的「嬌安娜」重疊交互出現，喚起他最最不願意回憶的人生片段。

雖然每當回想起來就非常悔恨不堪的痛苦，卻又賜於趙利廣創作的最大能量。當他的名氣越大、社會地位越高，對於自己曾經犯下的錯誤，開始從悔恨轉變成恐懼。有一段日子，夜夜失眠，不得不去尋求心理治療。當他巧遇具有心理諮商師資格的胡海棠之後，竟然發現嬌安娜就是胡海棠的閨密，而胡海棠就是嬌安娜小時候的心理輔導師。

第七章

馬組長等一行人從嬌安娜的住所返回局裡，立刻招開會議。依照犯罪偵查之過程，其先後順序為：犯罪發生、調查蒐證、緝捕犯嫌、移送法辦和起訴審判。目前的階段是連八字都還沒一撇的階段。

「大家坐下來，我們來討論案情。」馬組長沈思了幾分鐘，說：「首先，請說明死者的個資，還有和案情有關的資料。」

女王首先發言：「死者本名謝洛梅，台北人，今年二十五歲。職業是演員，藝名嬌安娜。大學時代就參加電視劇的演出，後來和天紅演藝經紀公司簽約，成為旗下演員。因為到韓國拍過多部情慾片，並當選去年度，宅男心目中排名第一的性感女神。她的男女關係嚴謹，出道之後未曾傳出緋聞。最近有傳聞的交往對象是誠光藝術空間的總裁蘇鵬飛。不過另有說法，因為傳聞蘇鵬飛有斷袖之癖，兩人是否戀人關係，有待商榷。另外還有一名叫做章劍波的男子，依據死者公司說法，他有意替死者的演藝事業擴展到韓國。至於，兩人是否有感情或錢財等糾紛並不清楚。」

小張曾經被馬組長指示去調查章劍波的背景資料，於是插嘴發言：「章劍波，多年前曾經涉及詐欺和侵占，不過因為受害人王永輝身亡，躲過刑罰。十年前移居韓國，經營營養食品、化妝品等直銷事業，頗有知名度。不過風評並不好，客訴累累，已經有消費者提出告訴。」

「可以了！那麼，死者的家庭背景呢？」馬組長問女王。

「非常單純，她的養父、母是大學教授和中學老師。」女王翻翻手邊的資料，說：「死者出身不明，幼年曾經……。」

馬組長要女王繼續當眾報告，自己把相關資料傳過來，自行閱讀。

「死者在下午到公司開會，討論即將開拍的電視劇。五點左右，會議結束，她就自行離開。死者是在大約七點三十分回家，祝姓保全可以作證，大門管控感應卡也有紀錄。從此之後，她就不再離開自己的住所。」

女王最後把祝姓保全和小麻雀發現屍體的經過簡述一遍，同時請隨行的小張補充說明。她強調那幅失竊的版畫和嬌安娜的被殺有關，必須加強調查。

「那個心理諮商師呢？」馬組長抬頭發問。

「從案發到現在，手機一直不通。」

「你們沒有通知當地派出所嗎？既然和本案有關，你們不會直接到她的住處，看看到底發生了什麼事？」

女王狠狠瞪了馬組長一眼，剛才不是請示過了嗎？怎麼給忘了。

馬組長有所警覺，心虛地解釋剛才羅檢察官來電，然後理直氣壯地說：「很多事情要見機行事，不可事事仰賴上司指示，錯失良機事小，誤了大事的話，大家都要倒大楣。」

當著馬組長面前，女王翻了個大白眼。馬組長要調派人馬時，小張自告奮勇前往調查。

女王利用這個空檔，把資料再看一看。她回想到達命案現場後，首先觀察全場，瞭解發生之事故之後，才開始進行問訊。問訊內容，對祝姓保全主要是針對兇手如何進入和逃離現場之路線及方法。至於小痲雀，偏重死者生前的人際關係。

一番各持己見的討論之後，女王提出她對於兇手如何進出命案現場的看法，還有她對凶手身分的想法。

馬組長因為在第一時間人在犯罪現場，因此頗有概念，說：「凶手很可能利用祝姓保全不注意的時候，閃身進入一樓大廳，再利用電梯上了六樓，然後進入死者的居所。兇手擁有死者居所的感應器或鑰匙，因此兇手必定是死者熟識的人。」

女王知道馬組長為什麼這樣說，不過他自己不說明，自己也不必強出風頭。

一名年將四十、長相端正斯文的劉姓資深警官提出他的看法，說：「不要一下子就認為凶手和死者的關係。我個人認為死者住在單身女子公寓，心理上就覺得很安全，或許聽到門鈴，以為是鄰室的女孩來借東西，或談些無關痛癢的事，所以她一下子就開了門，凶手迅速地撲過去，隨後把門關上。法醫驗屍時，發現死者身上有被電擊的痕跡。這是從現場所做的判定，熟人的可能性較大。但是也不能排除陌生人。那間大樓的電腦管控系統看起來萬無一失，但是卻又處處破綻。尤其是地下停車場，因為都是住戶，所以除了車牌辨識之外，幾乎沒管控。」

「我同意老劉的看法。祝姓保全表示昨天十點左右，有短暫停電，因此她將大門打開。凶嫌很有可能趁著祝姓保全不注意，潛入大廳，然後爬樓梯上六樓。或是從地下停車場潛入，不得而知。至於停電的確是人為所致，至於是否和案情有關，目前無法證實。」

接下去有人紛紛提出個人的推理，直到馬組長用手勢讓大家安靜之後，大聲地說：「既然是單身女子公寓，附近不外乎有些登徒子或窺視狂，向他們查詢，在案發時刻，有沒有發現可疑的人物。」

「現在就去嗎？」劉警官舉手請示。

馬組長想一想，當下便派他去查辦。

「當我一眼看到屍體時，第一個念頭，就是想到是性變態所下的毒手。乳房和外陰部的傷痕一直令我耿耿於懷。雖然死者經過清洗，希望鑑識組還能發現一些犯罪證據。」馬組長忽然雙手抱住頭，作出一副想得快發瘋的樣子，停頓了幾分鐘，他睜著佈滿血絲的眼睛，說：「還有甚麼話要說嗎？沒有的話，休息吧！大家也累了。」

是你自己累了吧！女王一時之間也不知要說些什麼話，畢竟大家真的很累。收拾好資料，女王最後走出會議室。抬頭一看掛在牆上的電視機，畫面中有個女議員正慷慨激昂地質詢市長，她是以強悍出名的宋鳳慈。距離遙遠，女王聽不見聲音，也看不見字幕，所以不知道他們在爭論些什麼。

不知何時，馬組長拿著一杯咖啡，站在女王身後。

女王知道馬組長對宋鳳慈議員很感冒，因為她是有名的關說民代。一有包娼包賭的事件發生，她必然是第一個現身在警察局。

「啊！她的弟弟不就是蘇鵬飛？蘇鵬飛的女朋友不就是嬌安娜？」馬組長隨口講了些不著邊際的話，轉身離開。

「老馬，等一下！江法醫說死者握著一顆珍珠。你為什麼沒有提出來討論？說不定是甚麼重要的線索。」

「妳是說死亡訊息嗎？妳以為是推理小說的情節嗎？根本就是死者垂死前痛苦的掙扎，自然而然扯斷項鍊，恰好抓住一顆珠子。」馬組長看到女王一副不以為然的樣子，便說：「死亡訊息嗎？那還不簡單，按照小麻雀的供詞，那串珍珠項鍊不就是章劍波送給嬌安娜的禮物嗎？她臨死前緊握著一顆珍珠，不就是說兇手就是章劍波嗎？」

「是嗎？」女王覺得是有幾分道理，也不想節外生枝。

當宋鳳慈的畫面消失後，回到座位的女王也開始專心地去讀有關命案的資料，包括從馬組長腦袋瓜裡接送過來的的胡思亂想。由於死者是性感豔星，難免都會有「情殺」的聯想。莫非是章劍波或另有他人始亂終棄，引起嬌安娜的不滿，揚言要毀掉他們的婚姻和前途，因此惹來殺身之禍。或者是牽涉到金錢糾紛等類似八點檔連續劇的情節，或是嬌安娜得罪了兇手或掌握兇手的把柄，林林總總，但無一項合乎邏輯。

首選嫌疑犯章劍波杳如黃鶴、不知去向，馬組長正派人努力追查。倒是蘇鵬飛除了很清楚交代他幾點幾分到幾點幾分，人在甚麼地方、和誰在一起，當時在做甚麼事情之外，還主動寄來錄影帶證明他所言不虛。

打開電腦，女王調出有關蘇鵬飛在嬌安娜命案發生時的不在場證明的錄影帶。趙利廣版畫展的現場，誠光藝術空間擠滿了約百位貴賓，他們衣冠楚楚、滿面笑容，或拿著飲料，或拿著小點心。蘇鵬飛和趙利廣雙雙站在台上，宣布他們未來的合作計畫。說完之後，一男一女分別上台，獻上一大束鮮花。男的好像是趙利廣的助理，聽主持人介紹，名字叫做姜天恩。女的就是剛才出現在電視機前面的宋鳳慈議員。

女王注意到坐在貴賓席上的一個打扮華麗高貴、大約六十多歲的老婦人，表情嚴肅，心事重重。另一個看起來大約四、五十歲、像是她的晚輩或密友的白髮女士不斷地低聲說話，但是似乎無法平息她的焦慮。十點過後，蘇鵬飛和一名打扮新潮的年輕男性有說有笑地離開展場。再下去的行程，蘇鵬飛交代得清清楚楚，也經過警方確認無誤。另外，還有幾份由「無言版畫工作室」和媒體工作人員或畫壇人士提供的錄影資料。

看完所有錄影帶和相關資料，女王伸個懶腰，群組傳來小張的訊息：「名字叫做胡海棠的心理諮商師被人用鐵鍊絞死在自家的臥室。不但犯罪手法、連犯罪現場都和女明星嬌安娜命案十分雷同，全案正由新北刑事警察調查。」

「收到，繼續，保持聯絡！」女王看到馬組長即刻回覆。

幾乎同時，劉警官也傳來訊息：「組長，我們逮到一名形跡可疑，有妨害風化前科的男人，昨天晚上在天寶皇居附近走來走去。你要不要過去和他聊聊？」

「女王一起來！」

偵訊室內有個男子，低著頭坐在一張方桌前。馬王兩人一前一後進入，後者知道前者要整她，狠狠瞪了他一眼，然而前者無動於衷。

馬組長在男子的對面坐下來，女王靠著牆壁站著。

男子約四十多歲，臉色是缺乏營養的慘黃，擱在桌上的雙手則是污黑，手臂上有著模糊的刺青，頭髮倒是梳的很整齊，散發出劣質的香味。他的睛眼因為馬王兩人的到臨而翻動一下，露出網狀的血絲。嘴唇乾枯，所以不停地伸出舌頭在上面潤滑。

「你們為什麼把我抓來，我又沒做錯事。」

「聽說你每次看到女孩子，就會對她們獻寶。把她們嚇的吱吱叫，我也想看看你的寶貝。」馬組長的右手忽然伸出去。

「不要。」男人雙摀住褲襠，兩眼卻看著表情冷若冰霜的女王。

「好吧！既然你不要讓我們看，那我們就不看。」馬組長做了個沒什麼了不起的手勢，翻翻資料，喃喃自語地說：「李阿作……今年……曾經……。」

李何作偷偷地看著馬組長，一副想拔腿就跑的模樣。又看看女王，露出可憐兮兮的樣子。

「李阿作！」

「是！」

「你真是狗改不了吃屎。」

「我沒有啊！」

「你還狡辯，你是不是穿著短褲坐在百貨公司前面的椅子上，看到年輕的女孩，就故意把腳張開，露出卵鳥給她們看。」

「眼睛長在她們臉上，要看不看是她們的自由，能怪我嗎？而且有好幾個女孩都很喜歡看，不但笑的很開心，還故意繞幾圈，看了好幾次。」

站在一旁的女王看到李阿作露出猥褻的笑容，幾乎可以想像他的頭殼裡面，裝滿了春情勃勃的蛆。所幸他的眼神只對空氣中虛無的影像，否則她可能會出手打人。但是打的不是李阿作，而是老馬。

「昨天晚上八點到十一點，你在幹什麼？」

「我……。」李阿作佈滿血絲的眼睛微微的瞇起來，在嘴唇上舔來舔去的舌頭也減低了速度。

「有人看見你在『天寶皇居』前的公園前來回走動徘徊，是不是又去騷擾夜歸的女性。」

「我沒有，我沒有，只是……。」

馬組長不想浪費時間，打斷他的話，把一張照片丟在李阿作的前面。他用姆指和食指彷彿鑷子一般地夾起來看……一個很漂亮的女孩。當第二張照片再丟過來……第三張……時，李阿作的呼吸急促起來，因為照片中的女孩子，衣服愈穿愈少，最後一張已經是雙峰畢露了。馬組長還扣著一張，李何作等待著……因為很可能是全裸。

「你認識她吧！」

李阿作點點頭，調整了一下坐姿。

「怎麼認識？」

「我看過她演的電影，也買過她的裸體海報。後來，有一次我經過那棟『天寶皇居』，忽然看見她……因為戴著很大很大的黑眼鏡，所以一時不知道她是誰。後來看見她的那兩粒，猛然才想起她就是美波艷星嬌安娜。」

美波艷星！也虧只有李阿作這種年紀的痴漢才想得出來的暱稱。女王作噁地內心自白，也不自知地往下看了看自己的胸部。

「她昨天晚上被人強姦。」馬組長直視著對方，把最後一張照片放在桌上，然後一字一字地說：「你、的、女、神、被、人、殺、死、了。」

李阿作忽然睜大眼睛，說：「你們不會以為我是凶手吧！」

「那可不一定。」

「我發誓，我沒有殺死她……。」說到這裡，李阿作忽然閉口不言。

「怎麼不說話了？心裡有鬼？」

馬組長時而嘻皮笑臉、時而疾言厲色，李阿作就是不說話。而站在一旁的女王，眉頭早就揍成一團。她向馬組長使了個眼色，換人下場。

「你在遊蕩的時候，有沒有看到什麼可疑的人物？」

「我九點經過公園，看到一個黑衣人走進天寶皇居的祕密花園區。」

「黑衣人，什麼樣的黑衣人？」不只是馬組長，連女王都覺得空氣的粒子慢慢沈澱下來。

「穿著黑色的大衣的黑衣人，穿牛仔褲和長統馬靴。」李阿作想了一想，又說：「還戴著一頂棒球帽下、還有墨鏡。喔！馬靴上印著一朵大大的向日葵。」

「男的？女的？」

「女的！」

「確定？」

「至少體型和走路的樣子，看起來像是女的。嗯！我確定，她穿著緊緊的牛仔褲。長腿翹臀，真是讚！」

「有沒有看到臉？」

「沒有，太遠了。」

「她是步行，還是騎摩托車或開車？」

「開車。」

「你有沒有看到車牌？」

「沒有。」

坐在一邊的馬組長惋惜似地打了一下自己的大腿，又問：「什麼樣的車子？」

「我沒有駕照，也不會開車，根本弄不清什麼車子是什麼廠牌，只知道是銀灰色的。不過，你們如果能夠把所有汽車的圖片拿給我看，我相信還是認得出來。」

女王舉了很多例子，李阿作沒甚麼把握的說，可能是馬自達。因為馬自達的標誌有點像賓士，但是李阿作認得賓士的標誌，然後說那輛車不是賓士。再經過女王的明說暗示，於是李阿作又說了很多，彷彿曾經身歷其境。擅長聽取口供的女王瞭解李阿作的意志極為脆弱，對事物認識不清，由於本身有誇張誇大的習慣，加上面前有忠實的聽眾，也就是流露出母性光輝的女王，於是無所顧忌的開講下去。

開始感覺無聊的馬組長直覺認定李阿作不是兇手。他決定不再插嘴，讓女王獨自繼續和李阿作周旋，自己開始沉思案情，其實是打瞌睡，到夢中向周公請益。

「老馬。」

「喔！」馬組長被女王喚醒，揉揉眼睛，說：「人走了？」

「是的！」女王拉了張椅了坐下來，說：「你相信他的話嗎？組長。」

「半信半疑。」

「我認為李阿作沒有那個膽。」女王轉了個話題，說：「組長，剛才你偵訊李阿作的時候，我看了祝姓保全給我的訪客紀錄和當晚出入人員的感應器紀錄。九點五分，有人員進入，當時祝姓保全不在櫃台。我請從祝姓保全調閱攝影機，從她的描述，那個人的服裝樣子和李阿作的形容一致。可惜拍不到臉部，因為那個人低著頭。由於帽子的遮掩，只看見一小部份下巴和露出來的長髮。還有，祝姓保全也說當時，有個不明女子拿著編號TB06SD-2的感應器進入「天寶皇居」的密花區，再進入電梯，但是沒有進入死者住處的紀錄。」

「咦？妳剛才會報怎麼沒有提起。」

女王懶得跟他說明，她報告的時候，他自己低頭看嬌安娜小時候的經歷。

「TB代表天寶皇居，〇6代表六樓，S代表密花區，D代表D室，也就是死者住的房間號碼，-2是代表第二個感應器。死者使用的感應器編號是TB06SD-1，當時還好好放在現場，已經被列為證物。最有趣的是，依照依照電腦的管控紀錄，那個TB06SD-2的感應器是死者交給蘇鵬飛使用，方便進出。」

「沒有-3、-4嗎？」馬組長看著女王搖頭，說：「妳的意思，案發之後，兇手還躲在單身公寓裡的某一個房間。可是基於人權，當時我們只能挨家挨戶詢問，沒辦法入門搜查。」

「祝姓保全告訴我，昨晚十點左右，天寶皇居發生停電。說不定在那個時候，兇手趁機逃離。可是嬌安娜是十點半死亡，難道會有誤差嗎？只是，我懷疑當兇手進入密花區是九點左右，十點半以後離開。這段時間，難道兇手都和死者共居一室嗎？」

「既然如此，所以兩人應該是熟識的朋友。那麼錄影機所拍攝的不明女子，很可能就是殺死嬌安娜的兇手。」

馬王兩人正在傷腦筋時，鑑識組的通知：死者的陰道深處發現稀薄精液，分析和比對之後，發現和具有妨害風化前科的李阿作的精液成分一致。

這下女明星命案總算有了突破，女王鬆了一口氣之後，感覺濃濃的睡意襲滾而來，於是走入值班室。

第八章

蘇鵬飛意外地發現自己小時候的佣人竟然成了國際知名的版畫家，並不想張揚。他深深了解，很多人不想往事重提。英雄不怕出身低，並不適合趙利廣。自從和趙利廣相認，駕車離開無言版畫室，回家途中，在腦海中盤旋的全是沉埋多年的記憶，甚至有點情何以堪。他終於想起為何姜天恩似曾相似，因為他的面孔像極了自己的姊姊「蘇珞美」。但是他沒有料到相隔十六年，會有另一個姊姊活生生地飄入他的人生。

宋鳳慈聽到蘇鵬飛說到嬌安娜寫信給他時，立刻開始猜測她在十六年之後，忽然現身的意圖何在？

蘇鵬飛強調：嬌安娜本人表示，只是想找回失去的記憶，讓自己的人生更完整。當她當了演員，每次演到相關的情節，總是觸及心靈最深最黑暗的層面，然後惡夢連連。她害怕這樣下去，她會崩潰失控。至於是否涉及瓜分財產，從法律的角度判斷，那是不可能。

宋鳳慈表示對於蘇鵬飛的姊姊的印象十分模糊，因為她自小就在韓國生活，只是寒暑假來台灣，偶然遇見幾次。她想起她的名字叫做「蘇洛美」，一個很漂亮、但是很愚蠢的小女孩。

商量結果，兩人決定找個時間，把這件事情說給他們的母親宋文媛聽，然後再決定如何處理。

叮嚀……叮嚀……叮嚀……幾聲急促的鈴聲打斷了蘇鵬飛的思緒，趕緊取出手機，大聲回話。

「鵬飛嗎？我是阿姐，車子就在大門的噴水池右邊，你快下來。」

蘇鵬飛依言迅速下樓，出了大樓，一眼看見宋鳳慈的ＢＭＷ驕傲地閃燈。進入車子，兩人簡短地哼哈幾句，話題就乾掉了，只剩下車內的音響，傳出來的新聞報導。

宋鳳慈偶而會自說自話幾句，蘇鵬飛則自顧自地滑著手機。宋鳳慈提起此行的目的，蘇鵬飛不得不放下手機，把嬌安娜寫在信上的話重複再說一遍。宋鳳慈先是問到兩人是否已經私下會面，聽到蘇鵬飛否認之後，便陷入沉思中。雖然沉默不語，她面部的表情卻陰晴不定。

蘇鵬飛終究按耐不住，問：「阿姐，你認為阿母會怎樣的反應？信或不信？」

「阿姑她信或不信，應該是和我們的想法一樣，各占一半一半，沒有甚麼意義。我們去跟她報告，只是對於長輩的尊重，一種形式而已，我並不期待甚麼。」

蘇鵬飛想了一下，忽然眉頭一皺，不悅地說：「既然如此，幹嘛這樣慎重其事。我們私下解決，如果像妳說的，我一個人隨便找個時間去跟她說說就好了，幹嘛還勞駕妳這個大忙人親自出馬。」

「不好意思，鵬飛。剛才我所說的話是有些不經過大腦，其實失散多年的女兒要認祖歸宗……。」宋鳳慈意味深長地把尾音拉長，似乎在感嘆，也似乎在哀怨。

蘇鵬飛不耐煩了，說：「她已經說得很清楚，不是來認祖歸宗。妳在阿母面前可不要說錯話，引起不必要的胡思亂想。」
「知道、知道，我們會用假設的語氣，試探阿母的心思，對吧？如果你不放心，全部由你來說，畢竟這是你們蘇家的事，我是外人，與我無關。」
「阿姐，妳真是很顧人怨。簡單的、好好的一件事，被你說得比微積分還複雜。妳是不是外人，心知肚明，不要老是自以為可憐兮兮。」
「哈哈。」宋鳳慈乾笑幾聲，改了話題，說：「我記得你跟阿姑說，你遇見了阿廣，阿姑不是很歡喜嗎？」
蘇鵬飛聽宋鳳慈這樣說，不由自主板起面孔，非常不高興地說：「妳不要把對付媒體或是政客的那一套來對付我好嗎？我幾時跟阿母說過？我連妳都沒說，妳怎麼知道我遇見阿廣哥。」
「你們不認識的話，怎麼會贊助他明年春季的版畫展？我記得那個阿廣以前，蠻討人厭，你就是這樣惜情。」
「才不是這樣！在商言商，妳懂嗎？」蘇鵬飛看了看車窗外，質問道：「還有，我想知道，還要多久才可以到達？」
「就快到了。你看，就在那邊……。」
蘇鵬飛看著豎立在半山腰上的大招牌，印著一片青天、三隻飛翔的白鷺鷥。他不知道宋鳳慈是心神不寧，所以搞錯方向，還是故意多繞了一些路。
宋鳳慈將車速微微加快。果然，沒多久就到達位於陽明山竹仔湖的「白鷺青天」社區。

「白鷺青天」是在蘇志誠過世沒多久之後，由宋文媛找來建商聯手，將原來的歐式別墅和後面那片原來當作研究室的日式宿舍改建，並說服附近的居民打造成一個類似山城小鎮概念的社區。

可是，起初對外的說詞並非如此。蘇鵬飛想起，當時他穿著小小的西裝、結著小小的領結、梳著油亮的西裝頭，乖巧地坐在「白鷺青天」破土典禮的會場中，聽阿母站在台上跟眾人演講。

「路過公園，每當看到許多坐在輪椅上的老人。我就會想起在希臘神話中，史芬克斯的謎語。什麼動物早晨用四條腿走路，中午用兩條腿走路，晚上用三條腿走路？伊底帕斯猜中了正確答案，謎底是『人』。我突發奇想，如果史芬克斯跟我一樣，看到眼前這些坐在輪椅上的老人，或是那些只能躺在病床上的的老人。牠的的謎語是不是會增加一項：什麼動物到晚上以後就沒有腿了？」

「身為誠光集團大家長的我，每次去安養院看長輩，都能體會每個老人的寂寞和痛苦，也從他們的眼神中看見不久將來的自己。老人要優雅地病痛、喜樂地老去、安靜地迎接死神，不能說不可能，但是需要多少的愛和資源。只有愛，缺乏資源，不幸中的大幸。只有資源，缺乏愛，不幸中的小幸。如果兩者皆無，老人風燭殘年，也只能無語問蒼天、徒呼奈何。因此感謝所有為『白鷺青天安養園區』出錢出力、獻出愛心和祝福的人。更感謝各位撥冗參加破土典禮⋯⋯。」

宋文媛雙眼含著淚光，真摯的語調到最後幾乎是哽咽的。小小蘇鵬飛的耳邊不是傳來感動的讚嘆、低泣、還有擤鼻涕的聲音。然而不知怎地，「白鷺青天安養園區」不出一年轉身變成「白鷺青天高級社區」。事隔多年，還可以從網路找到宋文媛的那一段演講。

從小學沒畢業就被送出國念書的蘇鵬飛直到二十三歲才回國，記得剛一下飛機就被宋鳳慈帶來這裡。那個時候宋文媛因為涉及的弊案爆發，被迫退休，由宋鳳慈接任公司總裁。

蘇鵬飛記得回國的第一天，宋鳳慈親自去接機，並開車送他來「白鷺青天」社區。

「那裡本來就是我們……你們家的別墅，雖然改建，阿姑還是盡可能保留原來的風貌。她住的地方就是原來的歐式別墅，現在改建成精緻可愛的小樓房。後面那一片日式屋舍沒有改變，專門收納姑丈生前珍藏的貝殼、貝螺。」

「阿母她一個人住嗎？」

「是啊！不過社區管理單位有指定一個阿姨去照顧阿姑的起居生活。退休後的阿姑本應該是和我住在誠光大樓，可是她偏偏想搬到這裡來住。我苦勸不聽，只好隨她去了。」

「這幾年，阿母還是老樣子嗎？」

「變本加厲，想做就做，沒有人能阻止得了。不過，說句老實話，現在除了我之外，也沒有人想管她了。」宋鳳慈看了蘇鵬飛一眼，笑著說：「現在多了一個你。」

「我是無能為力，只有妳才有辦法。」

「你必須有能為力，因為誠光集團已經無法繼續營運。」

「怎麼會……」蘇鵬飛無法出聲問為什麼，就像他一直無法親口問眼前的這個女人是不是他同母異父的姊姊。

「怎麼會？這你要去問阿母，她捅出多大的簍子，我費了多大的功夫才替她收拾殘局。這次你回國，就不要再出去了。」宋鳳慈說：「我想替人民多說些話，替這個國家的多做點事。因為投身政壇一直是我從小的願望，只因為阿姑要我留在她身邊，所以我才在商場打滾多年。阿姑說誠光集團解散之後，原來的建設公司換成畫廊或是甚麼藝術中心，由你擔任總裁，學以致用，發揮你這幾年的經歷和見識。我已經找到住的地方，過幾天就搬走。」

宋鳳慈一句接著一句地說，蘇鵬飛默默地聽……不知不覺眼前出現一間和洋風味兼具的二層建築，樣貌已經不是蘇鵬飛記憶中的樣子。

兩人下車，蘇鵬飛抬頭一望。站在二樓欄杆內的宋文媛，雖然依舊是往日那副冰冷的樣子，但是不可否認歲月的痕跡讓她的嘴角憑添幾許滄桑、眼神憑添幾許無奈的溫柔。

蘇鵬飛在心中嘆了一口氣，悠悠然回過神來。宋鳳慈已經把車子停妥。兩人剛出了車子，從右邊的迴廊出現一個中年白髮女士，穿著白襯衫和藍裙子，上身套著印有「白鷺青山」標誌的背心。她認識宋鳳慈和蘇鵬飛，微笑地打招呼，不過眼光只對著蘇鵬飛。

白髮女士指著花園內的房屋，說：「令慈聽到兩位要來，連午覺都不睡。趕快去看她，她正等著呢！」

白髮女士一面向兩人報告宋文媛的近況，一面引領蘇宋兩人跨過開放式的門欄，踏入一小段兩邊種滿花草的小徑。時值晚秋，小院子開滿了各種顏色的菊花，空氣中瀰漫著雋永和清雅的氛圍。他們一同走到掛滿蕨類和蔓藤的門口，首先停步的白髮女士表示有事而不能奉陪。道歉之後，轉身沿著原來的小徑離去。

蘇鵬飛感覺這位白髮女士對自己特別關切，心想或許這是她不喜歡宋鳳慈的一種表現方式。不過話說回來，他對她似乎有種親近感。

客廳中心是一張長橢圓形的玻璃几，圍放著三人座的長沙發和兩張古典風格的高背椅。雖然是不同組合，但是卻十分和諧，看出是設計者的慧心。玻璃几上放著杏仁狀的水晶盤，裡面盛著乾燥的花草，此時正浮動著淡淡薄荷的香氣。

只見宋文媛坐在窗戶旁邊的大圓椅打瞌睡，可能是等太久而把持不住。斜照進來的陽光透過放置在窗架的琉璃藝品和牆上水晶掛飾，在白色的牆壁上畫出好幾道碎碎的彩虹。

宋鳳慈做了個「不要出聲」的手勢，然後躡手躡腳地走到宋文媛背後，輕輕地在她的肩頸部按摩，然後俯在耳朵邊小聲說話。蘇鵬飛注意到宋文媛的指甲似乎有點長，於是找出指甲剪替她修剪指甲。宋文媛繼續保持閉目養神的姿態，任由兒子剪好手指甲之後，再換剪腳趾甲。

「阿母好像不太信任我的技術，一直閃躲。」蘇鵬飛抬起頭，迎接宋文媛徐徐睜開的眼睛。

「你們來了！鳳慈，難得看見妳來。」

「您知道我忙啊！您不是說，心最重要嗎？我每天都掛念您。」

「妳三不五時寄來的問安圖，我都看膩了。」

宋文媛等蘇鵬飛剪好了指甲，推開宋鳳慈的雙手，站了起來，換到長沙發。其他兩人就分別在她眼前的椅子坐下來。

「我今天和鵬飛來看您，是有了『珞美』的消息。」

「珞美？」

「鵬飛的姊姊啊！當年妳把她送到韓國去。鵬飛，這來龍去脈就由你來說吧！」

「真的有這一回事嗎？鵬飛。」

宋文媛半信半疑，但是隨著蘇鵬飛的講述，激動的心情一點一滴地打破了她原本喜怒不形於色的表情。

一向當機立斷的宋鳳慈似乎忍受不了宋文媛欲言又止的沉默，帶著不耐煩的口氣，說：「阿母，您說該怎麼辦？我們都聽您的！」

「這樣吧！既然不是認祖歸宗，只是弄清自家身世，我們不能強人所難。只是防人之心不可無，妳可要調查清楚，不要弄了個引狼入室。」

「沒問題。」

「還有……」宋文媛目光轉向蘇鵬飛，說：「不是阿母把你當外人，只是有些事情很複雜，我不想你介入。所以，我想和你阿姐私底下說些話。社區新開了一家餐廳，卓女士建議他們擺些畫畫或藝術品，你可以去看看。別看她是個居家服務員，藝術品味挺高的！」

卓女士就是剛才那位白髮女士。蘇鵬飛已經習慣了被招來喚去，所以不等宋文媛的話說完，便微笑鞠躬離開。他走出屋外，沿著那座鑲崁貝殼的假山，閒步慢行。回想自己小時候，第一次走入那一棟被阿爸當作研究室的日式房屋。他在每個房間走來走去，每一扇窗戶都可以遠眺青翠的山坡或樹林小溪。除了滿屋子的貝殼和貝螺，還有一間放滿書籍的房間。門口掛著一個名牌，上面寫著「圖書室」。每次他來到這裡，總是喜歡躲在裡面，從那豐富的藏書，開始除了課本、參考書、漫畫和國語日報之外的書海初航。

回首凝眸依舊伴著青山的夕陽紅，少年情愁已經昇華成悠悠綿綿的懷念。當蘇鵬飛正要將那悠悠綿綿的懷念，封夾在心靈深處時，眼前的大馬路慢慢開過一輛黃色金龜車。敞開的車窗，他一眼看見包著紫色頭巾的卓阿姨，旁邊開車的是一位年輕女子。

那隨風飄盪的紫色頭巾讓蘇鵬飛猛然想起，如果卓阿姨不是滿頭白髮，而是滿頭黑髮的話，那她不就是曾經在阿姆斯特丹見過一面的「迪蓉伯爵夫人」嗎？他還記得她曾經是「卓逸白夫人」，本名叫做卓順娥。

第九章

有關嬌安娜的死亡時間，經過法醫鑑定，因為陳屍環境單純乾淨，沒有受到汙染和破壞，所以判定準確，大約在晚上十點半。

警方收到通報，馬組長和女王大約在十二點多左右抵達命案現場，直到隔天凌晨才結束現場鑑定、蒐證和偵訊等法定流程。一行人回到局裡，馬組長和組員先進行把收集的資料和數據先做整理、分析和個人的推理和想法，以便往上級報告，並且對媒體以及社會大眾宣布。

沒想到兩個小時之後，再度發生疑似相同凶嫌所犯下的命案。女明星被殺已經非同小可，再加上身為死者的閨密和心理諮商師相繼死於非命，必然會引起軒然大波。果然不久，局長命令臨時召開緊急會議。

午前八點鐘整，馬組長、女王、小張、羅檢察官和相關的員警一起在會議室等待局長蒞臨。馬組長和羅檢察官坐在面對大家的左右兩邊，表情嚴肅。中間空了三個位子，自然是留給局長、主任秘書等高階官員。

羅檢查察官穿著成套的黑色西裝，露出白襯衫和墨綠色的領帶。女王望著他那張多肉的長臉，覺得對照馬組長的「鳳梨臉」，簡直就是「木瓜臉」。室內氣溫很低，羅檢察官的額頭卻滴著油膩膩的汗水。他看起來很蒼老，實際上只有四十五歲。或許正值人生的分水嶺，所以在不經意中，時常流露出急促和暴燥的小動作。

一般而言，檢察官和司法警察在偵查犯罪注意事項中，強調兩者的聯繫和合作。但權責有很大的不同，以犯罪偵查中之工作重點為例，司法警察機關在運用技術、發現事實，再將事實轉移至檢察官，來追究犯罪責任。按照基本觀念的第二條和第三條，對於檢查官和司法警察機關的責任有明確的訂定。檢查官自覺犯罪行為之時起，即負責偵查之主要責任，應主持犯罪偵查之進行，並按照調度司法警察條例切實指揮監督。而司法警察機關則依據法令，協助檢察官偵查犯罪，以便利公訴之準備和進行。尤其是像馬組長是屬於警察隊長以下的官長，所以絕對是聽從檢察官的指揮，執行職務。

大家等了約十分鐘，局長和主任秘書匆匆出現。一如往常，局長說了一篇鼓勵士氣的話，接著吩咐馬羅兩人隨時向他報告案情進展，需要任何資源也可隨時提出申請，然後匆匆帶著主任秘書離開。眾人心照不宣、面無表情，隨即由馬組長說明最新案情。

「馬組長，對於嬌安娜命案現場的報告。雖然還是有些撲朔迷離，可是凶嫌李阿作已經落網了，是不是？」羅檢察官用期待的眼神看著馬組長，問：「他招認了嗎？」

「他只坦承強姦，不承認殺人。」馬組長先做結論，再詳述他的看法。

此時陽光從窗戶射進來，佔據了一塊長方形，上面飛舞的細塵彷彿是死者飄散的魂魄。

「如果是這樣！」羅檢察官綜合眾人的意見之後，便說：「那我們就先以強制性交罪起訴李阿作。唉！連續兩個女人被殺。如果不及時防患未然，說不定會有第三個犧牲者出現。既然李阿作不承認殺人，而且你們也這樣認為，還有嫌疑犯嗎？」

馬組長指名女王發言，女王迅速上台，打開電腦。螢幕出現了死者和命案關係人的照片和資料。當她說明到第二名死者胡海棠是第一名死者嬌安娜的閨密，也是她小時候的心理輔導，目前在醫院擔任兒少心理諮商師的胡海棠時，羅檢察官等人搞不清楚狀況。

「死者小時候的心理輔導？這到底是怎麼一回事？」

「事情是這樣，你看看這份資料，上面說得很清楚。」馬組長一面解釋，一面將調查報告和以前的檔案找出來交給羅檢察官。同時兩個人不約而同地往中間的位置靠攏，因為位子過於靠近，馬組長微微往外移動。

羅檢察官要女王繼續報告，自己則埋頭閱讀。

「由於大家不知道胡海棠的住所，所以花了很多時間去調查。知道之後，馬組長立刻通知當地派出所派員前往了解。當我們到達現場，他們正在等待鎖匠來開門。」

眾人了解，案件尚未成立，不經住戶同意，就破門而入可能會被告。

「有關死者胡海棠住處的大門，我們發現有些疑點，是否請小張上來報告。」

馬組長做了一個「大可不必」的手勢，說：「那些有關密室殺人等推理小說的情節，妳們就私下研究，不要浪費大家時間。」

忍住「擺臭臉」的衝動，女王繼續報告：「有關法醫驗屍、現場鑑識等等，等一下會有負責同仁報告，在此略過。嬌安娜命案的關鍵，從嬌安娜和胡海棠兩人被害之前的手機通聯記錄分析，大約了解以下狀況。」

羅檢察官已經看完相關資料，抬頭專心聽取女王報告。馬組長則低頭玩弄手中的原子筆，顯示內心的浮躁不安。

女王拿出一張圖表，依序說明：「按照胡海棠和嬌安娜的手機紀錄，兩人從八點三十分開始聊天。聊到九點二十五分，停止通話。我們猜測胡海棠開始懷疑嬌安娜可能發生不測，打電話要小麻雀去確認。後來接到小麻雀回電，確認嬌安娜已經命喪黃泉。另外，胡海棠多次打電話給一個人，依據該手機號碼追蹤，登記人名字叫趙利廣。我在這裡先說明，趙利廣是知名版畫家趙東尼，兩人曾經短暫交往過。至於小張打給胡海棠的電話，可能是害怕，她一開始是拒聽，後來乾脆就封鎖掉。最後一通電話是房東李小姐打來，主要協助辦案人員確認胡海棠是否在屋子裏頭。死亡時間則為十二點三十分左右。」

羅檢察官用拳頭輕輕敲著額頭，說：「目前，由於管區不同，資源分散。如果能夠兩案合併研究其殺人動機和過程，說不定會有意想不到的發現。至於由誰主導，我個人建議最好把辦案重心放在第一宗命案。」

兩人一番討論之後，羅檢察官立刻打手機跟上級報告。

馬組長望著羅監察官，胸有成竹、元氣飽滿地當眾宣布：「我們把兩宗命案的時間以及發現屍體的時間整理一下，一起好好研究。老劉，換你報告。」

女王下台，換劉警官上台報告。他除了報告第一時間將李阿作逮捕歸案之外，陸續做了許多調查，尤其是相關參考人的不在場證明。

「第一椿命案死者，本名謝洛梅的嬌安娜生前的演藝事業、社交關係，甚至生活起居都由所屬的天紅演藝經紀公司所監督，認為並無會引起殺機的可疑之人。至於流傳的親密男性友人蘇鵬飛，他在兩樁命案發生時間的不在場證明非常明確，所以不列入凶嫌名單。」

「可信度高嗎？」

「相當高。不過，網路已經開始流傳蘇鵬飛就是兇手的謠言。我們就接到新北市議員宋鳳慈的抗議電話，她是蘇鵬飛的表姊。」

「我也接到宋議員的電話，她說她的政敵開始散布謠言說，她請職業殺手行兇。宋議員為了證明清白，已經向警方發出警告函，務必在月底破案，因為不久就要選舉，任何的醜聞都會毀掉她的政治生涯。」馬組長加強說明，然後請劉警官繼續說下去。

「另外，依據謝洛梅的同事，綽號小麻雀的羅錦雀陳述。死者從今年夏天頻頻和一位名字叫做章劍波的男子有所接觸。她猜測可能借助章劍波的人脈和影響力到韓國演藝圈發展，所以公司特別關注，卻又無動靜。但是經過我們調查，從死者和章劍波的手機和書信往來，全部都是和死者的身世有關的話題和資料。死者打給他的最後一通電話是在死前兩天傍晚五點。依照章劍波住處的管理員表示，他也就是大約那個時候離開，然後就沒有再回來。很遺憾，我們始終連絡不上他。」劉警官拿出一張海關寄來的章劍波出入境證明，說：「至少，我們確認他人在台灣。」

劉警官報告完畢，會場響起了嗡……嗡……嗡的討論聲。

羅檢察官拿起另一份胡海棠命案報告，看了幾頁，說：「兩個命案相差大約兩個小時。第二宗命案還沒有找到嫌犯或目擊者，甚至現場也沒有留下線索，如果不是因為同樣的犯罪工具，很難將兩個命案串連在一起。謝洛梅命案總算有些線索，可是這第二宗、胡海棠命案似乎很棘手。大家都認為那兩個女人是同一凶手所殺的嗎？」

「有此可能。換鑑識課生物科的歐科員上台報告。」馬組長指了指坐在角落，穿著實驗衣的女性鑑識人員。

風韻猶存的歐銀倩畫了一個大濃妝，全身散發濃郁的香水味。她先請同伴去操作電腦，然後搖擺著略顯豐腴的臀部走上台。歐銀倩的聲調低沉，卻有穿透力。連珠砲似地發言方式，讓人耳膜震波蕩漾。

「兩宗命案的行凶手法相同，謝洛梅和胡海棠都是被勒斃。法醫的報告，凶器是鐵鍊，上面都有殘留著胡海棠和謝洛梅血跡和皮屑。從死亡時間和屍體的生理現象，假設兇手是同一人，他（她）是先殺害謝洛梅，然後再去殺死胡海棠。另外，我們來看看兩人的解剖報告，有幾點比較大的差異。謝洛梅生前有被電擊，胡海棠沒有。謝洛梅的脖子有深淺兩道勒痕，胡海棠只有一道很深的勒痕。胡海棠的頭部有撞傷的痕跡，謝洛梅沒有。謝洛梅一絲不掛，遭受性侵。胡海棠臨死之前，顯然和兇手一番纏鬥，服裝雖然凌亂，沒有被性侵。目前，鑑識課已經在化驗兩位死者體表上和指甲縫裡的皮屑和身上的微物證據。初步的外觀辨識，已經排除李阿作殺害胡海棠的可能性。還有我們從謝洛梅的血液中分析，具有高濃度的尿酸，也就是她患有高尿酸血症……。」

女王等人知道歐銀倩看不起嬌安娜的職業，所以用本名謝洛梅稱呼之。

馬組長很不客氣打斷對方的醫學報導，問：「請問這和死亡因素有關嗎？」

「沒有。但是證明死者可能具有阿富汗塔琦克族的血統。因為……。」

「知道了，謝謝。」馬組長轉頭對大家說：「再來下去就是第二宗命案的調查報告。」

上台的是第一時間到達胡海棠命案現場的小張。因為大家事先都知道死者的身家背景、職業和人際關係，所以就輕描淡寫略過，只專注唯一的嫌疑犯就是前男友趙利廣。他也把趙利廣做了一番詳細的介紹，包括他是知名版畫家，目前是無言版畫室的負責人。

「我們無法立刻聯絡上趙利廣，所以都是透過工作室的業務經理姜天恩的說明。趙利廣和胡海棠曾經是男女朋友，不過已經分手。他認為是死者想要復合，故意在深夜找理由和他糾纏不清。他先是拒絕，後來經不起對方苦苦哀求，便假意答應。這是姜天恩的推測，不予採信。實際上，他的不在場證明並不明確。」

「請詳細說明。」

「姜天恩說趙利廣這幾天在誠光藝術空間舉辦畫展，他們兩個人都在誠光藝術空間附屬的咖啡店。但是，我要求他拿出確實的不在場證明，也就是胡海棠死亡的前後時間，也就是十二點到一點，卻又交待得不清不楚。我認為兩個人是事業夥伴、關係匪淺，所以沒有甚麼說服力。不過，姜天恩會設法聯絡當時在場的另外一名女性友人出面向警方作證。」

「女性友人？」

「趙利廣的粉絲卓順娥。」小張說完一個段落，似乎是鼓起很大的勇氣，說：「另外，有一疑點。」

「甚麼疑點？」馬組長似乎看透了小張：「又是推理小那一套？」

小張一時無言，倒是羅檢察官興趣盎然。

「死者的臉朝向一個掉落的電子相框，似乎想要表達甚麼。」小張說得零零落落，連自己都覺得沒有說服力。

羅檢察官正要發問，馬組長插嘴問道：「趙利廣人現在人呢？不會也像章劍波一樣消失無蹤吧！」

「我和姜天恩面談時，姜天恩和他用Line視訊連線。所以他多多少少有和我說話。剛才那些話都是他親口所說，然後由姜天恩在旁說明。他說他人在南部，後天回來時，會主動和我們聯絡說明。我還問他有沒有接到胡海棠的電話，他說有，但是認為對方是無理取鬧，所以沒有赴約。」

「趙利廣接到電話到底有沒有過去找胡海棠呢？」

小張表示無法確認對方所言是否屬實，但是鑑識課正在蒐集胡海棠居處附近的攝影機畫面。

如果發現蛛絲馬跡，或許可以戳破趙利廣的謊言。

羅檢察官提問：「有關第二宗命案，還有其他可疑的關係人嗎？」

小張回答：「目前沒有。不過，我們認為隨著調查案情，可能會再出現幾個。」

羅檢察官又問了幾個根本無法回答的問題之後，暫時告一段落，小張鞠躬下台。

馬組長想到甚麼，大聲對女王，說：「有關失竊的版畫，妳有查到些甚麼嗎？」

女王搖頭表示沒有，自顧自整理和彙整其他員警的報告，同時更新鑑識結果，以及完整的驗屍報告。

羅檢察官將手中的調查報告和以前的檔案還給馬組長，同時對他說：「上級已經下令把這兩宗命案連合起來，成立專案來辦，由你來主持。」

馬組長早知答案，故作謙虛地推托一番。羅監察官也跟著虛與委蛇，然後兩人開始討論辦案的方向和人員的分配。忽然傳來一陣聲響，大家轉頭一望，有群鴿子恰好掠過窗口。

馬組長先是迷惘地望著飛走的鴿群，臉上緩緩現出挑戰的神情，說：「那我們就加把勁，盡快把凶手繩之以法，以慰兩名死者在天之靈。」

當眾人紛紛離開會議室，空曠的地板只剩下一小塊三角型的陽光。窗戶因濕氣而迷濛，其中兩塊玻璃，宛如是嬌安娜和胡海棠哀怨的容顏。

回到自己辦公桌的女王讀著一頁一頁的命案資料，心頭沒來由地一陣挫敗。回想這幾天，絞盡腦汁的推理、疲於奔命的偵查，換來一片空白。面對嬌胡兩宗命案，除了李阿作被捕、蘇鵬飛清白，其他涉嫌人好像天高皇帝遠，摸不著邊際。

一陣香氣傳來，抬頭一看，小張帶來一杯咖啡。

「老馬吩咐我們要去胡海棠的住處，再看看有沒有疏忽或遺漏的地方。啊！這種說法似乎有些對不起我們的鑑識同仁。」

「不會啊！不同專業有不同的看法，何況帶著他們的資料，我們可以現場比對，找出更多的線索。」女王想了一想，說：「不過，我已經先和蘇鵬飛約好，我想從他這個最沒有嫌疑的人去打聽一些消息。」

女王喝著咖啡，想起小張每次遇到命案發生，就會引用推理小說中，名偵探常說的一句話：第一個首先發現屍體的人最可能是兇手。依據理論，嬌安娜命案第一個是胡海棠，那是不可能。接下來是被告知的趙利廣，證實他也不是，再來就是小麻雀、還有祝姓保全。

嬌安娜命案發生不久之後，祝姓保全的口供和態度未免太積極主動，到底個性使然？還是別有用意。另外一個疑點浮上女王的心頭，祝姓保全在十點十分時，接到小麻雀的來電。因故無法接聽，直到十一點半才回電。女王回想祝姓保全當時的解釋有些「模糊不清」，有必要再釐清。既然有了這個念頭，就打個電話和祝姓保全聊聊吧！對方手機的回應竟然是暫停使用。

女王接著打電話去天寶皇居管理處詢問，他們的人事主管說，祝姓保全因為疏忽職責，引咎辭職。因為還在試用期間，所以也不于挽留。這下可好，女王只好依照祝姓保全以前留下的個人紀錄，按圖索驥。不查還好，查了之後，女王霎時瞠目結舌。本名祝寶如的祝姓保全竟然曾經是個幫派分子和累犯，曾經涉及竊盜、傷害、殺人未遂等罪刑。

第十章

去年秋天，宋鳳慈和蘇鵬飛因為「嬌安娜」的緣故，連袂到白鷺青天找宋文媛商量。宋文媛支開蘇鵬飛，單獨交辦宋鳳慈去調查幾件事情。隔天傍晚，宋文媛接到宋鳳慈來電。

「阿姑？」

「嗯。」

「您交代的事，我查出來了。那個叫嬌安娜的女人只會說簡單的韓文，而且是去韓國拍片，臨時學的。她除了去韓國拍片，也沒有在韓國住過。她被人領養之前，身世不詳，領養以後的紀錄就清清楚楚。」宋鳳慈信心滿滿地說：「阿姨，妳可以放心！我敢打賭，她絕非『珞美』。」

「嗯。」

宋鳳慈聽出宋文媛聲音中的無精打采，便說：「阿姑，當時您把珞美送去韓國，一切都由祖父一手處理，好像安置到一個啟智學校。後來怎麼了？」

「妳姑丈去世後，家裡又發生了很多件大事，我實在沒辦法再分心去管遠在韓國的珞美，只由公司定期寄錢過去。後來，到底有沒有繼續，公司沒了，我也不知道。你祖父患了失智症，略知一、二的祖母也過世了，珞美就失去聯絡。她究竟是生是死，我想也沒人知道。她那樣子，早死早好。」

「現在醫學發達，搞不好不但沒死，還過著正常人的生活。我再請韓國的友人調查好嗎？反正先從匯款的對象開始查起，不會很困難。」

「也好，如果是事實，好歹她也是妳姑丈的親骨肉。」宋文媛嘆了一口氣，說：「言歸正傳，那個女人會在這個時刻冒出來，我不相信這是她自己的意願，妳把幕後的藏鏡人揪出來。」

「聽說是一個名字叫做『章劍波』的人。阿姑，您認識那個人嗎？」

「連聽都沒聽過。」宋文媛的聲音忽然尖銳起來。

「真的嗎？」

「妳甚麼意思？」

「沒事，只是確認一下，聽說他是以前蘇家傭人的兒子。」

「老章的兒子？我哪記得那麼多。」

「阿姑，那您還記得阿廣嗎？」

「阿廣不就是以前在我們家當佣人的少年郎？很乖很靜，還很會畫圖。」

「妳不是和阿廣的父母很要好嗎？」

「嗯……」宋文媛忽然感到四肢無力。

「阿姑，妳怎麼啦？聲音發抖，身體不舒服嗎？喔！沒事就好。」宋鳳慈繼續說：「我有事去找鵬飛，他說他和無言版畫室合作，籌辦明年春天的版畫展。我一看版畫家是趙東尼，隨口說：好像見過這個人。鵬飛就很興奮地告訴我：趙東尼本名趙利廣，就是以前那個阿廣。」

「鵬飛前幾天才來看我，並沒有提起這件事情。」

「會不會是刻意隱瞞您？」

「鳳慈！」宋文媛淩厲的聲音讓宋鳳慈感覺非常刺耳。

「這不能怪我啊！阿姑。如果是在平常，這是小事一宗。但是就像您所說的，為什麼那個女人會在這個時刻冒出來？您不相信這是她自己的意願，我也一樣的想法。」

「妳真厲害，把我的心思都摸透透。不過，我再次警告妳，不要老是把鵬飛往壞處推。」

「阿姑，我真的沒有這個意思，我只是擔心他被人利用。」宋鳳慈發現宋文媛的語氣稍微緩和，接下去說：「我會找個時間去『無言版畫室』，親自拜訪阿廣。現在可不能阿廣、阿廣的隨便叫，人家可是享譽國際的版畫家趙東尼大師。至於嬌安娜，我只能暗著查。她是找鵬飛，不是找我。」

「那麼，妳就繼續調查。隨時跟我報告，我要弄清楚究竟是怎麼一回事。」

兩人結束談話，宋文媛起身去沖泡一杯花茶，然後打開電腦，在谷歌的頁面上，輸入「趙東尼」，然後開始搜索。曾經是一個悶不吭聲、默默做著事的少年人，如今卻是如此光輝奪目。當她仔細閱讀有關的介紹，趙東尼的很多張照片中，旁邊最常出現的是一個俊美的年輕男子。

宋文媛一面目不轉睛盯著電腦螢幕，一面拿起手機。

「阿姑，又有甚麼吩咐？」

「鳳慈！如果妳去『無言版畫室』找阿廣，順便幫我調查一下姜天恩這個人，我覺得他有點像小時候的珞美。另外，妳還記得那個祝寶如嗎？以前在我們公司當女工頭的嗎？幫我傳話，說我有事找他。」

宋文媛忽然想起蘇志誠，那個有名無實的丈夫。很久、很久沒有想起他，有點記不起他的模樣。他曾經想要溺死自己的女兒，然後上吊自殺。後來瘋瘋癲癲，竟然喝下放射碘溶液自殺，害自己和王永輝差一點揹負謀殺親夫的罪名。雖然最後證明事實並非如此，但是選擇遠走高飛、銷聲匿跡的王永輝，等於在社會大眾之前默認自己的罪行。

多年後，章劍波忽然出現，鼓舌如簧地說服宋文媛投資他的事業，結果害自己的事業都毀於一旦。後來聽說到更早之前，王永輝已經被他的魔掌撕成碎片，宋文媛才後知後覺自己掉入他預設的陷阱。如今章劍波再度出現，還帶著嬌安娜，對心知肚明的宋文媛而言是最後一擊、也是致命的一擊。

窗外細雨濛濛，夜空漆黑。她心裡那一小片彎刀似的月亮卻越來越光亮，好像沾滿了銀色的血液。

今年的大年初三，也就是嬌安娜被殺害的前兩天，傍晚七點十五分。此時，章劍波正走入汐止湖濱公園的大門。夕陽餘暉懸在樹梢，幾片被風吹動的葉子發出閃爍不定的光。

寒冷的黃昏，公園人煙稀少，但是章劍波還是刻意挑選樹間小徑。他低著頭、微微地扯緊夾克的領口，望著越來越近，已經被暮色染黑的人工湖。思緒則徘徊在今天的午後五點二十五分……。

章劍波和嬌安娜通完電話之後，手機再度響起，來電沒有顯示號碼。

「喂！」章劍波不加思索先打了聲招呼。

「再五分鐘就五點半了。」莫名其妙的開場白令章劍波感到有些迷糊。

「甚麼？請問妳是誰？」章劍波挺起背脊，同時將手機更貼近耳窩。

沒有回答，只聽到一陣分不出情緒的低笑聲。

「請問找誰？」

「找你。」

有點中性的聲音和不知是天然、還是刻意模仿外國腔的音調，章劍波主觀認為對方是個成熟的女性。

「找我？何有貴事？」想像的色彩和線條開始在章劍波的心中迅速啟動。

「今晚七點三十分，我在汐止湖濱公園的西出口涼亭等你。」

「妳是誰？約我到那裡去幹什麼？」

「我是誰，並不重要，重要的是我有幾筆帳要和你算一算。第一筆帳是發生在十六年前……。」

隨著對方的一言一語，章劍波的面色逐漸凝重。

「所以，你是不是應該要面對現實了？」

「嗯……」章劍波情不自禁地呻吟，不但放棄追問對方是誰？用意何在等所有心中的疑問，反而積極配合對方的要求和指示。

「再說一遍：今晚七點三十分，我在汐止湖濱公園的西出口涼亭等你。你躲得了一時，躲不了一世。所以我勸你還是準時赴約，我們把帳好好算一算，該清的就清，該了的就了。放心！你手中有『嬌安娜』這張王牌，我不會太為難你。」

神祕女子說完之後，就不再出聲。章劍波喂了幾聲之後，才按掉手機的通話鍵。

手機始終沒有再響起。去呢？還是不去？還有……那個神祕女子是誰？她為什麼知道他這麼多過去、不為人所知的秘密，她的意圖是什麼？她到底是甚麼人？

這怪異的來電雖然與事實有些出入，然而還是有些可信度。不知不覺，屋內一片暗黑。章劍波扭開桌燈，但是明亮的光線，抵不住滾滾湧進來的疑雲謎霧。他決定以不變應萬變，回頭逆想人生的來時路。

章劍波順利地考入博士班，同時在福生藥物研究所當研究員。他的主管是王永輝教授，也就是他的指導教授。章劍波在福生藥物研究所的職位和薪水一般般，但是研究經費卻是多得令人眼紅，更不用說他享有的特權。

起初，章劍波天真地以為自己的努力和才學獲得肯定，甚至認為自己實在是太幸運了。直到有一天，他從父親的口中知道了王永輝教授的秘密。

章劍波猜測當時在蘇家工作多年的父親，一定是為王永輝教授和身為蘇太太的宋文媛兩人的不倫戀情提供了很多協助。王永輝教授為了報恩，所以才會如此厚待自己。

後來章劍波的父親無緣無故地病了，而且病得不輕。依據章劍波的專業判斷是遭受放射性傷害。他是從發現同事胡海棠的L.T.D佩章嚴重受到汙染之後，開始起疑。於是，他帶著測試儀去查證。

從父親的死因，導致章劍波積極去調查蘇志誠的死因。做出一番推理之後，雖然沒有確切的證據，還是大膽展開勒索的行動。當時他只有針對王永輝下手，主要是他人善可欺。

章劍波沒有對宋文媛採取行動，除了沒有充份的證據，主要是宋文媛經營的「誠光集團」財大勢大，她本人也不是省油的燈，根本招惹不起。

幾年之後，時機成熟了，章劍波便開始對宋文媛逐步下手。他既然無法進一步追究宋文媛是否參與謀殺蘇志誠。這是老梗，他在王文輝身上用過了。何況年代已久，已經無法構成法律問題。當他抱著不玩白不玩的心理地老調再彈、故技重施，沒想到心高氣傲的宋文媛一下子就翻臉。兩敗俱傷之下，章劍波的事業因而日走下坡。

如今，天掉下來一份禮物，好不容易出現「嬌安娜」這張王牌，章劍波自然不可輕易放過。因為他想要把蘇家僅剩下來的誠光藝術空間和所有藝術珍品全部吞食入腹。

一陣鈴聲就像連續射過來的飛鏢，把章劍波的回憶的一幕一幕「刺」破。他起身拿起電話，抬頭一看，掛鐘顯示六點半。

「章先生，我是樓下管理員。」

章劍波鬆了一口氣，然而神經立刻緊繃起來，因為他接著說：「你有訪客。」

「男的，還是女的？」

「年輕的正妹。她不想登記姓名、手機號碼和身分證字號。所以我想問你要怎麼辦？」

「我剛好有急事要出去。如果她認識我，叫她直接打我的手機。千萬不要透露我住幾樓幾號，還有任何資料。」

放下話筒，章劍波大力地拍了一下桌子，聲音在空曠的房間，像是敲響命運之鐘的第一聲響。他迅速地站起來，準備去赴約。

胡海棠的人影再度悠悠然地出現在章劍波的眼膜。難道是胡海棠？說真的，目前圍繞在他身邊的熟人，也只有她知道他的過去。不過，他懷疑她如何取得這麼多資料？如果是嬌安娜跟她透漏了些甚麼，那就有可能。至於嬌安娜為什麼要這樣做，難道她已經發現自己的動機不是單純的「好奇」？還是自己被背叛，因為嬌安娜找到對自己更有利益的路徑。

湖濱公園在日據時代是一處神社，平日遊客不少。歷年來，在有心人士的經營下，種植了各種品種的杜鵑，每當春天來臨，就成了五彩繽紛的花蕊世界。然而最近幾年，因為人口激增，房地產如吹氣的塑膠巨人般快速地長大起來，湖濱公園就萎縮成一小塊地。原本蔥翠的顏色，彷彿被漂白劑沖洗過，變成東一片、西一片的水泥地。只有當初規劃人工湖，因為接連著基隆河，所以依然維持水深遼闊的樣貌。

夕陽餘暉將天空染上層層的紫金。慢慢地，金色退去，留下紫色，然而轉瞬間紫色快速轉成黑色。雲霞在遠方翻來覆去，就像是章劍波的心中風景。

章劍波將車子在路邊停好，進入湖濱公園，看看時間還早，於是放慢腳步。忽然感覺有人跟蹤，於是放慢腳步，然後迅速回頭一看，原來是個打扮艷麗老氣的年輕女子。

「有事嗎？」

女子被章劍波突如其來的動作和凶狠的表情嚇了一大跳，一時之間不知如何回答，只能結結巴巴說了幾句詞不達意的話。

章劍波不確認眼前的這個女孩是否是約他出來的人，因為纖細的聲音和剛才通話的「神祕女子」大不相同，不過還是試探性的問了一問：「請問是妳約我出來的嗎？」

「不是。我剛剛去您住的地方找您。」

「找我？然後一路跟蹤我到這裡。」章劍波霎時疑竇叢生，戒心頓起。

「我們找個地方坐著聊，好嗎？我想跟你請教些事情。」女子指著前方一排椅子，然後又比了個類似「密談」的手勢。

看到女子比了個很曖昧的手勢。章劍波做了個恍然大悟的表情，趕緊說了一聲：對不起，連忙走開。

「您誤會了，章先生，我是……」

女子的聲音被陣陣強勁的寒風吹散，只得快步緊跟不放。眼看快要追上，便伸手去搭章劍波的肩膀。

原本被神秘女子撒下疑羅謎網而滿心焦慮的章劍波，又被這無聊女子死纏不放，彷彿洩恨似地回手一撥，結果打擊到對方軟綿綿的胸部，還感覺手指勾到甚麼硬硬滑滑的東西。

女子痛得哇哇大叫，本能地舞動雙手反擊。

章劍波感到脖子上一陣刺痛。他覺得這糾纏下去，恐怕耽誤了和神祕女子約見的時間，於是奮力跑開。擺脫女孩的糾纏，到達湖邊的涼亭時，只見一條苗條的藍色人影坐在石椅上，似乎已經等待多時。

對方戴著口罩、帶著墨鏡，還把漁夫帽放得低低的，只露出幾根髮絲。這樣不尋常的打扮讓章劍波直覺她就是約他出來的女子。

「請問是妳約我出來的嗎？」

「是。」透過厚層口罩的聲音顯得混濁不清，但是能夠確認是女性。

「好，我已經依約前來，妳就直話直說，我洗耳恭聽。」

「一句話，適可而止。你不必問為什麼？因為你找到的人是冒牌貨。」

此時的夕陽已經顯得疲憊不堪，但是依然放射出堅毅的光輝。所以當一輪新月冉冉升起時，它只好棄械離去。

章劍波的手機忽然響起來，禮貌性地對藍衣女子說聲：抱歉，然後轉身走到涼亭外。

「請問是章劍波先生嗎？我是誠光藝術空間的蘇鵬飛。」

章劍波好不容易聽完對方的自我介紹，表示目前正忙，無法和對方多談。

「那我就長話短說……我們和無言版畫工作室將在後天展出趙東尼大師的創作，我們請您蒞臨指導。如果您方便，也可以分享您的收藏經驗，或是對於韓國心靈派版畫大師姜正武的看法，畢竟趙東尼大師是師承姜正武大師，一脈相傳。」

「感激不盡。」

「共襄盛舉是沒問題，上台說話就免了。我現在有要事，無法多講話，請見諒。」

當章劍波轉過身時，藍衣女子站在湖邊向他招手。此時，月光驟然明亮起來，把湖面的波紋照得清晰無比。

破空傳來「啊」的一聲慘叫，劃破了原本靜默的湖濱公園。

幾位行人，紛紛轉過頭來。他們遠遠看到一個男人在湖水中掙扎，還有一條站在湖畔的藍色人影。落水的男人很快地沉沒下去，但是大約過了十幾分鐘，冒出湖面的男人奮勇地游上岸邊。寒風陣陣，爬上岸的男人顯得非常狼狽。行人散去，只剩下幾個一面議論，一面目不轉睛地望著他們遠去的背影。

「我看見那個女的把他推進湖裡。」

「好像是他自己不小心掉下去。你看，那個女的不是幫他拉上來。可能是小兩口吵架吧！」

「見鬼了，明明是那個男的自己爬上來。」

「可是人家現在不是挺親熱的嘛！女的還用大毛巾幫男的擦頭髮。」

「或許是女的心懷罪惡感吧！還有，女的可能有預謀要把男的推下去，否則為什麼事先準備一條大毛巾呢？」

「公園什麼怪事都會發生，少見多怪。」

清風徐徐吹來，時間在黑暗的公園裡，似乎凝固了。月光下的湖面，蕩漾的波紋好像一張時而哭泣、時而微笑的臉。夜深了，不見人影一個。哦！還有一個，她正是那位曾經向章劍波搭訕的濃妝女孩，正慢慢走向公園的大門。不遠處的大花鐘，標示著再差十五分鐘就九點。

第十一章

位於三峽老街附近的「無言版畫室」，出現異於常日的喧鬧。喧鬧聲來自一群戶外教學的中學生，他們站在「無言版畫室」的開放式工作室，東張西望，嘰嘰喳喳說個不停。

他們看著一個年紀約五十、身型瘦小的男人在銅版上灑著松香粉，並準備加熱固定。然後走到另一個區域，看著另外一個較為年輕的壯碩男人正以滾點刀，在塗有防蝕劑的銅版上面，順者輪廓刻出痕跡。還有一位坐在角落的女性畫師則是將紙張覆住銅版，仔細地用鉛筆描畫。

「同學們，安靜一點，請看這邊。他們這一組屬於凹版畫，所用的材料多半是銅版。通常以刀刻或酸蝕出圖形之後，將顏料填入凹溝中，以潮濕的畫紙覆上去，再以壓印機印出來。」

戴著金邊眼鏡的姜天恩，上身黑色棉襖，配搭純白的開斯米龍圍巾，散發類似徐志摩的氣質。他正面對著一群美工科的學生，侃侃而談。

「各位同學，讓我們到另一間工作室吧！」他微微做了個「請」的手勢，輕盈地轉身。學生們像跟著牧羊人的羊群一面東張西望，一面跟著過去。

「這種木刻版畫和剛才所見的凹版相反，屬於凸版。使用縱切面木版，材質較粗鬆而光滑，因此雕出的線條較為粗獷。那種用橫切面木板，材質硬並經磨光，必須用推刀刻出輪廓的，則屬於木口木版畫。」

講到這裡，姜天恩的手機響起。說了聲對不起，閃到一邊去接聽。說沒幾句話，就折回來，對學生們說：「各位同學，不好意思。我的講解已經告一段落。剛好有重要的事情要處理，我就不陪大家參觀了！你們自己走走看看。如果有問題的話，就直接請教現場的版畫老師。我等一下再過來，真是不好意思。」

展覽廳的大型玻璃窗前站著一個盛裝的女人，動也不動地看著窗外的景色。

窗外是一座平實單調的花園，散放著一些不知道是做壞的、還是未完成的石雕和木雕。榕樹下停著一輛遊覽車，就是那群遠道慕名而來的中學生的交通工具。圍牆外有片綠色的稻田。有個農夫走過田埂，田埂的盡頭則是間土地公廟。

姜天恩滿臉笑容走過去，盛裝的女人緩緩轉過頭來，誠如女明星般架式地緩緩把太陽眼鏡拿下來。她有張方型的臉，細長而銳利的眼神讓人備感氣勢凌人。姜天恩避開她的視線，望著她一身知名廠牌的套裝和首飾皮鞋。

兩人交換名片，姜天恩在一大堆頭銜中，發現對方主要的身份是新北市議員，於是展露出更有笑意的表情，說：「宋議員，要不要移駕到我的辦公室。」

「這裡很好，看出去的景色很美，環境也很安靜。」宋鳳慈毫不客氣地往姜天恩從頭到腳瀏覽一番之後，又說：「我坐了整天車，站著說話也很不錯。」

「您說的很對，只是覺得有點失禮。」姜天恩一邊問宋鳳慈想要喝甚麼飲料，一面拿出手機，交代工讀生立刻準備。

宋鳳慈看到掛在牆壁上的一系列色彩鮮艷，頗有童趣的版畫，走過去仔細欣賞。

「那是趙東尼大師的系列作品，題名『憶往』。」

宋鳳慈迂迴地說了一些開場白後，才說：「我想見見趙利廣先生，有事找他。」

「趙利廣先生？」姜天恩故意裝作一時轉不過來，猛然想起的樣子，說：「您是說趙東尼大師吧！」

「是的！我約他見面很多次，他一直說沒空。我剛去樹林、鶯歌為選民服務，回程路過這裡，想想何不順路來拜訪趙東尼……大師。」

「妳見他做甚麼？」

「說來話長。」宋鳳慈東張西望，笑著說：「我是蘇鵬飛的姊姊。我想你認識他吧！」

「喔！我沒聽過蘇總提起他有位當市議員的姊姊。沒想到今天能夠有幸一睹芳容，更沒想到宋大姊這麼年輕漂亮。」

「不敢當、不敢當。」

剛才接受指令的工讀生走過來，將一壺茶和兩個茶杯放在桌上。姜天恩過去倒了一杯，端過來給宋鳳慈，然後再倒給自己一杯。

宋鳳慈喝了一口，讚道：「好茶。」

「真的嗎？是附近茶農的文山包種。」

「聽說姜先生是韓國人，中文講的這麼好，不簡單喔！」

「還好，一般閱讀和會話是可以應付。難一點的就莫法度了！」姜天恩不想多說自己的出身來歷。

宋鳳慈表示自己也是韓國人，姜天恩便開始轉換用韓語，說：「妳說妳想見趙東尼大師，不過他正在創作，時間點上有些不方便。如果妳不介意的話，可以直接跟我說，我可以代為轉達。」

「我聽鵬飛說，趙東尼的本名叫做趙利廣，少年時代曾經在他們家當佣人。妳知道嗎？」

「我不知道。妳是來跟趙東尼大師求證這件事情嗎？」

「當然不是，我才不會那麼無聊。我只是想要跟他打聽一個女人。可是，每當我在電話中，和他提起那個女人的名字，他不是立刻掛斷電話，就是很急躁地否認，讓我很不解，所以我決定要和他見上一面，當面問清楚。」

「宋議員想要打聽的女人，到底是誰？」

兩人邊說、邊喝茶，不知不覺走向桌邊，然後各自坐下。

「一個專門演A片的女優，叫做甚麼嬌安娜的！」

「喔！我知道她，最近很紅，紅到韓國去的性感女神。不過，應該不是AV女優。」

「管她是不是。」蘇鳳慈輕蔑的哼了一聲，說：「不久前，她莫名其妙地寫了一封信給鵬飛。說甚麼她可能是鵬飛的姊姊，也不知道從哪裡收集來的資料，說得頭頭是道。鵬飛的母親知道了之後，深深不以為然。不過，鵬飛似乎深信不疑。鵬飛的母親，也就是我的阿姑要我查清楚。」

「嗯。」姜天恩只是聆聽和象徵性的應和，不表達任何意見。

宋鳳慈眼見對方反應淡然，於是識趣地把話題冷下來。姜文恩發現宋鳳慈的茶杯空了，便再為她倒一杯。

「你聽說過他們之間的關係嗎？我是說趙東尼大師和嬌安娜。」

「我不是很清楚。」

「既然不清楚，那我們就不談這個。」宋鳳慈回到有關嬌安娜的話題，說：「你是鵬飛的好朋友，是否能夠勸勸鵬飛，凡事要三思而後行。我們的母親好不容易度過一場大劫，如今平靜地過著日子，可經不起甚麼風吹草動。妳可知道鵬飛的母親滿身都是病，風燭殘年的老人啊！」

姜天恩默默傾聽，不表意見。

「如果那女人想要來分甚麼財產，可真搞錯對象。不管她是真貨還是假貨，在法律上，她是一毛錢也拿不到。聽說她也知道這一點，她說她小時候被誘拐，然後失去了九歲以前的記憶，所以想打聽一下，自己是不是蘇家失蹤的女兒。尤其是她說她對珞美這個名字有很深的感觸。因為她的名字好像是珞美，只是不知道文字，所以後來名字就叫做洛梅。這根本與事實不符，珞美在九歲被送到韓國去，這是我親耳所聞、親眼所見。」

宋鳳慈說了一大篇，看到對方似乎不感興趣，便以略帶「逼問」的口吻，說：「你知道那個女人早不選、晚不選，為什麼選擇這個時候出現呢？」

姜天恩非常不喜歡對方這種談話方式，所以他連搖頭和微笑都省略，選擇冷漠以對。

「說起來，這和令尊有點關聯。」

宋鳳慈看著姜天恩臉上終於出現感興趣的表情，吊人胃口地笑笑不語，只管悠閒地賞畫。過一會兒，還是自己按耐不住，裝模作樣地做出忽然想起甚麼似的，大驚小怪地說：「你知道嗎？聽說那個嬌安娜有一幅令尊的大作『My Angel』，也就是是蘇珞美的畫像。」

姜天恩無動於衷，用極其平淡的口氣，說：「那一幅版畫可說是家父登峰造極之作，雖然後來不知流落何方。不僅是那一幅畫，凡是家父的遺作，我總是竭盡所能地去尋找，至少要知道他們的下落。感謝妳告訴我這一條線索，我會盡快去找嬌安娜，並證實那一幅版畫是否是家父的真跡。」

「我小時候看過那幅畫，聽我阿姑說，那是一幅能夠治療心靈創傷的畫。」

「家父既然是心靈派版畫家，所有的作品都有神祕的功能。也因為那個緣故，他和心理學方面的專家才創辦文殊學苑，長期看顧和訓練智力失常或發育障礙的小孩。」

當宋鳳慈又問起蘇珞美離開文殊學苑之後的去向，姜天恩表示不知道。

「宋議員，妳怎知道嬌安娜手中有那一幅『My Angel』？」

「嬌安娜說的，鵬飛去她家看過幾次。」宋鳳慈又露出狹促的微笑，說：「怎麼？鵬飛沒跟妳說嗎？因為這幅版畫，我阿姑才會猜測真正主使嬌安娜出來的那個人就是阿廣，而不是章劍波。」

姜天恩非常厭惡宋鳳慈那種隱喻他和蘇鵬飛兩人關係的態度，還沒來得及回答，背後忽然響起了腳步聲。

「姜老師。」來人是剛才學生團體中的班代表，她向姜天恩致謝，並表示現在就要離去。

「歡迎你們再來，無言版畫室永遠歡迎你們。」姜天恩優雅地行禮，同時走出去向那群學生揮別。直到那輛小型遊覽車離開時，才轉身回來。

宋鳳慈知道姜天恩故意讓她久等，假意笑著說：「看來，我今天白跑一趟了。」

「不好意思！您的來意，我一定會轉達。」姜天恩從一開始稱呼宋鳳慈「您」到因為對方的惡劣態度而刻意改稱「妳」，最後不知不覺又換成「您」。

宋鳳慈轉身走回原來的座位時，不知有心還是有意，左腳一拐。如果不是姜天恩及時扶住，可能摔倒在地。當宋鳳慈的左臂被扶住時，她的右手順勢往姜天恩的胸部摸去。

姜天恩似乎很習慣人們用這種探試性別的手段，絲毫不以為意。這時候，一個精壯的男人從不遠處的窗口探一下頭。他雖然沒有直接看到正在和姜天恩說話的宋鳳慈，但是從另一邊玻璃窗上的倒影，卻一目了然。當他和宋鳳慈在玻璃窗中四目交接時，立刻縮回去。宋鳳慈東張西望，讓姜天恩一路送她走出畫室，開車離去。

姜天恩的手機響起，耳邊傳來趙利廣的聲音。
「這到底是怎麼一回事？那個女人來幹嗎？」
「打聽你和嬌安娜的關係。」
「煩！」
「你這樣躲著也不是辦法，我們和蘇鵬飛合作是早晚的事，所以找個時間見個面，就說你不認識嬌安娜。」
「我看她假裝摔倒，趁機摸你胸部。」
「我這娘樣，很多人都會好奇。沒甚麼啦！」
郊外的黃昏來的特別早，飄來飄去的霧，淡紫色的天空、若有似無的山影、老藤枯樹的黃土崖，形成一條冷色的光譜。當風兒微微吹動紗簾，窗外的景色看起來像是一幅蠕動的畫，莫內的畫。

晚上七點鐘的「白鷺青天」，正是家家戶戶用晚餐的時刻，每扇窗戶都放射出淡黃色的燈光。有的住戶的圍牆或樹籬掛起了彩色的燈飾，讓微寒的冬夜，憑添幾許溫暖和平和。一覽無遺的夜空，閃爍著在都市難得一見的星光，聳立在路邊的樹木恰似一顆顆巨型的黑色仙人掌。
宋文媛從一場莫名其妙的夢中醒來時，才發現自己根本不在溫暖的床上。最近因為章劍波的重現，嬌安娜的憑空出現，阿廣成為知名的版畫家，還有那個看起來有些邪門的姜天恩，弄得心神俱瘁。不但食不下嚥，還夜不成寐，可能是在極度的疲倦中，躺在椅子上糊裡糊塗地睡著了。

暖氣「嘶嘶」作響，所以不知道屋外到底是幾度。簾幕低垂，更不知是黃昏，還是深夜。抬頭一看，掛鐘顯示晚上六點一刻。很想回到床上去，再睡個舒舒服服的覺。才伸了個懶腰，彷彿有個牙醫拿著電鑽，往身上大小穴道亂鑽。好不容易紓解了四肢的痠麻，空空的胃又開始提醒她強烈的饑餓感。

手機響起，宋鳳慈來電。

「阿姑，我和祝姐聯絡上了！她明天會去找妳。方便跟我說是甚麼事情嗎？喔！了解！我不多問。」宋鳳慈知道宋文媛不高興，趕緊換了個話題，說：「今天去阿廣的工作室，阿廣看到我去，躲起來。我想這事情，要不要讓鵬飛去辦，比較順手。」

宋鳳慈認為趙利廣和嬌安娜似乎沒有關聯，但是聽到宋文媛「嗯」了一聲，那種不置可否的口氣，趕緊表明還是會繼續追查。

「我摸了那個姜天恩的胸部，是個男的。所以，我不認為他是女扮男裝。雖然他和珞美很像，但是，應該不是珞美。」宋鳳慈停頓一下，吞吞吐吐地說：「除了珞美，那個女人會不會又生了另一個小孩。」

「鬼扯蛋。」宋文媛似乎惱羞成怒，沉著聲音回復宋鳳慈的晚安，然後關上手機。

當宋文媛走入廚房，立刻感受到不請自來的寒風，不禁打了個寒噤。她伸手去把窗戶關緊一點。幽黑寧靜的屋外，突然傳來腳踏車剎車的聲音，抬眼望去，玻璃窗外的一道人影。黑色的羽絨外套，紅白格子的圍巾微微遮住了臉龐，手中拿著粉紅色的安全帽，滿頭白髮的卓順娥站在夜色中，眼光灼灼地凝視自己。

第十二章

蘇鵬飛很滿意地看著剛剛送過來的版畫——深黑色的城堡矗立在細雨茫茫之中，兩邊是怒張著枝椏的松樹。彷彿是一雙枯瘦的巨掌，正欲握住劍柄。他很高興趙利廣終於走出了姜正武的宇宙，刻畫出屬於自己的心靈派畫風了。這幅畫是趙利廣畫展中最引人注目的一幅，因為他的慧眼獨具，所以事先訂購。畫展會場中，蘇鵬飛看到很多同行豔羨的眼光，心中有說不出的愉悅。

桌上電話響起，打破了他的思緒，原來是櫃台小姐的通知。

「總裁，兩名警官已經來了。」

「知道了。妳安排他們在會客室，我馬上過去。」

三天前，蘇鵬飛被警方告知嬌安娜被人殺死，並被列入關係人。他交代了自己的行蹤，其餘就讓他的律師去處理。後來有位姓王的女警表示想和他聊聊，因為嬌安娜被殺的背後極可能和那一幅「My Angel」的版畫有極大關聯。

會客室中，女王坐的地方，前面正掛著一幅版畫。盛氣凌人的火車，彷彿正要衝過來，把瞪視它的人碾成血肉模糊。她覺得座椅有些低，試著去調整，卻不得要領，就改坐到另一個座位。角度不一樣，火車變成彷彿做了虧心事的罪犯，躡手躡腳地匆匆離去……。

推門而入的人是個白皙微胖的年輕型男，穿著露出水綠色襯衫的真皮背心和牛仔布製成的休閒褲。女王發現來者有一種不經世故的清新感。尤其是看人的時候，不停地眨眼睛，讓女王錯覺是個放大的兒童。

「我是這裡的負責人，蘇鵬飛。」一陣寒暄之後，蘇鵬飛很客氣地招呼王張二人，說：「請坐，請坐，坐下來談。」

蘇鵬飛一張口，女王對他的第一印象迅速消失。

女王把拜訪的目的簡單扼要地的說一遍，然後坦誠表示蘇鵬飛完全被剔除嫌疑名單。並且不斷強調這次的拜訪，單純只是希望蘇鵬飛能夠提供有關他和嬌安娜之間的關係，找出一些線索，協助釐清案情，以便早日破案。

「她說她是我的姊姊。我半信半疑，除了找不出拒絕的理由之外，我樂觀其成。」

「我看過她的個人資料，九歲被發現在中壢街頭流浪，完全不符合你姊姊九歲時，被送到韓國。」

「嗯！是完全不符合。」

女王用開玩笑的語氣，說：「你是不是別有用心，想接近這位性感女神。」

「哈哈，我的確別有用心，但不是妳想的那種。畢竟她是個明星，對我經營的畫廊有加分效果。自從我們被媒體報導交往甚密，畫廊跟著曝光，藝術品的詢問度增加許多。」

「你沒有懷疑她的動機嗎？」

「她說她想找回她的過去，因為她在九歲以前的記憶一片空白。」

「所以嬌安娜不可能是妳的姊姊。」

「不論是不是，事過多年已經不重要。哈哈，多了一個明星姊姊不是很棒嗎？」

蘇鵬飛接著說明，嬌安娜因為某人的協助，喚起了她對尋回童年記憶的興趣。某人又送她一幅版畫，是心靈派大師姜正武的顛峰之作。

「那個某人就是妳曾經問過，我認不認識的章劍波。」

女王問道：「有關章劍波，等一下再談。你是說那一幅版畫就是『My Angel』嗎？十六多年前，一直掛在陽明山竹仔湖別墅的客廳，然後被人偷走的那一幅版畫嗎？」

蘇鵬飛睜大了雙眼，沒想到眼前這位女警竟然在十六年前，承辦他父親在陽明山竹仔湖的別墅遭小偷竊畫乙案。

「沒錯。那一幅版畫是當年我母親將我姊姊的照片，寄給當時韓國最負盛名的心靈派版畫家姜正武，要求他製作一幅以姊姊為畫像的版畫。當年是否發揮功效，我不知道。沒想到多年之後，它幫助嬌安娜拾回童年記憶的片段。她寫信給我，就是要把那些童年記憶的片段拚回一幅完整的畫。對於她來找我討論她的身世，我盡心協助。如果她真的要認祖歸宗，我舉雙手贊成。我還去過她的住家很多次！」蘇鵬飛看到女王眉毛上揚，立刻接著說：「這，我必須說明，我是去看那幅版畫。」

「你姊姊九歲時，被送到韓國。後來呢？」

「父親過世之後，我出國讀書。長年在外，偶然聽母親提起，姊姊到韓國一段時間之後就失去聯絡。」

提及同父異母的姊姊蘇珞美，蘇鵬飛不由得又想到可能是同母異父的姊姊嬌安娜。他考慮是否有必要把這件家中祕聞告訴這兩位陌生的警察。

女王看了小張一眼，後者正努力地做筆記。

「我和姊姊本來就很疏離，聽母親那樣說，也沒做其他想法。」

「你不認為嬌安娜可能是你的姊姊嗎？因為說不定你的母親沒有把她送去韓國，而是隨便託養在別的人家。」

「這……我不知道如何回答。」

女王點點頭。她的任務是揪出殺害嬌安娜的，或許也是殺害胡海棠的元兇，而不是替他們蘇家處理家務事。不過，她並未忘記此行的另一個目的。

「你提及的那位章劍波，說說你對他的了解。」

「是的！他雖然不是版畫家，但是卻有敏銳的鑑賞力。除了藝術方面，章先生很有生意頭腦，涉足很多行業的投資，甚至跨足影視圈。他住在韓國，我們只有數面之緣，他的人品如何，我不知道，也不想探人隱私。至於他是我們以前管家老章的兒子，我是最近才知道。」

蘇鵬飛一口氣說完後，反問女王：「章劍波被納入嫌疑犯名單嗎？」

女王直覺眼前這位蘇家大少爺，對於章劍波和他們蘇家之間的恩恩怨怨似乎不太清楚。

「嫌疑犯說不上，算是關係人吧！」女王基於案情不公開，所以不但不明說，連暗示都盡量避免。

「蘇先生，有沒有一些你認為可以幫助警方找出兇手的談話內容，或是你個人的想法？」

「沒有！」蘇鵬飛眼睛咕嚕一轉，問：「趙利廣有被納入嫌疑……關係人的名單嗎？」

「為什麼你有這樣的認為？」

「隨口問問！」

「你認為他有嫌疑嗎？」

「沒有啊！」

「如果知道甚麼，或想起甚麼，一定要告訴警方。打擊犯罪、人人有責！」

「我知道喔！兩位還有事情嗎？」

「沒事了！」

「那我就不多留兩位了！」

「告辭！還有這是我的名片，上面有和我聯絡的方式，如果你想到甚麼，可以隨時和我通電話。」

女王說完，小張露出突然想起來的表情，說：「我想請教你有關天寶皇居門禁的電腦紀錄。」

「請說！」

「依照祝姓保全的說法，9點5分，有人拿著編號TB06SD-2的感應器進入天寶皇居的密花區，再進入電梯。雖然沒有顯示進入死者的住處，但是很可能是由嬌安娜親自開門。」

「你是說我有沒有編號TB06SD-2的感應器？」

「我們查問過嬌安娜的父母和比較親近的友人，他們都否認曾經拿過或使用過這枚感應器。所以，想問問看你或是相關人士。」小張下意識地把章劍波納入，如果蘇鵬飛否認的話。

「我有編號TB06SD-2的感應器，嬌安娜給我的。不過，別說9點5分，嬌安娜慘死的那一整個晚上，妳們很清楚我沒有去天寶皇居。」

小張看了女王一眼，後者鼓勵他繼續追問。

「那你那枚感應器還在嗎？」

「應該還在，我可能要找一找！」蘇鵬飛說：「我這個人習慣很不好，東西隨便亂放，現在臨時想不起那枚感應器放在哪裡。」

女王拿出幾張照片，問蘇鵬飛是否認識影中人。

蘇鵬飛看著「穿著黑色的大衣、頭戴棒球帽，搭配牛仔褲和長統馬靴，馬靴上印著一朵大大的向日葵。」的照片，搖頭說不認識。

「沒關係，你留下來慢慢想。那枚感應器，你也慢慢找。」女王搶在小張開口之前，說：

「不論找到或沒有找到，都麻煩你通知我們一聲。沒事了，不好意思占用你那麼多寶貴的時間。」

王張兩人離開位於延平北路的「誠光藝術空間」，馬不停蹄地直奔新莊化成路的胡海棠命案現場。

「小張，除了『門鎖之謎』，你在報告時後，忽然說了些甚麼疑點？然後被老馬一句：又是推理小那一套！我想問你：你到底發現了甚麼線索？」

「我不應該事先沒想好就亂發言，當眾出醜是活該。不過事後想了又想，好像也是我自己胡思亂想。」小張露出靦腆的笑容，說：「我在胡海棠命案現場，發現床底下有個電子相框，總覺得死者似乎想要表達甚麼。到了現場，我再詳細說明。」

「其實我也和你一樣。」女王乾笑幾聲，說：「嬌安娜手中緊緊握著一顆珍珠，當時我也覺得她似乎想要表達甚麼。然後被老馬一句：又是推理小那一套！靈感就一閃而逝。」

車子過了台北橋，迎面是高度不一的長方形建築，夾著一式兩聯的台一甲線。下班時間，各色各樣的車子就這麼不斷地交肩錯身而過。經過二重疏洪運動公園路段，日光照在乳白色的引擎蓋，反射出輝煌的玫瑰金。

管區警員似乎等待多時，一看到兩人來臨，立刻拉高封鎖命案現場的警戒條，並打開鐵門。小張率先踏進屋內，女王隨後。這間小公寓誠如一般為了中等收入、高級品味的都會女子所設計，整個屋子的佈置就像房屋仲介傳單裡的圖片。半圓形的玄關，設計成置物區是三級台階，上頭擺了幾雙鞋，還有雜物。

女王直接進入胡海棠的臥室，因為那裡是陳屍之處。沙發床、衣櫃、椅子都被移動過，女王想像著胡海棠在生前，面對殘酷的兇手，激烈抵抗的慘狀。

出了臥室，女王看看簡單狹小的客廳後，走向保持打開的落地窗。粉紫桐花細紋的窗簾被拉到一旁，牆角有些漂流物製成的藝術品。窗外是成排的公寓，路邊雜亂地停放著汽車和摩托車。

「你為什麼說這扇門的關係，讓你聯想到推理小說中的密室殺人？」女王再回到玄關。

那是一般常見的門，由裏頭的鋁門和外頭的不銹鋼鐵門所構成。鋁門安裝的是彈簧鎖，所以並沒有構成密室的條件。問題出在外頭的那扇不銹鋼鐵門。小張說明之後，接著說：「第一宗命案發生之後，我依照老馬的指示，前來了解狀況。那時候轄區派出所的人正在門口，不論是敲門或按電鈴，都沒人回應。最後只好請房東李小姐拿鑰匙來。可是鐵門一直打不開時，原來鐵門的扣環轉了圈，兩根鐵栓就頂住鐵門，無法開啟，也就是說裡面一定有人。」

為了讓女王更容易了解，小張實地操作幾次。

「為了更確定，請房東李小姐撥打胡海棠的手機，果然聽到回響。經過李小姐的同意，決定鋸斷門後的兩根鐵栓，伸手轉開了扣環，還費了好大勁才將門打開。我們走進屋裡，不見一人。後來在臥室裡，看到死去的胡海棠和遺留在身邊的鐵鍊。」

「沒法子先轉上扣環，然後再從外面關門嗎？」

「不行！這種鎖的設計就是說縱然屋外人有了鑰匙，只要屋內人扣上扣環，那兩根鐵栓就會上鎖，屋外人無法進入。」小張很篤定地回答。

「我了解，這情形有點像我們住旅館時，除了上鎖，也會掛上鐵鍊，那兩根鐵栓就是等於鐵鍊。」

根據門鎖設計原理，只要用力拉上門，呈直角三角形的凸出物會因彈簧的關係，先縮後伸，然後就不動，因而門就被鎖上。可是，如果先轉上扣環，等於先把那個呈直角三角形的凸出物固定，那麼彈簧失去作用，開門的鑰匙就失去作用。

兩人研究了半天，還是沒結果。落日餘暉退去，天空開始被萬家燈火渲染，好像要死灰復燃。小張扭亮屋燈，單身女子所刻意營造的浪漫情趣，益發濃郁。

「你說床底下有個電子相框……」

當小張正要領著女王走入臥室，響起敲門聲。兩人同時轉身，門口站著房東李小姐。

李小姐是個蒼白瘦小的女子，留著中分的長髮。粉紅的蕾絲襯衫在偏黑色系的裙裝中，彷彿是台灣早期的女學生。

「對不起，接到你們的電話，就立刻趕來。但是，還是來晚了。」李小姐一面說、一面鞠躬道歉。

女王趕緊回禮，說：「應該是我們說對不起才對。這麼晚了，還把妳叫出來，希望不會讓妳覺得太麻煩。」

「海棠死得不明不白，身為房東和好友的我，怎麼會覺得麻煩呢？」

李小姐看來脆弱，發聲卻中氣十足。三人就在客廳的沙發坐下來。

「我知道有些話，妳都和張警官說了。但是我還是會要求妳再說一遍，希望妳不要太介意。」

「怎麼會？海棠和她的男朋友之間出現了第三者。其實，我老早就料到她會出事。他的男朋友是大名鼎鼎的版畫家，我跟她分析：藝術家的感情豐富，可是個性難以捉摸，當當情人是OK，如果考慮以後要結婚，就要慎重考慮。海棠說：她知道這個道理。我還提醒她說，那個版畫家接近她，好像有甚麼目的。海棠竟然說：她最近也有這種感覺，她正在調查。」

小張的手機響起，他說了聲對不起，走到一旁去。

「她有告訴妳調查的結果嗎？」

「我不是很清楚，好像是一件發生在很久、很久以前的事情有關。」

「妳曾經跟張警官說過一個女孩子。」

「喔！那個女孩，自稱美詩，我不知道她姓甚麼。我本來以為她是來租房子，搞了半天，原來是來打聽海棠的底細。」李小姐嘆了口氣，繼續說：「她年輕貌美，自然就比較佔上風。不過她的美是人工美。」

「胡海棠知道嗎？」

李小姐搖搖頭，說：「我最近忙我自己辦公室裡一些事情，根本沒時間遇到她。」

「妳甚麼時候知道美詩是來打聽海棠的底細。」

「她說她要租房子，然後就一直問胡海棠的一些私事。我本來不想理她，可是她還是很熱絡。」

「所以那個美詩，不一定是小三？」

「一定是。不然她幹嘛假借租房子的名義，來打聽胡海棠。」李小姐皺起眉頭，繼續往下說：「一開始，我不知道她心懷鬼胎。我是個喜歡交朋友的人，很快就和她聊得很投機。後來，又相約兩次，一起去她建議的館子吃飯。第一次她請客，第二次換我。」

「如果我沒猜錯的話，其中一次或是兩次，妳們兩人都有續攤、可能很晚才分別回家，說不定是去喝咖啡或唱歌。」

「天哪！妳怎麼……神準。我們去唱歌，她說我唱得很好，歌聲很像蔡琴。我真是佩服她，對於演藝圈大小事瞭若指掌。」

當王李兩人在說話時，站在門口的小張向女王招手。女王跟李小姐說了聲：對不起，然後起身走向小張，兩人便在樓梯口說話。

「依據腳印、攝影機的錄影紀錄，肯定凶嫌是沿著一樓的門柱跳上二樓，再從二樓的鐵架一直爬上胡海棠家的陽台，然後潛入屋內，勒死胡海棠。隔音設備良好，所以鄰居沒有聽到異常的聲音，也沒有看到陌生人。」

女王聽著小張的的陳述，同時打開自己的手機，果然有老馬傳來的一些照片，包括陽台的圍欄和地板，的確有凌亂的鞋印。

「鑑識課挑出最可疑的一組鞋印，從尺寸判定大約是一米七五到一米八的高大男性。另外，從踩在地毯上的痕跡，除了確定身高之外，也推估約八十公斤左右。」小張從自己手機秀出幾張照片給女王看，同時很遺憾地說：「由於李小姐提供的資料，我已經通知負責影像分析的鑑識人員。從攝影機的影像紀錄所見，初步認為和趙利廣身材相似、肢體比例相同，但是距離太遠，模模糊糊，所以無法確定身分。目前正設法取得趙利廣的影像資料，以便比對。」

「雖然是三更半夜，這樣明目張膽地爬上爬下，難道沒有目擊者嗎？」

「依照調查報告，答案是沒有。至於到底是真的沒有人看到，或是有人看到，怕事不說，或是我們沒問到，那就不得而知。從攝影機的紀錄看來，只有凶嫌爬進來，沒有沿著侵入的路線出去。但是凶嫌又不可能從前門出去，因為前門後的兩根鐵栓上鎖，這就是令人匪夷所思的地方。」

「所以這就是你為什麼說這扇門的關係，讓你聯想到推理小說中的密室殺人的理由。」女王看著垂頭喪氣的小張，打氣地說：「或許凶嫌還是從陽台逃出去，但是沒有被攝影機拍錄下來。總之，雞蛋再密也會有縫。我們一定會從錄影紀錄找出破綻。」

兩人說完，又回到客廳，李小姐很有耐心坐著等待。

「不好意思。剛才同事告知我們最新案情，所以打斷了我們的談話。」

「凶嫌落網了嗎？」

「還沒有，不過已經鎖定目標。」

「是不是美詩？」

小張迷惑地看了女王一眼，因為他方才並沒有加入談話，所以搞不清楚誰是美詩。

「妳為什麼認為是美詩是兇手？只因為她是第三者嗎？」

「當然不是，我可不是等閒之輩。我也不會因為美詩有了殺死海棠的動機，就認定她是兇手。這樣未免太low了！最重要的行兇的過程和手法。」

「哈哈！珍珍魷魚絲、真正有意思，請繼續說下去。」

「命案發生當晚，大家打不開門的時候，我就開始想為什麼會這樣？剛才在門口聽到妳們討論甚麼密室殺人。想來想去，為什麼妳會猜中，我和美詩去唱歌，然後很晚才分別回家。表示妳已經對美詩起了疑心，並且認為她就是殺害海棠的兇手。對不對？」

女王笑而不答。但是這微笑被李小姐認為是受到肯定和鼓勵，情緒跟著高漲，說：「美詩在我們聚餐或唱歌時，趁我不注意時，偷走那把打開海棠家的備用鑰匙。關於這一點，我可以確認，因為她假裝要出租房子時，看見我隨時把房客家的鑰匙放在包包裡，上面還有標示房客的名字。她偷走之後，到鎖店再配一隻。但是，她拿走我的，留下新配的。結果看起來是一樣，實際上是不一樣。所以，我們打不開門，也就是說可以伸進去，甚至可以轉動，但是就是開不了門。於是我下了結論，認為門後的扣環鎖上。」

「可是，後來妳的鑰匙怎麼又能打開？」

「喔！關於這一點。我個人認為新配的鑰匙剛開始使用時，可能磨合不佳。後來鋸斷扣環的鐵栓之後，試了幾次，就可以靈活使用了。」

女王不以為然，但是依舊不動聲色地說：「我可以理解你在首次使用新配的鑰匙，因為非比尋常，所以第一時間沒認出來，但是後來呢？妳現在的鑰匙是原來的？還是妳認為是美詩新配的那一把。」

「是原來的那一把。」李小姐從包包拿出一串三把鑰匙，顯然她有三間房子可供出租，然後挑出一把。然後臉不紅、心不跳地說：「美詩很可能找機會再把它換回去，她知道我的住處，還有辦公室。」

「我覺得另外一個可能，美詩並沒有偷走妳的鑰匙，而是妳在命案當晚開門時，過於緊張而打不開，然後說扣環鎖上。當扣環的鐵栓被鋸斷，妳不再緊張，所以就把門打開了。」女王配合演出，說出她的推理。

李小姐沉醉在自己的推理過程，一副名偵探的表情，雙手一攤的說：「所以，美詩就是殺死海棠的凶手！」

第十三章

平常日子的清晨，沉睡的女王時常會被一陣陣鳥鳴聲喚醒。聽著、聽著，又落入夢境。但是自從嬌胡雙命案發生後，女王可就沒有這份閒情逸致了。尤其是此時此刻，睡不到三小時的女王，耳邊忽然傳來一陣陣鳥叫聲。睡意正濃，直覺這陣陣鳥叫聲未免太尖銳吵雜。當微微醒來，才知道是手機的聲響。

女王從小張來電，得知鑑識課嚐試了很多種方法，利用放大、矯正等技術，終於將攝影機所拍攝出來的男子的局部面容和趙利廣做比對，結果認定是同一個人。但是，這只是說明趙利廣以非法方式進入死者住處，無法證明是否行兇。唯一直接證據是取得趙利廣的ＤＮＡ，再和胡海棠指縫中的皮屑比對。但是趙利廣除了屢傳不到，警方派人上門也碰壁撲空，似乎有意逃避。

至於另外一名關係人章劍波，小張表示從命案發生之前到現在，沒有任何消息。

通話結束之前，兩人約好在女王居家附近的咖啡店見面，然後一起去位於三峽的「無言版畫室」碰碰運氣，看看是否能夠找到趙利廣，不然找相關人士談談也好。女王還存著一份幻想，是否能夠像推理小說中的名偵探，輕而易舉地取得趙利廣的毛髮、唾液或指紋。依照目前的情況，警方還是沒有辦法取得搜索票。

陽光亮麗、氣溫舒適。女王走入最近忽然聲名大噪的連鎖咖啡店。買了兩杯咖啡和一份為小張準備的早餐，然後坐在店外最顯眼的位置。剛喝了一口，手機響起，蘇鵬飛來電。

「打擾了！王警官。」

「是！您好。」

「您說，如果知道甚麼，或想起甚麼，就和您聯絡，所以我就打了這個電話。」

「是，請說！」

「昨天妳說：嬌安娜很可能是妳的姊姊。我僅回答：是有可能。其實我們已經做過了DNA鑑定，證明我們是姊弟。依照我的推測，我們是同母異父。」蘇鵬飛似乎已經經過深思熟慮，所以口條條理分明。

「我認為嬌安娜既然不是要認祖歸宗，就要求她稍安勿躁，畢竟我母親上了年紀，一時間可能無法接受，反正來日方長。單獨由我扮演協助她找回童年記憶的角色，其中最重要的道具就是那一幅「My Angel」。版畫中那個拿著貝螺的小女孩就是我的姊姊『珞美』。但是在嬌安娜的心中，她才是版畫中的小女孩。」

「人的記憶有時候會騙人，隨著時間改變，既有的事實會偏差。這是很正常。」

「她從小就接受心理輔導，她的心理諮商師後來也成了閨秘，所以也了解這一點。但是我去了幾次，一起看著畫、一起聊天。嬌安娜的記憶力真的逐漸恢復，她想起在小時候幾乎每天都會看到那幅版畫。她也記得她的父母很老了，好像也有一個大哥哥。在她被殺的前一天深夜，打電話給我說，她想起那個大哥哥是誰了。」

「誰？」女王知道蘇鵬飛鐵定會說出答案，而且這也是他打電話的目的，然而還是忍不住發問。

「趙利廣！也是聞名國際的版畫家趙東尼。」

「後來呢？」

「嬌安娜想起那位阿廣大哥哥，常常在那一幅「My Angel」前面，幫她洗澡，呼喚她「珞美、珞美」，可能還作了其他的事情。嬌安娜的說法很保守，但是我猜想趙利廣性侵了當時還是小孩子的她。按照我對藝術家的認知，眾人眼中的犯罪行為，可能是靈感的追求，或是另一種方式的創造過程。」蘇鵬飛自知離題，因此沉默下來。

「所以說，那幅版畫是少年趙利廣偷走的。後來呢？」

「嬌安娜只能想起大約九歲的那一段，再往前就一片茫然！嬌安娜說：她不想讓小時候，那些亂七八糟的事情，影響她目前算是美好幸福的人生。除了那一段不可告人的祕密之外，我已經把嬌安娜的事情全部告訴家母，家母已經下令我的表妹，她就是新北市議員宋鳳慈去調查。她們守口如瓶，不讓我知道。」蘇鵬飛忽然住口。

「沒關係，你盡管說。我們會判斷的，放心吧！」

「聞名國際的版畫家趙東尼少年時代和美豔明星的童年，越是不堪，越能引起大眾媒體的注意。看看我們雙雙對對地進出她的香閨，在電子媒體的關注量已經幾十萬個。何況他們？很可能毀掉趙利廣聲勢宛如旭日東昇的事業。趙利廣會不會害怕嬌安娜的口不擇言，才將她殺掉，以除心頭大患。」

女王靜靜聆聽，思潮滾滾如決堤河川。

「我想警方也查出趙利廣就是嬌安娜的閨密、心理諮商師胡海棠的前任男友。我認為胡海棠可能因為嬌安娜告訴了她，趙利廣年輕時曾經對她所做的事情才被謀殺。沒錯，趙利廣有充分殺死嬌安娜和胡海棠的動機。」

蘇鵬飛講到後來似乎有些詞窮，顯得有氣無力。女王覺得他的推理雖然和警方查辦的內情有些出入，但是大體上是一致。

女王等蘇鵬飛說完，把剛才談話的內容做了整理和紀錄之後，發現小張的車子在對面等候多時。她迅速進入車內，把為小張準備的咖啡和早餐，放在置物架上。小張說了聲謝謝後，啟動引擎。

「蘇鵬飛方才打電話給我，跟我說了很多內幕，沒想到嬌安娜是他同母異父的姊姊。他還推想趙利廣就是殺害嬌安娜和胡海棠的兇手。這一點和胡海棠的房東李小姐的說法不謀而合。」

「怎麼說呢？」

「李小姐不是提醒胡海棠說，趙利廣接近她，好像有甚麼目的。海棠表示同感，而且已經開始調查。嬌安娜生前告訴蘇鵬飛，趙利廣就是小時候性侵她的大哥哥。所以，趙利廣接近胡海棠是為了了解嬌安娜，確定她是否恢復記憶。當他知道嬌安娜接觸章劍波，慢慢恢復記憶時，為了不讓往日醜事曝光，就先下手為強，殺人滅口。接下來，知道實情的胡海棠也難逃毒手。」

「趙利廣本來就是我們鎖定殺害胡海棠的對象，但是有關嬌安娜命案，他有不在場證明。」

「你不也說曖昧不清嗎？不在場證明可以假造，或許我們腦力激盪一下，破解趙利廣的詭計。」

「好！就將那些證人的身家背景一一深入調查，便可知道他們證詞的真偽。關於那幅失蹤的版畫，有沒有新的突破？」

「老馬正派人努力地在各有關版畫的創作坊、工作室和畫廊，進行調查。不過，至今還是下落不明。調查過程聽了不少傳言，據說那幅版畫是能夠治療心靈創傷的名畫，價值不菲。」

「我想我們要加緊腳步，否則讓兇手溜走，就變成無頭公案。我擔心等一下會不會白跑一趟。唉！這兩件命案看起來有關連，調查起來又好像沒什麼關連。相反地，如果分別偵辦，卻又是處處有交集。」

女王的手機響起，來電顯示是老馬。

「喂！我們已經找到了版畫，妳一直強調和嬌安娜之死有密切關連的版畫。按照天寶皇居密花區的影像紀錄，不論是從大門，或是開車後搭乘電梯都沒有看到有人拿著類似大小的物品外出。所以我猜想，那一幅版畫一定還在六樓的某處。唯一的可能就是藏在C室，因為居住在C室的三位模特兒都出國去了。有了這個想法之後，我又參考小張詢問小麻雀的筆錄，很多陳述都是語焉不詳。所以，我又跑一趟天寶皇居。」
「辛苦你了，老馬。」
此時，車子快速經過「永寧」捷運站，離開了土城市區，往三峽直奔而去。
「看妳那麼拚，我也不好意思回家睡覺。」老馬聲音顯得虛偽，接著又說：「我去的時候，聽說那個姓祝的保全離職，小麻雀也不在。恰好遇見那兩名和小麻雀住在一起的女孩，然後就聊了起來，話題帶到小麻雀。她說小麻雀是個親切的女孩，有很多人來找過她，男男女女都有，不過看起來都很正派。」
「請講重點。」女王不知道為什麼在私下對馬組長很不給情面。
「是。我手邊沒有搜索票，根本無法進入。靈機一動，就請她們幫個忙，進去C室，看看有沒有那一幅版畫。」
女王不需要馬組長多加解釋，女王知道B室是小麻雀和兩名小咖演員的房間，A室是天紅演藝經紀公司公用的地方，版畫自然不可能藏匿在那裏。
「我又想，偷竊時間和藏匿時間緊迫，所以不可能藏匿得很好，可能是在床底下、沙發或櫃子後面。我一面說出可能藏匿的地方，一面讓她們看那幅版畫的樣子，都表示好像有些印象。進去沒多久，她們就出來跟我說，在衣櫃後面找到那幅版畫。」
「老馬，真有你的。」
「好戲還在後頭呢！妳不是去胡海棠現場，聽小張說妳們遇見一個女柯南。我覺得她說的好像蠻有道理，我就跟李小姐要幾張那個叫美詩的第三者的照片。剛開始，她說沒有。後來又說，好像有。女柯南說，她們去喝咖啡、唱歌時……」

「我知道了，然後呢？」

「沒想到那個美詩就是小麻雀羅錦雀。」馬組長似乎沒說完，但是忽然斷線。

女王的line傳來劉警官的訊息：「聽說趙利廣跑到韓國去了。繼續追蹤，再連絡！」

女王將老馬來電內容告訴小張後，就閉起眼睛休息。當她感覺到車子停下來，猛然張開眼睛，發現已經到達目的地了。

雖然天是藍的、雲是白的、陽光是亮的，但是「無言版畫室」在枝葉搖晃的樹影斑駁中，用現代象形文字書寫的「無言版畫室」，看在女王的眼底，怎麼變成了陰森恐怖的「咒語版畫室」？看起來那個「咒」是充滿著怨恨的骷髏頭，而「語」是一堆散了的枯骨。

「經理，經理……」

「啊！什麼事？」姜天恩茫然地看著搖動他手臂的女孩子。

「有人找東尼老師，就在門口。」

「什麼人？」

「兩名警察，一男一女。我們說東尼老師不在，他們就說要進來看看。大家不知道如何應付，那位女警就就開始問東問西。我在後面看了，就跑進來找你。」

姜天恩聽了之後，瞳孔彷彿被強光刺激，猛烈地收縮起來，連帶表情也嚴峻起來。女孩子有些畏縮，說：「如果你不想見他們，我就去告訴他你不在。反正，我也沒說你在。」

姜天恩喃喃自語地說：「要來的總是要來，面對一切吧！」

女孩子望望姜天恩消失的背影，低聲地對其他一位正在工作的版畫師，問：「到底怎麼了？」

「誰知道？經理整天心神不寧，好像發生了什麼大事。」

「東尼老師這幾天都沒來？說不定我們版畫室出了甚麼問題。」

「沒事、沒事。」

女孩子用食指封住嘴唇，警告大家不要亂說話，然後好奇地往外面探頭探腦。

眼前的姜天恩，一副偶像明星的打扮。名牌牛仔褲和織著幾何圖案的套頭針織衫，頭上綁了鮮紅色花紋的頭巾。尤其是他腳上的那雙球鞋，素白的布面飄浮著不規則的淡彩雲朵，顯然就是某大廠牌特別設計的限量版產品。

女王望著對方俊秀細緻的五官，說也奇怪，沒來由的有種似曾相識的感覺。

姜天恩點頭致意，並請兩位進入會客室。

站在一邊的小張，在女王的眼神指示下開始發問：「請問，趙利廣先生在嗎？」

「抱歉，他不在。」

「你應該知道他在那裡？」

「抱歉，我不知道。」

「你不是說過她人在南部，過幾天就會回來。」小張曾經在案發的第一時間和姜天恩通話。

「後來，我們就失聯了。」

「這裡是他工作的地方，也是他的住處。他不在這裡，會去那裡呢？」小張望著沉默的姜天恩，追著問：「剛才問過你們同事，他們說版畫展以後就沒有再看到趙利廣了。你和他一樣，在這裡工作，也住在這裡，你不覺得好奇嗎？」

「一點也不。我們各行其事，互不干擾。」

女王知道身為外國人的姜天恩用錯了成語，不過想想「各行其事」就是各做各的，也免強說得通。

「難道不會互相通個電話、或是賴嗎？」

「趙老師是個藝術家，一切都是隨心所欲。除非有要事，否則他不會無緣無故找我，我也一樣。關於嬌安娜命案，趙老師不是已經洗清罪嫌了嗎？除了和警方視訊，我還寄送錄影帶給你們。」

「目前無法證明他是百分之一百清白。何況警方要求他在短期之內，必須隨傳隨到。但是，他卻屢傳不到。另外他又涉嫌另一宗命案，我們正在申請搜索票。」

「是的！我們就是為了胡海棠命案而來。」自始至終保持沉默的女王一開口，就是開門見山、斬釘截鐵。

小張接著說：「目前他就是殺害胡海棠的最大嫌疑犯。我們想找他了解一下狀況。最主要是他的不在場證明。」

女王補充說明：「不好意思，我們發現有些疑點，所以才要進一步的求證。既然趙老師不在，你們兩人是工作夥伴，關係匪淺，或許你的說詞可以提供參考。」

「那，我就無能為力了。」姜天恩搖頭皺眉，用表情表示他的不耐煩。

小張繼續剛才他的問話：「姜先生，趙利廣是不是已經潛逃到國外去了？」

「抱歉，我無法回答。趙老師並沒有告訴我，他去到那裡。」

「應該是透過你的安排，逃到韓國去了。是不是？」小張看著冷若冰霜的姜天恩，問道：「其實你已經知道，他就是殺死胡海棠的兇手，對不對？」

姜天恩狠狠瞪了小張一眼，回答說：「你不要亂說話。」

女王嘆了一口氣，似乎很無奈，說：「聽說，他另結新歡，但是中間卻梗了個心理諮商師的胡海棠。趙利廣想甩掉她，卻又甩不掉，本來是計劃細水長流地甩開她。但是新歡無法等待。於是趙利廣狠下心來，把胡海棠殺了。當然，我們也考慮那位新歡是否參與行兇，或只是個幕後主使者，或僅僅是引發趙利廣殺機的誘因。對了，你應該認識那個新歡吧？」

小張知道女王並沒有採用蘇鵬飛的供詞，一方面是還沒有經過查證，一方面是姜天恩或許不知道趙利廣和嬌安娜過去的交集，所以沒必要說出來。反而使用一般情殺的動機作為話術，包括一小時以前，馬組長在群組中發布一則最新的情報。

「那麼妳認識照片中這個女孩嗎？」女王秀出老馬剛才傳過來的照片。

「不認識。」

女王發現姜天恩的眼神有一絲變化，於是再問一遍：「真的不認識？一點印象都沒有。」

姜天恩用力搖頭，於是女王提示他說：「羅錦雀，大家叫她小麻雀，是天紅演藝經紀公司的員工，嬌安娜的經紀人。」

「我和演藝圈沒交集，既不認識甚麼大鳳凰，更別說甚麼小麻雀了。」

「她還有一個名字，叫做美詩。」

姜天恩低頭沉思，似乎有所反應。

「你能不能告訴趙利廣，如果他不是兇手，就面對現實，把話說清楚，畢竟到目前他只是個嫌疑犯。」

「沒問題，我答應你。我一有他的消息，一定會說服他去向警方說明一切。」

「最後一個問題。我記得除了你之外，還有一位滿頭白髮的女士。我記得她好像姓卓，在嬌安娜命案替趙利廣提供不在場證明。她是誰？」

「卓順娥，她是趙老師的鐵粉。不只是鐵粉，一個極端崇拜趙老師的信徒。她出手大方，買了很多趙老師的版畫。」姜天恩帶著讓女王能夠體會的口氣，說：「她一直忌妒胡小姐，因為胡小姐是趙老師的女朋友。如果妳要我說誰是殺害胡海棠兇手的話。」

「所以你覺得卓順娥可能是殺害胡海棠的兇手。」女王看著姜天恩默認的表情，接著說：「那麼，妳可不可以提供她的手機號碼和住址。」

「麻煩妳抄一下。」姜天恩不加思索地說出來，小張趕緊記下來。

「我想社會大眾都不願意赫赫有名的版畫家就是殺人犯。如果你協助我們釐清一些疑問，證明趙老師的清白，一定能夠早日將兇手逮捕歸案。那我就代表警方向你致謝吧！」

姜天恩以微笑回報，顯然不信女王這一番鬼話。

女王還想講下去，姜天恩便不客氣地下逐客令：「如果沒事的話，我想你們是不是可以走了？」

「是啊！我們也該走了。對了！姜先生千萬別忘了你說過的話，一有趙利廣的消息，一定會說服他去向警方說明一切。」

「一定、一定！」

女王臨去時，回頭深深凝視姜天恩，說：「我們是不是曾經見過面？姜先生。」

兩人上車之後，小張體諒女王剛才和姜天恩說了很多話，所以保持沉默。女王因為腦海中一直盤旋著姜天恩的臉，思索自己是否曾經在何時何地見過，所以也閉口不言。

小張扭開音響，正播放著那一首最近因為連續劇之故，在網路上爆紅的歌「雪花的聲音」。女王聽著、聽著，感覺非常舒適平和，姜天恩的臉逐漸淡去，只有紛紛飄落的雪花。

有一個疑惑閃入女王的腦海，嬌安娜既然是蘇家骨肉，為何會在趙利廣的家中成長？另外，九歲的嬌安娜被警察發現的時候，趙家為何沒有出來指認、領回？當時蘇鵬飛提到嬌安娜時，同時也提到他的另一個姊姊，那一幅「My Angel」，版畫中那個拿著貝螺的小女孩。女王終於想到姜天恩到底像誰了！

第十四章

那一年冬天，原本是竊盜組的女王協助當時還是小馬的馬組長解決幾宗命案，受到上級的重視，將她調來刑事組。隔年派任具有外語能力的她，去韓國學習警政組織架構、職責分工、辦案流程和相關事務。

飛機降落時，遇上當年的初雪。女王搭乘的華航班機開始降落在首爾機場，從飛機往下看，整個大地像一個水泥廠，泥濘骯髒。不過開始滑行時，已經是白茫茫的一片，整個世界只有黑白，沒有一點色彩。

出關之後，派來接機的是位身材壯碩高大，面貌卻清秀斯文，有點像當紅炸子雞的孔劉歐巴。握手致禮之後，兩人便交換名片。禹幹員的名片除了韓文和英文之外，名字是漢字，寫著：禹庚銘。禹的韓文字型彷佛是醫學上的女性符號，發音類似中文的吳，英文的拼音符號是Woo。當女王用中文發音念著禹庚銘時，對方也用韓文發音唸女王的名字：王筱語。然後被彼此古怪音調弄得哈哈大笑，原本疏遠的距離，一下子拉近不少。

禹庚銘的職位是首爾警務部人事教育課的課長，負責規劃各類的教育課程、在職訓練和升等進修，並且還在警察大學兼課和參與韓國警政制度的改革等等。兩人用英文溝通，所以多花了些時候。講完之後，將近正午。於是，禹庚銘開了約十幾分鐘的車，找了家外觀古樸素雅的傳統韓式餐廳。

兩人穿過細細碎碎的雪花，直接上了二樓。一大片亞麻色的韓式塌塌米，擺了約二十張的矮桌，已經有七成的客人。四周圍都是用厚厚的布簾圍住，留住一面大窗，可看見鋪上白雪的矮牆和穿林小徑，樹枝樹葉都變成了水晶雕飾。屋內雖然開著暖氣，但是中間凹下去的石坑，紅豔豔的一堆爐火，上面掛著一個鐵壺，滾著水、冒著煙，讓空氣充滿濕度，所以肌膚不覺得乾燥。她看到大家都捧著大大的不銹鋼碗，不知吃些什麼，可是看起來非常美味的樣子。

飯菜很快就上桌，首先是五碟各式各樣的泡菜。

禹庚銘笑著說：「在韓國，只要是蔬菜就可以做成泡菜。我們對於蔬菜，好像除了做泡菜之外，就是煮湯和生吃，並沒有其它料理的方式，不像中華食物那麼多采多姿。」

「你喜歡中國食物？」

「豈止喜歡，簡直是狂戀。」

聽到這種誇張的說法，女王不由得露出笑容。女王對韓劇不感興趣、對韓國民情文化也很陌生。第一次來到韓國，第一次和韓國人吃飯，也不知道聊些甚麼。想聊公事，有點嚴肅。談談個人私事，又嫌孟浪幼稚。眼前這個帥哥似乎也不怎麼把又瘦又乾的女王放在眼裡。

人在屋簷下，女王在心中準備好餐桌話題，然後婉約一笑，輕輕柔柔地說：「聽說韓國女性很喜歡整形。」然而事實上，她的聲音是輕輕柔柔，但是語氣卻略帶嘲笑地說：「聽說韓國女性很溫柔。」

「大概吧！」口氣十分的沙文，禹庚銘還很不禮貌地問女王的年齡，還有結婚了沒。當知道還是單身貴族時，就說：「我告訴你，在韓國結婚，男方一毛錢都不用出，完全由女方負責，並且還要有豐富的嫁妝，至少要新台幣五十萬元以上才不會被人取笑。所以女孩一生下來，就註定是賠錢貨。年輕女孩畢業要做兩、三年事，賺夠了結婚的費用之後，才能安安心心地做家庭主婦。」

女王大聲地說：「比較起來，台灣女孩實在是太幸運了。」來代替心中的想法：「韓國女孩子太不幸了。」

「不過，這優良的傳統，已經被韓國女權運動分子破壞了。」

女王幾乎不敢相信自己的耳朵，後來想一想，這可能是因為兩人用的不是自己熟悉的語言，所以可能是一個表達有誤，另一個曲解信息。

吃到一半時，服務生端來兩只黑漆漆的石鍋。女王不知情，用手去觸摸，結果被燙得哇哇叫，惹來鄰桌客人訕笑的眼神。石鍋裡裝的是米飯，不知加了什麼佐料，顏色黃澄澄的，吃起來卻十分香鬆可口。另外有一隻小茶壺裡頭裝了雞湯，是用來軟化沾在石鍋中的「鍋巴」。

時間有限，所以兩人很快就結束這頓午餐，然後立刻上路。因為血液全部集中到胃部，加上車內的暖氣，女王感到昏昏欲睡，但是礙於帥哥開車，不得不強作精神，保持端莊賢淑的形象。

筆直光潔的公路彷彿一條流向天邊的冰河。雪停了，陽光照映在上面，似乎還閃著虹彩。路的右邊剛開始出現是一排排霧白的樹木，一閃而過的冰凍的小河，接著出現花園、房屋、騎腳踏車的大人和小孩。至於左邊，除了偶爾有迎面而來，然後錯身而過的車輛外，就是一望無際的銀色平原，以及清爽蔚藍的天空。

女王被安排居住在靠近當地文史館附近的女警宿舍。禹庚銘將她交給宿舍長之後，就駕車離去。他那種完成任務、鬆了一口氣的表情，讓女王十分不悅。

到了晚上，整個房間不必開燈，也被雪光照得無比明亮。不過，閱讀時還是要開燈。女王故意不拉上窗簾，在床上躺著欣賞雪夜的樹林，希望能夠看見一隻鹿或一頭熊，跑到窗前，思慕香蕉（四目相交）。不過，女王不時被落雪折斷樹枝的聲音驚醒。於是，拉上窗簾，立刻安靜無聲，一夜好眠。

一曲「雪花的聲音」終了，回憶中的雪花依然紛紛飄落……。

「啊！」

「怎麼了？」

「沒甚麼！忽然想到以前在韓國，一件陳年命案。」

「然後呢？」

「原來姜天恩是姜正武的義子，不過他長得和姜正武的女兒蠻像的。會不會……」

「會不會……？」

女王想到「會不會是同一個人」時，既感到荒謬，又感到或許有可能。於是將當年發生於首爾江南區三成洞SL和平別墅的版畫家姜正武女助理命案，詳詳細細地說給小張聽。

女王在韓國接受職訓的一個月後，首爾發生一場驚人的命案。由於命案牽涉到韓國知名版畫家姜正武，首爾警方備感壓力，不但動用所有警力，連任職內務的高階警官禹庚銘也被調去參與辦案，女王雖然樂得在女警宿舍看韓劇、學韓文。但是一想到自己和姜正武的家人有些認識，難免會想知道案情。不過，她是謹守分寸的女警，不會主動向禹庚銘探聽。

案發前後幾天，首爾風雪交加，好不容易風停雪停。一覺醒來的女王，感覺好像還在台北的家。等到完全甦醒，才從窗簾的縫隙看見一片耀眼的白雲天。縮在溫暖的被窩裡，忽然想到韓國不但重男輕女，而且十分崇尚儒家思想。所以不論家庭或職場，上尊下卑、長幼有序，自己竟然忘了這一點，趕緊拿起手機問安。

「喂！請問是禹先生嗎？」女王不是很清楚韓國人互相的稱謂，還有隱含的意義，為了避免困擾，她一律使用英文尊稱。

「是的，我就是。妳是小魚妹妹嗎？」王筱語的筱語在這個韓國帥哥的口中就變成一條在水中游來游去的小魚了。

禹庚銘第一次叫她「妹妹」時，女王心頭小鹿亂撞，以為有甚麼事情要發生。後來發現只不過是一個極其普通的稱呼，而那聽起來宛若是撩妹的溫柔口氣，聽了兩、三次之後，再也沒甚麼感覺了。

女王聽得出他正在忙，因為他同時又和其他人在說話，於是連忙說：「是的，我是王筱語。這幾天大風雪，你還好嗎？」

「不好意思，我都沒打電話關心妳，反而讓妳先打過來。下午三點，我過去妳那邊，按照規定有些表格要妳親自填寫。」

「沒問題！By the way，那件命案進展如何？」女王讓口氣顯得適度的關心。

「陷入泥沼，一籌莫展。局裡的整組人馬正為這件案子忙得雞飛狗跳。我負責收集死者的人際關係資料，愁得頭都快裂成兩半了。聽說妳是姜家的家庭教師，有些疑點可能需要旁觀者清的妳指點一下。」

「我盡力而為。」女王話才說完，禹庚銘立刻掛斷電話。

想起一週前發生於首爾江南區三成洞ＳＬ和平別墅的版畫家姜正武女助理命案，女王宛如重新充電的機械人，緩慢地活動起來。

記得案發那一天，女王正和禹庚銘討論分析韓國和台灣處理案件的流程，一通電話把禹庚銘叫去開會，參與案情討論。女王也跟著去，美其名是現場學習。至於談到女王如何成為姜家的家庭教師，必須從頭說起。

姜正武是韓國赫赫有名的版畫家，也是國際名人。結婚二十多年，兩夫妻只有一個女兒姜紫芝。姜紫芝休學後，依照姜家的計畫，將來會被送去台灣讀書，所以請了懂中文的女性家教老師到家裡來教華文。姜太太的父母來自中國，所以會聽說中文，不過讀寫能力很差，姜紫芝也是如此。原先的家教老師是女王的表妹，臨時有事回台，就請女王代理半個月，沒想到就在最後授課的前一天出了大代誌。

姜紫芝是個孤僻古怪的女孩，也許正值尷尬的青春期，所以不太愛說話，個性也很內向。基於關心，女王曾經提出來和姜太太討論，可是對方卻很不客氣地告訴她，只要把分內的事情做好，其他的就由做父母的來操心好了。這使女王有「被傷害」的感覺，然而因為答應了表妹，所以若無其事地繼續，反正再過一個星期就不用做了。

女王在姜家出出入入，可是從來不曾見過姜正武，這其中還包括姜紫芝的生日。照常理來說，只有這麼一個女兒，縱然是天上的月亮，也會摘下來給她才對。唯一的解釋，姜正武忙於自己的創作，無暇顧及其他。此外，令人納悶的是，曾經活躍於首爾社交圈的姜太太，竟然離群索居，整天看雜誌和醫學方面的書籍。對於女兒的身心健康，具有不合常情的關切。

女王曾經聽過表妹提起姜家獨生女可能罹患絕症，可是隨後又被下了禁口令。不過相處幾次後，女王覺得表妹說法不對。姜紫芝雖然古怪，身體卻很健康。女王發覺她似乎比同年齡的女孩「高大」，裸露的雙臂，佈滿細細密密的汗毛。

既然母女兩人都與世隔離，唯一聯繫的人就是姜正武的女助理、柳綺珠小姐，也就是那件命案的受害者。她給女王的印象是幾分姿色，精明能幹卻有些矯揉做作。沒想到落得如此悲慘的下場……一把銀質的斧頭劈碎了她的後腦。

兩點五十分，坐在女警宿舍會客室的女王先聽到車停的聲音，趕緊從沙發上跳下來。先從窗後確定是禹庚銘，不等門鈴響聲，就跑去開門，讓禹庚銘不必在寒風中等待。

「你想喝些甚麼？茶或咖啡。」女王忽然想到很久以前流行的電視廣告，Coffee, tea or me。

「咖啡。」

「沒問題。」女王動作很快地弄好一杯熱騰騰的拿鐵，雙手奉上。

禹庚銘先把資料交給女王，叮嚀要詳細閱讀，然後再簽名。辦完公事，女王迫不及待地請示案情如何。

「我先來講述姜太太當時的說詞，她說當時正從外頭回來，一進門就被眼前的景象嚇壞了，趕緊跑去看女兒，是否也受到殺害，幸好沒事。」

女王等待禹庚銘開始問她意見，可是對方在長篇大論之後，默默地喝著拿鐵。等了很久，他才若有所思地望著天花板上的日光燈說：「致命的武器是那把銀質的斧頭，但是死者在被劈死之前，曾被兇手勒緊脖子。換句話說，兇手意圖掐死柳綺珠，後來發現沒有死，於是把掛在牆壁上，當作裝飾品的銀質斧頭劈死她。」

「好殘忍呀！為什麼非要置她於死地不可呢？」

「按照現場推測可能是強暴未遂，因而殺人滅口。」

「兇手會不會是姜先生呢？」

「我們早就想過了，可是他有完美的不在場證明。」

女王聽他如此說，雙手一揚，說：「讓我們做一個總整理，再做其他的思考。首先，我們把焦點集中在一個風雪紛飛的晚上，姜太太匆忙地開車離開山莊。第一個問題是，她為何要在那個時候離去呢？」

「她說她的母親病了，弟弟打電話來，要她立刻趕回家。經過查證，這是事實。然而姜太太並沒有回去，她說她開車開到一半時，可能是過於緊張，頭痛欲裂，於是就在路旁的藥房買了一盒止痛劑，並且打手機給她的弟弟，問母親的病是否好些。她因為自己身體不舒服，無法回去。後來她就折回來，沒想到回到家裡，卻目睹到那一幕血淋淋的場面。」

「你是否到那家藥店查問過？」

「嗯，藥店老闆說當時姜太太臉色蒼白，全身發抖。」

「兇手既然在客房裡對柳綺珠施暴。據我所知客房和姜紫芝的臥房僅一牆之隔，雖然隔音設備良好，可是不保證有激烈的叫喊聲或桌椅、牆壁的碰撞聲，難道她會沒聽出來嗎？」

「這是重大疑點之一，姜紫芝說她戴著耳機睡著了。」禹庚銘並沒有把女王的疑問當一回事，換了個想法，說：「大風雪的夜晚，有人闖入戒備森嚴的高級住宅區。我的疑惑，是單純偷竊被發現，臨時起了色心和殺機？還是，兇手是柳綺珠熟識之人，預謀殺害。」

「現場有沒有留下甚麼可疑的線索嗎？例如皮屑、毛髮等微物證據。或是推理小說中時常出現的死亡訊息？」

禹庚銘面露難色，說：「這是我們內部機密，不過……或許可以提供妳參考，說不定可以給我們一些啟示。」

女王笑而不語，等待禹庚銘要透露的內部機密。

「我們發現死亡現場，也就是書房的書桌上有台老式的IBM 233型打字機。妳是姜家小姐的家庭老師，應該看過。鑑識人員發現修正帶上印滿了剛打上去的ＳＯＳ。顯而易見是柳綺珠死前的求救信號。於是，鑑識人員將膠帶似的打字機修正帶慢慢撕開，並且仔細地貼在白紙上，除了一連串的ＳＯＳ之外，更前面的地方有著emsllikehSemsllikehSemsllikehSelopfttopertheiop等等文字。打字機上的紙張不翼而飛，顯然是被兇手拿走。還好，兇手百密一疏，沒有發現修正帶上的字跡。」

禹庚銘從公事包拿出一張白紙，交給女王。那是表示死亡訊息的修正帶的影印本。

女王將emsllikehSemsllikehSemsllikehSelopfttopertheiop……看了一遍又一遍，發現在一大堆無意義的小寫英文字母中，有三個大寫的S，並且發現了emsllikehS重複了三次。難道這一串英文字中，有什麼特別的含意印在這修正帶中？當她抬頭望望壁上的鏡子中，映著禹庚銘愁眉苦臉的倒影，靈感立馬如深夜曇花般盛開了。

這一連串看起來似乎是無意義的英文字串，除了前面修正的elopfttopertheiop……之外，反過來不正就是ShekillsmeShekillsmeShekillsme嗎？因為機器的性質，修正帶不會留空白，所以所有的句子都連成一串。驟然閱讀，似乎不構成任何意義。

柳綺珠原本想要表達的是She kills me，為了凸顯死亡的訊息，她連續打了三遍，並且再打了許多個ＳＯＳ。抓到了這個線索，女王的精神一下亢奮起來。不過她認為韓國的警察應該不是傻瓜，所以只是她輕描淡寫地說，兇手是個女的。

禹庚銘露出嘉許的神情，也輕描淡寫地說，他們同仁早就解開了這道死亡的訊息，所以認為兇手是個女性，因此鎖定了姜太太或姜紫芝。

「時候不早了，我也該告辭。」

「我可以搭你便車到三成洞附近嗎？」

「妳要去拜訪姜太太？」

「我想，人家可不想被我這局外人打擾。我只是想去那裏逛逛，今天天氣真好，悶了幾天，我要去享受北國街道的冬之美景。」

一看到禹庚銘點頭答應，女王立刻拿了圍巾和大衣就準備出發。她迅速俐落的動作，讓禹庚銘感覺些許訝異。其實她在等待禹庚銘來訪時，已經把自己打扮得妥妥當當，同時計畫如何開口邀約他共進晚餐。

女王結束在韓國三個月的訓練，準備回國的前一天，得知韓國警方已經鎖定殺死柳綺珠的兇手。不是別人，就是姜太太。

姜正武抵擋不住警方的逼問，終於說出他和妻子早就貌合神離，他還懷疑妻子紅杏出牆，但是並不知道那個男人到底是誰。

至於到底是不是柳綺珠發現兩人姦情而招來殺身之禍，或是其他原因，警方並不清楚。因為發出通緝令時，姜太太已經帶著自己的女兒早先一步逃之夭夭。

韓國警方當務之急，除了尋找姜太太母女二人之外，就是趕緊找出那個神祕男人。依照禹庚銘的說法，那個神祕男子先勒昏柳綺珠，自行逃逸。然後姜太太發現柳綺珠一息尚存，於是一不作、二不休地用斧頭砍死她。

女王一面打包行李，一面望著電視畫面中侃侃而談的首爾警察局局長，鏡頭不時會帶到站在他身旁的禹庚銘，心中有種以前不曾有過的惆悵感。

回憶中的雪花繼續紛紛飄落，耳邊悠悠響起「台北的天空」的旋律。

第十五章

經過幾天的調查蒐證，馬組長發現小麻雀有太多的疑點，除了她在接受詢問時，提供不實的個人資料之外，還有她當晚的不在場證明出了嚴重的瑕疵。不過其中最令人起疑的是她極可能偷走了那一幅掛在嬌安娜客廳牆上的版畫。

老馬讓女王和小張在另一間觀察室，聽聽說話內容，比對案發當日的問詢，還有觀察聲音表情等反應。

自稱本名羅錦雀的小麻雀打扮得宜，一身素淨。正襟危坐，由律師陪同。馬組長從例行性的法律聲明，例如受訊問人的權利和義務等等開始，逐漸切入有關小麻雀的姓名地址、身家背景和職業之後，問起她和死者嬌安娜的關係。小麻雀有問必答，字句清晰，沒有多餘廢話。

「我們發現你原先提供的資料和我們後來調查的諸多不合，妳能說明一下嗎？」

「你指的是……？」

「羅錦雀不是妳的本名，按照妳的正式文件簽名應該是羅孅詩。還有，原來妳是美國籍。」

女王和小張這個時候才知道「孅」念成「美」，所以「孅詩」聽起來像「美詩」。

「關於這一點，我可以解釋。」小麻雀笑了一笑，說：「我來到台灣，經朋友介紹，住在羅氏夫妻的家中。他們的獨生女因為癌症病逝，所以視我如她失去的女兒，並且有意收我為義女。但是種種因素，遲遲無法完成領養手續。不過，我的本姓和他們一樣姓羅，人前人後都以父女、母女相稱。他們的女兒叫做羅雲雀，所以我改名羅錦雀。也因為這個名字，大家都叫我小麻雀。目前，我正在申請中華民國國籍，就是要繼續用這個名字，羅𡟫詩是按照我護照上面的外文名字音譯，並不準備用在將來的身分證上。造成警方的誤解，是我的疏忽。不過話說回來，當初我被詢問時，主要是提供對於案情的了解，並不是針對個人的身家背景。」

當馬組長和小麻雀一來一往地討論時，女王拿出筆記本，畫了一個人頭，寫了幾個字。然後專心聽講觀察，因為馬組長的偵訊開始進入重點。

「我方在妳的隔壁房間，『天寶皇居』六樓的C室，發現一幅曾經掛在嬌安娜家中的版畫。」

馬組長拿出一張照片給小麻雀看，問她是不是這一幅？小麻雀點頭稱是。

「我的朋友知道嬌安娜有一幅韓國心靈派大師姜正武的遺作，非常感興趣。結果發現那一幅版畫是她們家的。所以她就透過我跟嬌安娜要回去。」

「方便說出妳朋友的名字嗎？」

「卓順娥女士。」

小麻雀露出為難之色，不等對方追問，接著說：「她們之間的交易，我不是很清楚，你最好親自去問她。」

「我會的。不過我想問的是……妳去拿畫的時間是生前還是生後？」

「當然是生前，這小小的法律常識，我還是知道的。」小麻雀眼露不屑，繼續說：「就在嬌安娜被殺之前的前天晚上，約九點左右。」

「有證人嗎？」

「沒有。因為就在隔壁，我們兩個人一起搬那幅畫。」

馬組長問：「妳認識胡海棠嗎？」

「數面之緣而已。」

「可是依照胡海棠的房東李小姐的說詞，妳有幾次去胡海棠的住處，還打聽她的消息。」

「李小姐是個很有意思的人，我最近想搬出宿舍，嬌安娜建議我去胡小姐住的地方看看。於是我約了房東李小姐，看了之後，並不滿意。不過，我覺得李小姐蠻熱情風趣，就相約吃飯。第一次我請客，第二次她請客，禮尚往來嘛！她喜歡唱歌，我們就去唱歌。沒想到你們竟然還從她口中扯到我。我很好奇，她到底說了些甚麼？」

「她認為妳和趙利廣可能有不清白的男女關係。」

「真是可笑。」小麻雀乾笑幾聲。

「妳認識他嗎？」

「他是知名版畫家，多多少少聽過他的名字。最近聽嬌安娜提起，才有比較深刻的印象。他曾經和胡小姐有短暫的交往，也是最近才知道的。」

馬組長接著問了幾個問題，都被小麻雀以不知道或不予置評擋掉，甚至被律師以案情無關的理由否決。

「好吧，接下來我們想確認嬌安娜和胡海棠被殺當天的時間。」馬組長接著把時間表讓小麻雀確認後，問道：「妳說：案發時間，妳人在公司，有人看見嗎？」

「當時只有我一個人在辦公室。不過，我走出辦公室，應該有人看見我。只是我沒有辦法請他們出來為我作證。」

律師看到馬組長皺眉沉默，見機開口：「羅小姐已經交代得很清楚，你是不是可以到此結束？」

馬組長舒開眉頭，皮笑肉不笑地問：「好吧！既然這樣，最後請教妳一個問題，一個假設性的問題。純粹是請你幫個忙而已，回不回答由妳自己決定。」

「是不是問我我認識的人中，誰最有可能殺死嬌安娜？」

「嗯！」

「應該沒有。可是假如是假設性的，那我就不負責任的說：章劍波。因為嬌安娜被殺後，他不就從人間蒸發了嗎？」

「妳見過他人嗎？」

小麻雀不情願地搖頭，馬組長正要繼續提問，看起來似乎忍無可忍的律師很不客氣地用食指指了指馬組長的嘴，明顯要對方不要得寸進尺。於是馬組長只能摸摸鼻子放人。

「等一下！」

小麻雀和陪伴她的律師瞪著開門進來的女王，坐著的馬組長舒了一口氣，然後站到一邊去。小張端了兩杯水，分別放在小麻雀和律師面前。

女王再拿出兩組照片，放在小麻雀面前。第一組照片中的小麻雀穿著墨綠色三件頭裙裝，還綁著橘色的絲巾，顯然是從她們公司大廳、電梯、樓層的攝影機截圖下來，右下角是標明早上八點五十五分，上班前五分鐘。另外一組亦然，只是右下角是標明下午六點十五分，下班後十五分鐘。

「但是妳在接受我問訊時，說妳臨時想到有重要事情沒辦完，必須趕緊再回公司。可是貴公司的攝影機都沒有妳的紀錄。妳怎麼解釋？我記得妳當時，穿著白色毛皮背心和紫色褲裝。這又是怎麼一回事？」

「我的習慣是一回家，就換上比較輕鬆的衣服。之後，我才想到有重要事情沒辦完，必須趕緊再回公司。因為不習慣穿回同一套衣服出門，所以又換了另一套。另外，不是正常上班時間，所以我就從側門進入，因為是跟著人家進入，所以我就不用刷卡。」

關於小麻雀的說詞，女王早就調查過了，只恨該商業大樓的人員出入頻繁，管理十分鬆懈。至於天紅演藝經紀公司，為了方便人員自由出入，連大門都不上鎖。

「妳一向以車代步，可是為什麼妳的車子六點多開回停車場之後，就沒有再開出去。可以說明一下嗎？」

「我不習慣晚上開車，所以搭捷運去公司。聽到祝姐說：嬌安娜被殺。我也是搭計程車回家。」

「有收據嗎？」

「沒有！」

「記得車號或車行或司機的名字嗎？」

小麻雀表示沒有特別注意。

「可惜妳住家大廳的攝影機沒有錄到妳的影像，也沒有登記到妳的感應器編號。」女王口氣有明顯的暗示和諷刺。

「我回來的時候，剛好停電，所以祝姓保全把門打開，我就不必用感應器。祝姓保全有看到我，她可以作證。」

「搭電梯不是也需要感應器嗎？」

「因為停電，我不敢搭電梯，所以走樓梯。當時一片漆黑，不但大廳攝影機，連樓梯攝影機都沒有錄到我的影像。」小麻雀繼續說：「我直接回臥室，所以室友也不知道我回家。不過我是有用感應器編號打開我們的房間。」

小麻雀拿起杯子，喝了一小口，開始露出心虛的表情，身邊的律師額頭開始冒汗。

「我猜妳電昏嬌安娜，偷走那一幅版畫，藏到C室。當時妳可能就在C室。沒想到胡海棠忽然打電話給妳，說嬌安娜可能慘遭不測，要妳去關心。妳過去一看，嬌安娜正被李阿作性侵。妳等李阿作離開，想想一不做、二不休，乾脆把嬌安娜殺了，嫁禍李阿作。妳騙我們妳人在辦公室，分明就是偽造不在場證明。」

女王目睹小麻雀神色不定，更有把握。小麻雀幾度按耐不住，但全被律師阻止。直到女王一口氣說完，律師以沒有直接證據，純屬辦案人員憑空猜測，並有誤導和誘使被偵訊人員說出不利的供詞為由，拒絕繼續接受偵訊，帶著小麻雀迅速離開警察局。

警方雖然想判定嬌安娜遺物被小麻雀非法強行侵占，但是苦無直接證據。不過，依照蘇家十六年前的失竊名單，該幅版畫終於物歸原主。蘇鵬飛迫不及待地領回「My Angel」，即刻掛在『誠光藝術空間』最顯眼之處，並標示為鎮店之寶，這是後話。

當小麻雀起身離去，女王戴上手套，將她喝水留下的杯子收走。

「表現不錯喔！」馬組長對女王豎起大拇指。

「嗯！奸詐，你讓我做替死鬼。萬一律師去檢舉我的時候，我就說我是被你指使，濫用職權。」

「別生氣啊！我們是team work，一個唱黑臉、一個唱白臉，這是常有的事。」

女王不理馬組長，拿出剛才作的筆記，說：「我剛才對小麻雀展開心理戰，她的反應的確有些可疑。事實上，她是最有機會下手。但是，如果她是殺死嬌安娜的兇手，動機何在？或許我們要更深入地調查。」

小張提出看法：「趙利廣唯恐嬌安娜想起他曾經性侵兒時的她，會毀了他目前擁有的一切。於是先下手為強，結束了嬌安娜的生命。但是，事實證明他不是殺死嬌安娜的兇手。他殺死胡海棠，因為胡海棠知道他的秘密。」

「目前，最讓我頭痛得是兩個女人被一條鐵鍊絞死。」馬組長用拳頭敲著頭，說：「我想來想去，最最覺得不太合乎邏輯就是，嬌安娜和胡海棠既然是被同一條鐵鍊絞死。如果是同一個人，我們如何破解在短短的時間裡，完成兩宗距離有點遠的命案。如果兇手不同人，根本不需要這樣大費周章，使用同一條鐵鍊？用意何在？」

小張說：「嬌胡兩人的死亡時間相差大約兩小時，從嬌安娜住的松江路天寶皇居到胡海棠住的化成路，車程不需要到半小時，理論上應該是辦得到。」

「煩死了！又是推理小說那一套。你以為殺人那麼簡單喔！說殺就殺。」

女王看了小張一眼，轉移話題：「假如小麻雀覬覦嬌安娜手中那幅版畫，或是其他因素，因為李阿作……臨時起意殺了她，然後嫁禍李阿作。但是她不可能殺死胡海棠，胡海棠的死亡時間，她正接受我們的偵訊。」

小張知道女王的意思，趕緊補充說明：「雖然我們有趙利廣私自跳入胡海棠家的陽台，但是還沒有真正掌握到他殺死胡海棠的直接證據。」

「你們繼續討論吧！」馬組長看看手錶，表示他等一下要去跟高層開會，揚了揚手中的文件，說：「剛才那個小麻雀提到一個卓順娥，我會派人去調查。」

女王聽到馬組長那樣說，順口提到她對祝姓保全的懷疑。

「好吧！我讓老劉去辦。」馬組長問：「你們不是去調查趙利廣嗎？我已經要求境管局去查這幾天的出境人口名單，看看有沒有他出國的紀錄。」

小張回應：「我猜他會逃去韓國！」

女王點頭，說：「沒錯，我也是這樣想。希望判斷正確，我們也沒太多人力。我韓國有個朋友，或許可以找他幫幫忙。」

「是不是那個禹庚銘？」馬組長說完，對著女王擠眉弄眼地說。

小張興味盎然地接腔：「我知道誰是禹庚銘。」

馬組長拿出手機，開始去忙著跟相關的組員追究最新辦案的進度。

女王拿出筆記本，指著剛才畫的人頭和所寫的字，說：「我懷疑小麻雀就是蘇珞美？」

小張興味盎然地看著筆記本上，小麻雀的側面素描，尤其是耳朵，女王畫得很仔細。至於那些字串則是是「羅孅詩」三個字的排列組合，「孅詩羅」、「詩羅孅」等等。然後在「詩羅孅」後面寫上「蘇珞美？」。

半個小時之後，女王寫了一封信給禹庚銘，然後開始整理這幾天延誤的文書工作。

大約三小時之後，禹庚銘回信。除了開頭的許久未見、近況如何的致意之外，表示趙利廣確實入境韓國，但是不知道落腳何方。信中提及女王所關心的首爾江南區三成洞ＳＬ和平別墅的版畫家姜正武女助理命案。女王發現來信有兩個附檔。一個是證明趙利廣的入境韓國的文件，另一個是首爾江南區三成洞ＳＬ和平別墅的版畫家姜正武女助理命案的後續發展，也就是禹庚銘調查時後的私人筆記，裡面甚至有女王參加與的細節。雖然是韓文，禹庚銘貼心地將重點翻譯成英文。拜翻譯軟體之賜，讀起來一點都不困難。不過在閱讀過程中，女王還是加上自己的想像。

車子經過「德英中學」，透過稀疏的欄杆，禹庚銘看見許多年輕的孩子，在操場上跑來跑去。燦爛的活力和溢滿的青春，令他不自覺地嘴角微微揚起。教學大樓邊角的陽光閃著只有在眼睛挨了一拳時，才能看得見的藍光。

禹庚銘將車子停在校門口的停車格。透過校警的指示和聯絡，一路走入會客室。姜紫芝的班導師——吳老師立刻起身敬禮。亮出證件和簡短的自我介紹後，禹庚銘立刻切入主題，詢問吳老師有關姜紫芝為何休學，以及休學前的學習狀況。

「姜紫芝在校上課的時候，的確是有些狀況。班上有同學說她是個女同志，還有傳言說她是男扮女裝。一開始，我認為女孩子言情小說或電視劇看多了。或者是說，偏向男性化的姜紫芝引起某些女同學的愛慕，因為彼此的爭風吃醋，引發那些惡毒的言論。於是，我除了注意姜紫芝的言行之外，也發現她的生理狀況異於同齡少女。除了骨骼粗大、毛髮茂盛之外，月經遲遲未來。於是我建議姜太太能夠帶她的女兒，到大醫院做一次徹底的身體檢查。因為不正常的荷爾蒙分泌，往往會影響少女的身心健康。如果不及時治療，恐怕會抱憾終生。後來，姜紫芝就休學了。」

吳老師還提到姜紫芝長期服用一種，好像是降低身體中某種激素、或甚麼成分的藥品。可惜，沒有注意到藥品名稱。

禹庚銘告別吳老師後，除了追蹤姜紫芝的就醫紀錄，知道藥品名稱之後，還和法醫討論。他萬萬沒想過一個看似天真無邪的少女，很可能是個血氣方剛的少男。

法醫表示，某些人的性染色體是XY，也就是說天生是個男的。可是，在胚胎時期，睪丸雖然分泌睪固酮。然而缺乏一種酵素，使睪固酮轉變成二氫睪固酮。二氫睪固酮是負責製造男性生殖器，缺乏了這種性激素，自然就變成了女性化。到了青春期，負責催化男性第二性徵的是睪固酮，而不是二氫睪固酮，所以潛在的男性就一點一滴地暴露出來。這種情況，在兒童時期還會有智能不足、學習能力遲緩的症狀。

禹庚銘假設姜太太可能只是以為自己「女兒」的雄性荷爾蒙過多，於是只在家庭科醫師的建議下服藥，改善「體質」。當吳老師提起姜紫芝的異狀，姜太太只能一方面暫時刻意讓自己的「兒子」保持女兒身，一方面安排「他」盡快飛往台灣，以便離開這是非之地，也可以在一個全新的環境，開創嶄新的人生。

沒想到在個時候，出現了一個柳綺珠。當初姜紫芝在出國之前，有姜太太監視，所以不敢造次。可是那一晚，姜太太的母親病危。當她暫時離家。孤「男」寡女，到底是發生了甚麼事情？

致使姜紫芝在慌亂之中，意圖掐死她。至於柳綺珠到底是昏死過去，還是以假死瞞過姜紫芝，或是別有狀況？無人知曉。

禹庚銘再假設逃過死神魔掌的柳綺珠一個人在姜正武的書房尋找和外界聯絡的工具。當時手機、網路並不普遍，她又不敢使用姜家的電話。想來想去，就選擇那台可以和姜正武工作室的電腦連線的IBM 233型打字機，因為她算準那位在夜間值班的人員會幫她。

可惜人算不如天算，她所輸過去的訊息，完全被姜正武接收了。姜正武看了之後，不但立刻毀掉，而且把線路破壞。以上的經過已經被姜正武確認屬實了。秘書經驗豐富的柳綺珠，料到大事不妙，於是先做了最壞的打算，把死亡的訊息留在修正帶上，然後跑出書房，設法逃離現場。

禹庚銘又假設兩種情況：柳綺珠還沒來得及打開大門，就被身後的姜紫芝用掛在壁上的銀質斧頭劈死。或是柳綺珠衝出門外，迎面是氣急敗壞的姜太太。本來要回娘家的姜太太為何能夠「及時」回家，很顯然就是知道「大事不妙」的姜正武緊急打電話通知姜太太迅速回家處理。關於這一點，姜正武已經推翻了以前的供詞，甚麼太太紅杏出牆，還有甚麼神秘男子。他堅持表示，自己的妻女是在他完全不知情的狀況下離開韓國。至於她們人在何方，完全沒有頭緒。

信件最後的一段，禹庚銘敘述：因為偶然看到一位女性海關人員在電視的談話節目，暢談他的工作趣聞，才激發起他對姜紫芝性別的疑惑。

且說有一對母女正要搭機之前，在海關查出「身分」和證件不合。也就是說那個女兒的證件是女性，而實際上卻是男性。節目主持人輕佻地問：「不知妳用了什麼手法，激起了那位小姐的男性本色。」那位女性海關人員有些尷尬地回答：「後來，那個緊張得快死掉的母親拿出病歷和醫生簽署的證件，我們才讓她們登機。」所有的來賓嘖嘖稱奇，竟然有這種「怪病」。

第十六章

一輛紅色的KIA KX7慢慢停在仁川機場二號航廈大廳的前方。

「高先生，感謝您這些日子的照顧。我真的給您添麻煩了。」

「哪裡、哪裡。如果不是天恩臨時來電，交代您必須趕緊回台灣。否則我很希望您多待幾天，互相研究版畫。」

「後會有期，請多保重。」

「您也是，趙先生。」

趙利廣揮別姓高的友人，目送他的車子消失之後，再走入仁川機場二號航廈大廳。他沒有抬頭看航班標示板，也沒有走向櫃台，而是在一個角落的座椅坐下來，然後閉目養神。

不知過了多久，手機響起。趙利廣跟來電者說明自己所處的位置，然後站起來東張西望。五分鐘之後，一身輕簡的姜天恩出現在眼前，然後兩人並肩走出機場大廳。

「你這樣忽然來首爾找我，到底是為什麼？難道我殺死海棠的事情曝光了！是不是？」

「等一下有的是時間，再慢慢告訴你。我還知道那個女警和韓國警察很熟，所以你的行蹤應該被盯上。當務之急，我們必須避開所有耳目，先找個地方避避風頭。」

他們搭乘仁川機場快線（AREX）到首爾。在車廂內，兩人保持沉默。出了車站，姜天恩揮手叫了一輛計程車。坐定之後，姜天恩說出飯店的名字，車子便如讀秒完畢的火箭般飛衝出去。

「才幾年不見，首爾已經全盤洋化了。只有驚鴻一瞥的古城遺跡，聊勝於無地告訴遊客這是個東方城市喔！」姜天恩看看趙利廣，說：「這幾天，你還好嗎？」

「我是個殺人犯，怎麼會好呢？」趙利廣頭一轉，望向車窗外。

「別這樣說！」姜天恩用力握住趙利廣的手，下巴向司機的後腦方向點了一下。

當車子繞至緊臨漢江的環河公路時，縱然表情鬱卒的趙利廣也不禁被無數垂柳構成的美景懾住，輕輕發出了讚嘆之聲。

「漢江永遠是迷迷濛濛的，因為那些楊柳樹，雖然滿天遍地的洋樓洋房，也驅不走那種永遠屬於漢江的美和氣質。」姜天恩轉頭望著趙利廣，說：「我知道除了你之外，警方還鎖定一名殺死胡海棠和嬌安娜的兇手。」

「誰啊？」

「章劍波，除了因為他和嬌安娜神祕的交往關係，主要是他不見蹤影。因為我和卓太太的作證，所以第一時間，自然不會懷疑到你的頭上。另外，他們似乎對嬌安娜的助理有所懷疑。警方已經掌握了你去找過胡海棠的證據。當你告訴我，你殺死胡海棠，我唯一能做的就是協助你在第一時間逃亡。」

雖然明知道司機是韓國人，聽不懂中、英語夾雜的談話內容，但是兩人仍然有些顧忌，尤其是他那張戴著大型墨鏡的臉，彷彿透露著些奇特的訊息。不過，說到後來，不知道想到甚麼的姜天恩倒是不怎麼在意。

「你已經把當時發生的經過都告訴我，能不能再講一遍。」姜天恩說：「因為，我掌握了一些新的證據。」

「證據？證明我只是一時失手，不是預謀殺人嗎？」趙利廣雙手按住太陽穴，痛苦地說：「海棠打電話給我，說嬌安娜被殺，當時我還半信半疑。」

「早知道，我就該阻止你。當時你為什麼不找我商量？」

「事到如今，講這些都沒有用。」趙利廣不僅僅當時，甚至連現在也沒有辦法清楚說明自己為何聽到嬌安娜的死訊，非要立刻趕去見胡海棠的真正原因。趙利廣顯然到現在還不清楚，姜天恩對於他的過去已經知道一清二楚了。

姜天恩回想當時趙利廣氣急敗壞地說：「……我到達時，本來想從大門，所以按了一聲門鈴，不知道是不是沒聽見，海棠沒有回應。本來想繼續按下去，但是想想她會不會逃走或是躲起來，何況引起鄰居注意也不好。我只好從一樓的門柱爬上去，因為問心無愧，所以也不在乎有人路過看見，或是被錄影機拍攝。跳進陽台之後，落地窗雖然關好，但是用力震動幾下，鎖栓就鬆開。我一走入屋子裡，看不到她。臥室的門緊閉，我一面敲門，一面叫她，可是沒見到她開門或聽到回音。我有一種怪異的直覺，因為隨身攜帶雕刻刀，就掰開臥室的門。奮力推開障礙物，發現她躲在床底下，我試圖幫她拉出來。可是她已經嚇昏，我就用力搖她，要她清醒一點。她睜開眼睛看見我，發瘋似地一面大吼大叫，一面拳打腳踢。我用力按住她，試圖讓她安靜，沒想到她一下子又昏過去。摸摸她的頸動脈，好像靜止不動。我一下子慌了，趕緊逃離……。」

姜天恩交代趙利廣先離開台北一陣子，等待他的安排。第二天，兩人套好招式，好整以暇地接受警方的視訊盤問。過了中午，趙利廣登機，然後飛向韓國。

「你有沒有用鐵鍊勒她？這一點很重要。」

「你問過我N遍了！我們在糾纏拉扯中，我的確是用暴力去抓她雙手、壓住她雙腿、按住肩膀。可是我絕對是兩手空空，沒有使用任何器具，別說如刀子、球棒，連繩子也沒用。」

「你會不會在慌亂中按住她的脖子，或是勒住她的脖子。」

「我不知道，當時太慌亂了！」

姜天恩低聲提示，說：「你確定她死了？應該不確定吧！」

「我不知道，只知道她安靜地躺著，是昏死、假死，我不知道。總之，我只有一個念頭，趕快從大門離開。我才到停車場，你就來電。我當時錯把嬌安娜命案當成胡海棠命案，後來的事情，就這樣子了。」

「警察已經掌握住你殺害嬌安娜的動機！」

趙利廣像被大浪沖散的沙雕，面色慘白，口齒不清地問道：「他們怎麼會知道我和嬌安娜以前的事情？」

「可能是嬌安娜的經紀人小麻雀說的，這麼親密的關係，難保嬌安娜不會偷偷告訴她嗎？」姜天恩閃爍其詞：「辦案的女警說她是介入你和胡海棠的第三者，所以她也有殺害胡海棠的動機。」

「真是不可思議，我根本不認識她。」

「喂！你。」姜天恩喝住了計程車司機，以韓語數落。明明已經到了目的地，卻一直繞圈子。計程車司機自知理虧，不敢回嘴。到了目的地，面對遞過來的車資，竟然有些手忙腳亂。姜天恩不耐煩，索性連餘額都不要了。

「剛才那個司機聽得懂中文。」

「那，你……？」

「山人自有妙計。」

「我不明白。」

「我跟辦案的女警保證要說服你回國自首，因為我堅信你不是殺死胡海棠的兇手。她顯然不會相信我的話。所以很可能，我一下飛機就被跟蹤。搞不好剛才那個計程車司機就是韓國警察的線民。」

「那，我們不是很危險嗎？」

「不會啦！相信我。」

依照韓國國際刑事司法，外國通緝犯不是非法入境、拘留，也沒在他國犯案，在沒有司法互助與引渡條款的前提下，接受他國協助拘捕的機率很低。至於趙利廣只是涉及胡海棠命案，並且全權委託律師處理。更何況台灣外交處於弱勢，若請求協查，必然要看韓國政府是否賞臉。

姜天恩聽過台灣的辦案人員感嘆受限兩岸政治問題，國際處境艱難，連抓通緝犯都是困難重重。何況台灣警察也未加入國際刑警組織，只能透過日本警方間接接觸，常導致情資取得慢半拍。所以趙利廣在韓國的確是可以暫時高枕無憂。

兩人邊走邊聊，趙利廣抬頭一看不遠處的麻浦大橋，不解地說：「我們又回到高先生住的麻浦區！」

「不是喔！麻浦大橋是一條橫跨漢江的橋樑，兩端分別是麻浦區和永登浦區。我們現在是在永登浦區。」姜天恩率前踏入一間頗具古風的韓式飯店，趙利廣一看招牌，上面寫著「仁慶齋」三個漢字。

姜天恩辦好入房手續，讓服務員將他們簡單的行李帶到他們的房間，然後和趙利廣走向飯店附設的餐廳。

他們穿過掛滿字畫和處處可見古玩壁飾的迴廊，進入宛如大通鋪的餐廳。趙利廣在韓國的這幾天，除了高先生準備的湯飯和各式各樣的泡菜、泡麵，其他都是從超市買來的冷凍食品或請外送的炸雞和披薩甚麼的，幾乎沒吃到什麼熱食或現煮料理。由於早就過了晚膳時刻，餐廳只能提供「韓式雞肉大餐」。

等待的時間，趙利廣首先開口，問：「你剛才說到鐵鍊，兇器是鐵鍊。所以海棠只是昏死，兇手另有他人！是不是？」

「我不知道警察是否能夠查到這一點，所以我要和你當面討論，弄清楚到底是怎麼一回事，然後提供給我們的律師。」

「當時，我真的以為我殺死了海棠。」

麻浦大橋上的月亮愈來愈明亮，黑色的漢江被清風撩動著，現出數不清的銀色漣漪。

接受女王委託的禹庚銘從機場相關單位得知趙利廣確實來到首爾，包括班機和入境時間。因為純屬私人任務，不便大張旗鼓，更不便找同事幫忙，所以只能花錢請工讀生幫忙查閱從機場借調過來的錄影帶。趙利廣被發現搭上計程車，禹庚銘依據車牌號碼，向計程車司機求證，趙利廣是在麻浦區龍江洞的某個社區下車。

依據計程車司機的描述，禹庚銘便開了車過去。事實上，計程車司機提供的訊息不是很明確，於是禹庚銘在該社區的幾棟大樓之間繞來繞去。

附近的建築都是三、四十年前，韓國政府為了解決民眾住的問題，所蓋的國民住宅。可能限於預算，只重視安全堅固，談不上設計和美感，所以看起來彷彿是從同一個模具鑄造出來的。不過由於管理得當，大體上還不錯。出入的居民看起來也彬彬有禮，很有修養。

耐心十足的禹庚銘一一到各棟樓口，將趙利廣的簡歷和照片秀給各個守衛看。他很幸運，第二個樓口的守衛就表示他昨天看過一輛車，副駕駛座坐著一位長相類似趙利廣的人。他常常看過那輛車，但是不確定是哪一棟樓的住戶。禹庚銘精神為之一振，又順著數字的順序繼續問下去。問到第五個樓口，終於有了結果。禹庚銘看了看周遭，第二個和第五個樓口恰好遙遙相對。他同時發現它們之間的車道是車子從五號樓口進入地下停車場，再從二號樓口開出來。

「他好像是15樓32號住戶高松賢先生的朋友。」

「你確定？」

「我們守衛對於來來去去的客人，並不多干涉。只是這個人是在前幾天夜晚，大約十點鐘左右，一個人搭計程車來。行為舉止有點畏畏縮縮，讓人懷疑。我就攔下他詢問，才知道他是來找15樓32號住戶高松賢先生。雖然只見過那麼一次，他又帶著口罩，但是眼睛髮型和照片上這個人是一模一樣。」守衛察覺禹庚銘有點遲疑，加強說明：「那個時候，雖然是夜晚，但是我們樓口的燈光很明亮。還有他的外國人口音，應該就是你所說的這個從台灣來的人。高松賢先生親自下來接他，後來我沒再見過他出現。」

禹庚銘便說：「那，我上去找他。」

「不行喔！先生，我們……」

「沒事的。」禹庚銘亮出證件後，就大步流星往電梯走去。

守衛衝出來，對著電梯裡面的禹庚銘大聲，問：「不是甚麼壞人吧？」

「是。」禹庚銘也大聲回答：「他是壞人，是殺人嫌疑犯。」

電梯到達15樓，禹庚銘走向32號的大門。但是門鈴按了很久，就是沒有人來回應。他不自覺做了無可奈何的手勢，喃喃自語：「今天的幸運不夠多。」

禹庚銘一面自嘲，一面下意識去轉動門鎖。殊不知，幸運憑空又多了一些，門戶竟然自動打開。當他正探頭去窺視屋內時……。

「喂！你在幹什麼。」有個男人從屋後走出來，高聲質問。

禹庚銘看他穿著藍白格子襯衫和工作褲，雙手髒汙。從他的打扮和態度，顯然是個藝術家。另外從他的口音判斷，可能是長期住在靠近北方界線的人、也可能是個脫北者。

「對不起！」。

男人看到對方態度謙和，又聽到道歉，臉色略為和緩，便說：「OK。不過，你最好給我解釋清楚，不然我就去叫警察。」

「我就是警察。」禹庚銘再次亮出證件，說：「我是受台灣警察所託，來找趙利廣。您是高松賢先生嗎？」

「原來是這樣！是的，我就是高松賢。您請坐、請坐。稍等一下，我去洗個手。」

禹庚命環視屋子，除了一般的設備和平凡無奇的裝潢之外，牆上掛了大大小小的版畫。其中一幅以白馬騎士為主題的的巨型版畫吸引了他的注意。

高松賢的聲音夾著水聲傳到禹庚銘的耳中。

「趙利廣？他說他要趕緊回台灣。所以人已經不在了！」
「甚麼時候？。」
「昨天下午三點離開，我親自送他去仁川機場。」
因為剛才二號樓口的守衛所說的話，禹庚銘認為高松賢所言不假。
「你和趙利廣怎麼認識？」
「我起初並不認識他。我有個朋友拜託我，讓趙先生來我這裡住幾天。」高松賢不等禹庚銘發問，接著說：「我朋友的名字叫做姜天恩，是我的版畫老師姜正武的兒子，他也幫忙替我賣畫。話說回來，那個趙先生做了甚麼事？」
「他是台灣很有名的版畫家，被懷疑殺死了他的女友。」
「難道是他？」高松賢大叫一聲。
「他？」禹庚銘心中暗自祈禱老天再多給一些幸運，問道：「難道趙利廣還有另一個身份？」
「原來他就是國際知名版畫家趙東尼，我怎麼沒想到？難怪他對版畫知之甚深。其實我老早應該猜出來，我朋友和他是事業合夥人。」
禹庚銘並不很清楚趙利廣的來歷，但是憑他的直覺，他可以從高松賢口中知道一些寶貴的資訊。
「我朋友只跟我說一個名字叫做趙利廣的人，並沒說他就是大名鼎鼎的趙東尼。真是可惜啊！錯過了一個這麼天大的好機會。」

「你說你那位朋友的大名？」禹庚銘想要確認一件事。

「姜天恩。」

「所以，姜天恩是你的版畫老師姜正武大師的兒子？」

「是。」

「那……你還記得二十年前，發生首爾江南區三成洞ＳＬ和平別墅的版畫家姜正武女助理命案嗎？」禹庚銘覺得既然錯失良機，不如和對方多聊聊。

「豈止記得，終生難忘。當時，我還被警方叫去證實老師的不在場證明。」

「可是，我記得姜正武只有女兒。」禹庚命想到沒多久以前，對於姜紫芝離奇的生理變化，開始對這個第一次聽到的名字，產生濃厚的好奇。如果她就是他，那麼今天的幸運之神簡直是太眷顧自己了！

「你有沒有姜天恩的照片？」

「等一下。」

高松賢拿出手機，秀了幾張姜天恩的照片。不知道是不是心理作用，禹庚銘感覺影中人和印象中的姜紫芝有十分相似。於是，他要求高松賢把他手機中，有關姜天恩的照片全部傳送自己的手機裡，回去鑑識兩者是否為同一人？

「還有一件事，剛才我說：趙利廣被懷疑殺死了他的女友。你回應：難道是他？你好像還知道了些甚麼？可不可以說出來聽聽？」

「喔！自從姜天恩離開韓國，轉向台灣發展，我們還是保持密切的聯絡。主要是幫我的作品推廣到台灣，同時我也幫他將趙東尼的作品在韓國行銷。我只看過照片中神采飛揚的趙東尼，和我親眼看到落魄憔悴的趙利廣簡直是判若兩人。」高松賢指了一指牆上那一幅以白馬騎士為主題的的巨型版畫，說：「那就是趙東尼的作品，姜天恩送我的。他拜託我讓趙利廣住幾天，我沒問原因就答應了。」

禹庚銘起身告辭，當他離開高松賢的家，除了不忘記再次感謝冥冥之中的幸運之神，迫不及待地把這個消息和目前人在台灣的女王分享。但是想想，還是等事情調查得更明朗一些再說也不遲。他趕緊去電，請同事調查趙利廣是否已經離開韓國。答案是否定，他只是在仁川機場和一位年輕男子碰面，然後離開。

年輕男子？一定是姜天恩！

這位同事非常機智，由於趙利廣等二人位置在二號航廈，所以他猜測他們可能搭乘仁川機場快線（AREX）到首爾，然後搭乘計程車到目的地。果然如此，從航廈大廳和出口的錄影，找出他們的影蹤，然後很快查出他們搭乘的計程車。那位計程車司機竟然是個中國人，不但說出飯店的名稱，還把他偷聽到的對話告訴禹庚銘。

於是，本來準備打道回府的禹庚銘除了再度聯絡女王之外，直接開車去趙利廣等二人所下榻的「仁慶齋」。

「是的，有兩位先生入住，年紀較輕的是韓國人，另一位是台灣人。這裡是他們的護照和填寫的個人資料。除了那個台灣人看起來有些鬱鬱寡歡之外，沒有甚麼異樣。韓國人辦好入房手續，兩人就去餐廳用餐。」負責櫃檯的小姐對於禹庚銘的詢問，侃侃而談。

沒錯！台灣人是逃匿的嫌犯趙利廣，韓國人是姜天恩，看起來分明就是還被韓國警察通緝的姜紫芝。

當禹庚銘問及兩人用餐之後的行蹤，飯店經理接著說：「當天晚上，兩位先生用完餐之後，連房間也沒回就雙雙離開飯店。我以為他們是去街上逛逛，或是去麻浦大橋看漢江的夜景。我們隔天早晨發現他們徹夜未歸，於是將他們的行李暫時存放在「失物帶領區」。可以啊！你們就拿去吧！不過要給我們一張證明，萬一他們回來領取，以便有個說法。」

很幸運地，計程車是由服務員代叫的，所以記得車行及車號。經過服務員的聯絡，禹庚銘以手機和該名司機對話。

當禹庚銘聽到司機說出姜趙兩人下車的地點時，不由一陣激動，因為就在首爾江南區三成洞SL和平別墅。

夢中的趙利廣豎起了夾克的領子，聽著口哨似的風聲。一丸鹹蛋紅的落日倒掛在厚厚的雲層底下，聖馬可教堂廣場的鴿群，寂寞的埃及紀念碑……。他不由得嘆了一口氣，彷彿自己是正經過嘆息橋的囚犯。停住了腳步，靠著欄杆，黝黑的運河，流過來胡海棠的屍體。小小白白的臉，兩隻大大的眼睛，上面覆蓋著一面銀紗。張大的嘴巴似乎要跟他說些甚麼，他想仔細聆聽，卻被由遠而近的吵雜聲驚醒……。

在韓國「逃亡」的日子，趙利廣吃盡了苦頭，身心俱悴。好不容易姜天恩來了，還帶他到這麼一個舒適隱密的場所，一時鬆懈下來，整整睡了十多個小時。醒來之後，隔著房門，他聽到姜天恩正用韓文和「一些人」爭論。他迅速跳下床，穿好衣服，衝出門外。

趙利廣睡的房間在二樓，他從欄杆往樓下的大廳一看。四個彪形大漢團團圍住姜天恩，其中兩名穿著警察的制服。他們聽到二樓有聲音，不約而同往上看。

趙利廣快步下樓，緊張地問姜天恩：「他們是來抓我的嗎？」

「不是！他們是來抓我的。」

「這……」

「他們搞錯了，我跟他們去去，解釋清楚就回來。」姜天恩指指四人之中帶頭的那位，說：「這位警察認識負責胡海棠命案的王姓女警，他們釐清了部分的案情，確定兇手不是你，另有他人。所以，你回台灣自行投案的話，會酌量減輕罪刑。」

「那……你到底是犯了甚麼罪？」

「非常可笑，他們是來抓我的。」姜天恩做了個無可奈何的表情，說：「他們認為我就是柳綺珠命案的凶嫌之一，姜紫芝。」

「可是，那個姜紫芝不是女性嗎？」

「他們引用很多荒謬的醫學報導。總之，欲加之罪，何患無辭。」

帶頭的禹庚銘不耐煩兩人用他聽不懂的華文說個不停，對身邊的兩名警裝人士下指令。於是，姜天恩就被強行帶走。

第十七章

學齡前的宋鳳慈在失去母親的時候，被宋文媛收留一段時間。後來，青春期的宋鳳慈和年輕的繼母格格不入，宋文媛出面說情，甚至拿出金錢資助事業失敗的父親，讓她不會被繼母虐待。其實，宋鳳慈心知肚明。事實上是她先找繼母的麻煩。到了學生時代，每到寒暑假都是和宋文媛在台北度過。她在韓國高中畢業之後，順理成章地到台北讀大學。大學畢業之後，理所當然就在宋文媛身邊工作。這一切的一切，宋鳳慈原本認定是宋文媛的姑姪之情。直到祖母過世的前幾天，她和宋文媛雙雙回韓國。當宋文媛拉著自己的手，跪著依靠在奄奄一息的祖母的旁邊，在安靜凝重的氣氛下，宋鳳慈望著祖母對她和宋文媛、輕輕點一點頭，然後閉眼離世。

祖母臨終之前，那代表千言萬語的凝視。還有接下來，宋鳳慈自我的領悟。讓她好幾次想要跟自己的父親質問，自己是不是他的親骨肉。想當然爾，父親必定一口咬定兩人就是如假包換的父女關係。宋鳳慈甚至想要去做親子鑑定，但是心中明白，如果證明宋文媛就是自己的阿母，那又如何？這麼多年，如果她認定自己是她的親生女兒，那麼兩人早就相認。阿姑、不，阿母必定有她的苦衷。按兵不動許多年，最後忍不住偷偷拿了蘇鵬飛的頭髮和唾液去做ＤＮＡ比對，結果不出所料。

但是誰是她的親生父親呢？依據猜測，她的親生父親百分之九十九是王永輝。但是王永輝在蘇志誠過世不久，忽然不告而別。多年之後的尋親之旅困難重重，宋鳳慈依然費盡心力。當她好不容易知道王永輝的下落時，雙眼所見到的卻是一紙死亡證明書。

一番順藤摸瓜、追根究底，宋鳳慈查出章劍波不但恐嚇了王永輝，還榨乾了他的財物，毀了他一生的名譽，迫使他晚年淒苦身亡。忍不住胸中怒火熊熊燃燒，只因為人海茫茫，宋鳳慈並不知道章劍波身在何方。如今宋鳳慈奉了宋文媛的命令，調查到底是誰唆使嬌安娜在多年後到蘇家認親時，終於發現了章劍波這個人。

於是……

「有關汐止湖濱公園浮屍，死者身分確認是章劍波沒錯。」報告的人是資深的劉警官，除了把章劍波身家背景詳細說明之外，還提到他和豔星命案的嬌安娜交往非常密切，是否涉及男女關係尚未經過證實。

「章劍波比嬌安娜更早死亡，所以剔除他殺害嬌安娜的可能性。至於是自殺？他殺？還是意外身亡呢？尚無定論。」

最後，劉警官補充說明：「我們在死者的夾克和襯衫之間中發現了一枚貝螺，因為夾克的下襬有鬆緊帶，所以沒有掉出來。至於這個貝螺是死者的物品、外人放進去，還是本來就在湖中，然後落到死者的衣物，就不得而知。」

女王看到白幕上出現貝螺的特寫鏡頭時，心頭一動，是不是死亡訊息？她同時想起嬌安娜手中緊握的珍珠，還有掉落在胡海棠身邊的電子相框。

馬組長問死亡時間和致死原因，江法醫起身報告。

「有關死亡時間，由於是溺斃時間較長，顧及天候、水溫、還有水中生態的影響，比較難掌握。初步估計約九到十一天。死因還在查證，詳細報告有待解剖之後。」

江法醫一面說明，一面秀出章劍波的照片。原本是英俊的面孔，扭曲成一團，並呈現出可怕的紫藍色。結實的身材出現了啤酒肚，皮膚腫脹而形成難看的皺褶。

「死者沒有外傷，但是脖子上，有一道傷痕，腐爛的很厲害，是否和死因有關。這方面的調查，會請鑑識課生物科的歐科員上台報告。」

江法醫報告完畢，換上一名看起來有點上了年紀的警察。他的綽號叫雷公，是汐止地區的員警。

「死亡時間應該是十一天！」

雷公果然很厲害，在短短的時間，就把相關的事件調查得很清楚。女王掐指一算，正是嬌安娜被殺的前兩天。

「首先，有民眾目睹章劍波和一個女子發生扭扯，然後獨自走開。這名女子似乎是拉客的流鶯，以上有攝影紀錄，時間是七點十五分到三十分。總之，十一天後，有人發現浮屍，報警之後，經過確認，死者身分是章劍波。至於為何掉落湖中，是自殺、事故、還是他殺，附近沒有攝影機，只靠民眾提供消息，眾說紛紜。比較可靠的說法，章劍波大約在八點鐘之前和另一名藍衣女子見面，後來好像一言不合。藍衣女子將章劍波推落湖中。不久，落水男子自己游泳上岸，然後那名女子就遞上毛巾。有人說：兩人各自分別離開。有人說：一起離開。後來我們從公園側門的停車場，錄到一名拿著毛巾、全身濕漉漉的男人，由於毛巾包頭，衣服樣式類似，又因為浸水變形變黑，無法馬上證實他就是章劍波。如果是他，是不是去而復返，然後不幸落湖。如果是不一樣的人，他是誰？還有民眾口中的藍衣女子，目前正在密切追查。」

女王在雷公邊說、邊展示相關佐證照片時，注意到其中一張照片。

「小張，你有沒有注意到那條毛巾？」

小張轉頭看著女王，由於光線和角度，發現她的側面真是美麗，而且微微發亮。當女王把臉轉過來，小張慌慌張張地重覆她說過的話：「是呀！你有沒有注意到那條毛巾？沒有。你是說那個公園側門的停車場，那一名拿著毛巾、全身濕漉漉的男人嗎？」

「我覺得他很可能就是兇手。那條毛巾，除了擦乾水跡，還有遮掩身分的功能。。」

「喂！有話站起來大聲說，不要私下竊竊私語。」馬組長狠狠瞪了女王和小張，大聲地說：「有甚麼問題嗎？」

「我認為那一名拿著毛巾、全身濕漉漉的男人既然出現在公園側門的停車場，很可能去開車，查查當時停放的車輛，說不定可以查出甚麼可疑的人物。」

雷公露出欽佩的眼神，用力點頭，說：「謝謝王警官的建議。」

馬組長哼了一聲，看了看手中的報告，說：「有關死者脖子上的傷痕，請歐科員上台報告。」

濃妝豔抹、一身香氣逼人的歐銀倩將備存資料的隨身碟插入電腦，然後把江法醫先前秀出的照片調出來，詳細說明：「死者的脖子左側，有一道由深到淺、由下至上，角度十五度左右，長度十公分的傷痕，已經呈現嚴重糜爛。由傷口判斷，好像是被鋸齒狀的鈍刀劃破的。我們取樣化驗，發現是某種神經性毒素，局部的刺激症狀非常輕微。但是一旦進入血液中，就會產生複視、運動失調、不能站立等症狀。」

馬組長不耐煩地：「所以妳判斷那是致死原因嗎？」

歐銀倩不理他，繼續說：「劉警官不是說在死者的夾克和襯衫之間中發現了一個貝螺，經過對照，那是一枚芋螺。」

當歐銀倩說出這個陌生的名詞時，開始從隨身碟找出圖片和說明供大家參考。

「芋螺，一種含有劇毒的貝類。」歐銀倩宛如恨鐵不成鋼的老師殷殷切切地對一群心不在焉的學生說：「本土有毒芋螺約十餘種，平均分佈在沿海，絕不可能在人工湖被發現。」

「死者身上那枚芋螺，色澤十分鮮艷美麗，凸在齜裂邊的毒刺和章劍波身上的傷痕恰好吻合。至於腐爛的傷口的確是芋螺之毒所造成，是否和致死原因有關，還在查證中。文獻記載，活的芋螺才有毒，死的芋螺則無毒，而現場發現的芋螺有個小洞，分明是個裝飾品。但是。凡事都有例外。」歐銀倩一邊秀出貝類圖鑑，一邊解說：「有毒的芋螺包括鹿斑芋螺、彩虹芋螺、織錦芋螺、大理石芋螺和紫羅蘭芋螺，所以你們認為是那一種呢？」

大家不是冷著面孔愛理不理，就是皺著眉頭悶不吭聲，只有小張最捧場，大聲回應：「好像是那個。哦！織錦芋螺啦！」

歐銀倩被馬組長很不客氣地請下台，女王則專心地去讀網路上有關織錦芋螺的文章。當她看到大部分的學術論文的作者就是蘇志誠時，不由得聯想到那一幅「My Angel」的版畫，小女孩手中的貝螺。

宋鳳慈暫時放下公文，走到辦公室後面的陽台，放鬆一下筋骨，也讓腦筋休息片刻。宋文媛來電，宋鳳慈一接聽，聲音如海嘯般襲來。

「鳳慈，這到底是怎麼一回事？」

「怎麼了？」

「鵬飛被控殺人，已經被收押。」宋文媛氣極敗壞地說：「他被控殺死那個叫甚麼章劍波的人。」

「怎麼可能！」

「鵬飛的律師跟我說的，我也不是很清楚。目前最重要的是先向法院提出交保停止羈押的聲請，我先預備交保金。萬一不夠的話，妳幫我想想辦法。」

「沒問題！」宋鳳慈竭力安撫宋文媛之後，掛上電話，立刻和「誠光藝術空間」的律師聯絡，弄清楚到底是怎麼一回事。

依照律師的說法：章劍波被列入嬌安娜命案的第一順位嫌疑犯，所以盡全力搜索。章劍波所居住的社區保全說，他曾經在十一天前傍晚外出，從此就沒有再回家。後來他的屍體浮現在汐止湖濱公園的人工湖。依照目擊民眾說詞，章劍波生前曾經和一名打扮詭異的藍衣女子在湖畔說話，然後章劍波接了一通電話，沒想到那名女子忽然從背後把他推下湖中。

「可是，這和鵬飛有甚麼關係。」

「因為警方從攝影紀錄，發現鵬飛全身濕漉漉地出現在公園的停車場。」

「那鵬飛說了些甚麼？」

「他說他和章劍波有些私人恩怨，所以他花錢請了一個女子，約他到汐止湖濱公園，然後將他推落湖中。然後……」

宋鳳慈無心多聽，厲聲問道：「他沒說那名女子是誰？」

「沒有，連我也不肯說。」

掛上電話的宋鳳慈，悠悠乎乎地落入思潮洶湧的深淵。

當宋鳳慈得知章劍波的下落時，決定要給他一點顏色看看。憑她的勢力，大可請幫派道上兄弟給他狠狠修理一頓。但是章劍波也非等閒之輩，這樣一來一往，自己可能還會吃虧。所以決定自己出面討回公道。於是，約了蘇鵬飛出來。

「你還記得永輝阿伯嗎？」

「記得。」

「這麼多年，家族一直流傳我是他和阿姑的私生女。」

「是喔！我的確聽過。」

「你覺得呢？」

「妳不直接去問她，問我幹嘛？」

「她想說早就說了，不然為什麼一直與我姑姪相稱。」

「我不是替阿母說話，她對妳比對我好上一百倍，這份情義早就超過母女關係。她的苦衷，妳就體諒體諒吧！」蘇鵬飛目光閃爍，口調帶著遺憾地說：「永輝阿伯失蹤多年，音信全無。妳現在找他，不會為時已晚嗎？」

「他死了！死得很淒慘。」

「被誰害死的。」蘇鵬飛情緒一下子高昂起來。

宋鳳慈將她收集的資料一一告訴蘇鵬飛，她還認為警方無能，沒有能力識破章劍波的殺害王永輝的詭計。

「後來，我從政，一直很忙。多年的仇恨也只能埋藏在心底。直到你提起嬌安娜要和我們相認，阿姑要我調查，才查出幕後主使人就是章劍波。」

「有這種事？」蘇鵬飛語氣悲戚地說。

「我也查出他在台灣的住處，也知道他在韓國的事業已經走下坡。所以我猜想他可能故技重施，利用嬌安娜，再次向我們家下手，大撈一筆。只是他這麼聰明狡猾，怎麼會弄一個假貨來唬攏我們。」

蘇鵬飛想了一想，決定告訴宋鳳慈真相。

「她不是珞美姊姊，但是的確是我的姊姊，我們做了DNA比對。」蘇鵬飛又說：「我們委託的鑑定單位只能證明她和我有手足關係。」

「這件事情，我們以後有時間再弄清楚。今天找你來，是想找你幫忙。」

「幫忙？難道是替妳把章劍波幹掉。」

「幹掉他？還輪不到你。而且我也不想為了一個人渣，毀掉我的美好人生。」

「喔！」。

宋鳳慈計畫將以神祕女郎的身分在電話中，先將章劍波所做的一切說出來，再約他到汐止的湖濱公園，然後要躲在一旁的蘇鵬飛打電話給他。宋鳳慈乘其不備，將他推落湖中。寒冬落水，讓他吃吃苦頭。

「這教訓不會太輕了嗎？好像小學生玩的遊戲。」

「我才不會輕易放過他。這只是前菜、一個警訊，我會延續第二個、第三個報復行動。至少讓他在嬌安娜這件事情，知難而退。但是至於，如果嬌安娜真的和我們有血緣關係，那又另當別論。」

「好吧！」蘇鵬飛爽快答應，還說：「不過，只是讓他掉下湖中，如果他不會游泳，那就讓他多喝幾口水，我再去救他。如果他會游泳，只是受凍一下下，總覺得不過癮。」

「那怎麼辦？」

「那我先在湖中等他！如果他不會游泳，我晚一點去救他。如果他會游泳，我就在水底拉住他的腳，讓他在湖底下多享受些時刻。」

「那你記得要多穿些保暖防水的衣服喔！」

當宋鳳慈將章劍波推落湖中，沒想到落水的地方不深，加上對方身手矯健，落水之後，看起來神色若定。於是，蘇鵬飛設法阻止他游上岸。到底是章劍波有心血管疾病，還是身子虛、受不了寒冷的湖水。或者是蘇鵬飛抓住他的時間過長，造成他暴斃湖中。不論如何，她一定要設法救出自己的弟弟，甚至賠上她的政治生涯也在所不惜。

第十八章

女王和歐銀倩相約在南京東路巨蛋附近，一間淡雅可愛的小店。女王推門進入，原來是間主要賣咖啡和輕食的書店。現在書店的趨勢似乎不是在賣書，也沒有人買書。客人在書香氣氛下，喝咖啡聊聊天。如果是孤家寡人，不是滑手機、打電腦，就是翻翻從書架挑來的詩集、畫冊或雜誌。

一個打扮華麗的中年婦人坐在收銀檯邊的位子，目中無人地擦著閃亮的口紅，她不就是脫去實驗衣、穿著毛茸茸外套的歐銀倩嗎？女王好像在一大片長滿清新脫俗的雛菊的山坡，見到一朵碩大冶豔的芍藥。正要走過去，手機忽然響起。

原來是一通來自韓國首爾地方警察廳的鄭巡警的電話。他先自我介紹是韓籍台裔，所以會說流利的台語，因此接受禹庚銘的委託，向女王報告。

趙利廣在韓國警方的監督下，將在明日中午搭機回台，請台灣有關單位派員接機。女王講到一半時，看見歐銀倩抬起頭來。女王趕緊揮手示意，歐銀倩點頭表示了解，於是收起口紅，開始去畫眼線。

女王對鄭巡警致謝之後，自然而然問及姜天恩。鄭巡警表示並不清楚詳情，但是確認他和發生於首爾江南區三成洞ＳＬ和平別墅的版畫家姜正武女助理命案，一點關係也沒有。鄭巡警還笑著說：「禹庚銘警正為這事還鬧了大笑話，說甚麼有由女變男的科學證據。除了指紋鑑定，後來還經過性器官和ＤＮＡ鑑定，結果證明姜天恩不但不是殺害柳綺珠的凶嫌姜紫芝，還順便証明了他是百分之一百的男人。不過，兩人除了耳朵之外，長得幾乎是孿生兄妹。姜天恩釋放之後，會和趙利廣一同搭機回台。」

女王掛上電話，就往歐銀倩的方向走去。兩人覺得這裡很不錯，便決定就地用餐。點完餐後，女王掏錢付帳，歐銀倩堅持不肯，因為她只讓男人請客，最後採取ＡＡ制。

餐點一上來，歐銀倩還沒開始動手，女王就先動口，直接了當挑起話題。

「妳在上次嬌安娜命案的偵查討論，我有聽到從死者嬌安娜的血液分析，具有高濃度的尿酸，也就是她患有先天性高尿酸血症（Hyperuricemia）。」

「種族性先天高尿酸血症常發生在極少數的特殊人種，很少研究機構願意花大錢和時間去研究，所以通常只有是在醫學期刊曇花一現。喔！妳應該不是來找我討論罕見疾病，妳想知道甚麼？」歐銀倩胃口很好，談話的興致也很高。

「我多年前曾經在首爾遇見一宗命案，案子破了，可是兇手至今尚未落網。其中有一點，我想請教妳。」

女王從手機找出禹庚銘傳給她，姜紫芝長期服用的藥名。然後問道：「這是不是治療種族性先天高尿酸血症的藥？我已經上網確認，不過還是要請教妳。」

歐銀倩上網查了一下，確認無誤，讓女王繼續說下去。

「妳說嬌安娜可能具有阿富汗塔琦克族的血統？」

「按照或然率是有可能。」歐銀倩覺得女王孺子可教也，於是立刻打話匣子：「妳聽過『蠶豆症』吧！正式名稱為『葡萄糖六磷酸鹽脫氫酶缺乏症』，因為基因異常，無法合成G-6-PD，台灣客家地區最常見的先天性代謝疾病。至於這種常見於阿富汗塔琦克族的先天高尿酸血症，異常的起因是次黃嘌呤－鳥嘌呤磷醣基核甘轉換酵素的先天性缺乏所引起，最常出現的症狀為肌張力低下及發育遲緩，造成幼年的學習困難，早年遺傳學和生理學不發達，常被誤判成智能不足。」

歐銀倩畢竟不是專科醫師，所以她也只能從網路上的學術文件加以說明，她依據女王的要求，不斷尋找可以佐證的文獻。女王請教之前，已經做了功課，所以當歐銀倩以中英文、還夾雜著醫學專有名詞說明，並不覺得困難。

「患者還會有舞蹈手足徐動症、角弓反張、痙攣、反射亢進、認知及行為的損害和自身摧殘行為的產生。但是常見於阿富汗塔琦克族的先天高尿酸血症，可能因為環境、飲食或生活習慣，除了幼年心智發育遲緩、還有血液中尿酸偏高之外，與常人無異。如果硬要指出差別，可能就是耳朵的形狀，這也是我認為嬌安娜有阿富汗塔琦克族的血統，她的耳朵呈現標準的葫蘆型。」

當歐銀倩說到這裡，女王的心跳猛然加速。如今她可以百分之百確定，小麻雀就是涉嫌殺害版畫家姜正武女助理柳綺珠的姜紫芝。小麻雀耳朵的樣子，和記憶中姜紫芝一樣，很像芭蕉扇。雖然她似乎刻意用頭髮掩蓋。至於她的面孔是經過整形，這是連肉眼都看的出來的事實。當時小麻雀被偵訊時，喝水留下的杯子上所留印下來的指紋。女王已經早早將影像寄給禹庚銘，現在等待的就是鑑定結果。

這時候服務生端來抹茶紅豆大福，女王表示是自己的心意，無奈歐銀倩還是堅持要付自己的那一份。這時候，鄭巡警來電通知，韓國警方百分之百確定女王送過去的指紋就是姜紫芝，如今他們設法要將將之引渡回國受審。女王搞不清楚他們是否如願，因為小麻雀是身在台灣的美國公民，而且事隔多年，是否牽涉刑法追訴期。當女王和鄭巡警通電話時，歐銀倩表示有事先走一步。

白雲藍天下的現代建築，一道又一道路過的人影，還有偶而隔著窗戶投射過來的眼光。講完電話的女王有種置身於犯罪懸疑劇場的錯覺。她忽然很想喝酒，因為窗邊掛著一幅國畫，畫了一個仙翁在桃花林中喝酒。上面的題詩是「桃花塢裡桃花庵，桃花庵下桃花仙。桃花仙人種桃樹，又摘桃花換酒錢。酒醒只在花前坐，酒醉還來花下眠。」

女王想起她還是菜鳥警察，到蘇志誠博士家辦理「版畫失竊案」時，曾聽說過他誤將布娃娃以為自己的女兒。那麼小麻雀是不是就是那個被送去韓國的蘇珞美呢？當時小麻雀因為疑似偷竊嬌安娜的版畫「My Angel」被約談時，發現她的身分和經歷非常複雜，有些地方交代的不清不楚。想到這裡，她立刻打電話向馬組長報告，除了說明小麻雀就是多年前發生在首爾的命案兇手之外，還把她的想法說出來，並且一定要把小麻雀祖宗八代的資歷都調查得一清二楚。

女王離去時，手機響起，原來是小張。女王只好又坐下來，不知道是錯覺，還是有陣風吹過，壁上的畫紙微微一動，拿著酒壺的仙翁好像拿著手機和自己在說話。

有關章劍波命案，又有驚人的轉折。首先宋鳳慈主動投案，詳細說明她和章劍波之間的冤仇，如何設計約他在汐止湖濱公園，然後趁其不備，推他落湖。至於蘇鵬飛只是讓章劍波多吃些苦頭。至於芋螺和他脖子上的傷口，完全不知情。警方對於宋鳳慈的自首說明，除了因為面對政壇人士的壓力，一方面對於蘇鵬飛的涉案也只能採取保守的態度，便讓律師辦理交保。至於宋鳳慈，則由刑案經檢察官偵查並收集相關事證後，再判定是否起訴。

「那芋螺和他脖子上的傷口，你們還沒弄清楚到底是怎麼一回事？」

「這要歸功那位雷公的日以繼夜地調查、反覆查看錄影帶。發現章劍波落水之前，不是和一位類似援交妹的年輕女子拉拉扯扯嗎？就是她拿著一枚貝螺往章劍波脖子劃上去，可能一時手滑，那枚貝螺就從章劍波的領口落到夾克裡面去。至於江法醫判定，死的芋螺並沒有毒，所以並非致死的原因。章劍波的死可能是一連串的事故引起，造成心臟麻痺死亡。」

「一連串的事故引起？」

「雖然江法醫依照歐銀倩的說法解釋，製成飾品的芋螺雖然已經沒有毒，但是可能留有殘毒。不過按造鑑識課毒物化學科的最新分析，那是為了讓芋螺保持鮮豔光澤，所使用的特殊化學藥品。雖然不至於死亡或嚴重不良反應，但是對於心臟造成刺激是免不了。」小張感覺自己沒有說到重點，趕緊說：「講了半天，妳知道那個女孩子真是誰嗎？」

「那個援交妹嗎？」

「說出來，保證你大吃一驚。她就是小麻雀！」

「果然讓人大吃一驚。對了，蘇鵬飛已經釋放了嗎？」

「還沒……怎麼啦？還有一些手續待辦，最快也要明天下午。」

女王此時此刻，靈光亂閃，好像畫中的仙翁已經凌空拋來幾封錦囊妙計。結束和小張的談話，女王彷彿火燒屁股似地離席而去。因為消費不多，卻跟人家霸佔座位許久，所以就去書架挑了兩本葉桑的小說，結帳離去。

蘇鵬飛在拘留所的第一晚，竟然睡得香甜安穩。

隔天一早，律師就替蘇鵬飛辦理保釋。踏出拘留所，宋鳳慈開車來接他，然後一起去吃豬腳麵線，去除霉運。餐後，蘇鵬飛表示不想回家，宋鳳慈就獨自離去。

蘇鵬飛走過馬路，看見一家畫廊，習慣性走進去。他遊歷畫中的風景，和畫中的人物對話，也想著宋鳳慈剛才跟他說的話。

「律師告訴我，因為我們推章劍波落水之前，他曾經被一名女子攻擊。」

「喔？」

「你想像不到吧？那一名女子名字叫做羅蹴詩，是嬌安娜的同事。大家搞不清楚她為什麼要攻擊章劍波，應該是旁人不知道的感情糾紛。」

蘇鵬飛離開畫廊，面對車如流水、人煙滾滾的城市街景。走著、看著，看著、走著……他陰陰的笑容反映在路過的櫥窗，就在那些穿著華麗服飾、沒有面孔的模特兒之中。

蘇鵬飛想起前些日子去林口墓園看阿爸，遠遠看見一名年輕女子在阿爸目前跪拜流淚。由於不久之前，蘇鵬飛的生活圈闖入了一個姊姊。可是相對比較之下，眼前那位陌生女子給他的感覺更像是他的姊姊。他有一個假設，假設她也是他的姊姊、珞美姊姊。

經過明查暗訪，這個假設果然成立了。小麻雀毫無疑問就是他的珞美姊姊。然而在推理查證過程之間，他又有驚人的發現。

嬌安娜和蘇珞美都患有Lesch-Nyhan氏症候群，蘇鵬飛請教罕見疾病專家，疾病類別：07，分類代碼：0714。這種疾病的遺傳模式是因為一X染色體性聯隱性遺傳疾病，缺損的基因位於性染色體Xq26.2-q26.3位置上，而隱性遺傳是指必須一對（兩條）染色體皆有缺損才表現病徵者。

女性患者身上必須有兩條缺陷的X染色體同時集中在一起，才會發病，若只被遺傳到一條有缺陷的基因，則是無症狀的帶因者，女性帶原者所生育的子代中，有50%的男孩會罹患這個疾病，而有50%的女孩會為帶原者；但在男性則只需一條缺陷基因即會產生症狀。在男性患者所生育的子代中，所有的女兒皆為帶原者。

換句話說，嬌安娜和蘇珞美都不是阿爸的親生女兒。蘇鵬飛開始有很多聯想，於是又有了一個大膽的假設。

第一個求證，他拿著他和嬌安娜的ＤＮＡ比對報告去向檢驗單位求證，果不其然，他們只做最基礎的鑑定。蘇鵬飛也沒有詳細閱讀檢驗結果報告，上面密密麻麻的法條和註解上寫著：按照以上測試方法的結果，本實驗室認定兩者有血緣關係是具有統計意義。別說蘇鵬飛等一般老百姓，連對生命科學略有涉獵的人士也不一定看得懂，或是有耐心地逐條細讀。至於嬌安娜的那一份報告是犯了同樣的失誤，還是被嬌安娜刻意隱瞞，那就不得而知了。緊接下來就是賭一把了！

鼓起勇氣的蘇鵬飛面對宋文媛，親口問她，自己是不是和宋鳳慈是同父同母的姊弟。心目中驕傲冷漠、神聖高貴不可侵犯的母親回答之前，開始在蘇鵬飛眼前慢慢溶解、卑微和崩塌。

蘇鵬飛知道了自己的身世之後，當宋鳳慈提出修理章劍波的計畫，復仇的心格外濃烈。他很清楚是他親手活活把章劍波淹死，至於半路殺出來的小麻雀，讓自己順理成章逃過法律的制裁。不錯，小麻雀就是珞美姊姊，上天派來協助他復仇的天使，「My Angel」。

表面上若無其事地和嬌安娜依然保持姊弟關係，蘇鵬飛主要是想要奪回那一幅「My Angel」。然而嬌安娜後來被殺，那幅版畫也不翼而飛了。也因為嬌安娜的出現和被殺，讓他發現多年來看起來平安無事的家族，原來暗藏著許多前所未聞的故事。

有關章劍波落水身亡的事件，涉案人之一小麻雀再度被約見。當她看見詢問的人不是女王時，大大地鬆了一口氣。

小麻雀一臉悔意地說：「我在天紅演藝經紀公司擔任嬌安娜的經紀人，得知有個叫章劍波的人來信，力推嬌安娜去韓國發展。這是好事，我樂見其成，結果沒想到後來，到韓國發展的計畫遲遲未成，兩人竟然密切交往。我隱隱約約打聽到好像和嬌安娜認祖歸宗有關，自然想要一探究竟。所以找機會去他住的地方找他，結果他好像存心避著我。我想既然來了，就不要輕易放棄，何況他隨時就會回去韓國，於是就跟蹤他到河濱公園。我向前要跟他說話，他反而問我是不是約他出來的人，我說不是。他掉頭就走，我要去攔住他，結果被他反手打到胸口，還扯斷了我的項鍊。我反射作用地用裝飾在項鍊上的貝螺去刺他。我對天發誓，我不知道那枚貝螺有毒，否則也不會掛在自己的胸口。」

警方查證小麻雀的說詞可信，加上錄影實證，被判無罪。宋鳳慈涉及私人恩怨，至於原本筆錄寫著：死者落水是被推落。但是後來又改口，是死者自己失足掉落湖中？孰是孰非，已經無據可考，所以從輕發落。至於蘇鵬飛，經由律師辯稱：僅是協助他人犯罪，並無殺人動機。同時提出醫學證據死者是自身健康問題，連過失殺人罪都免除。法院判決易科罰金，不用入獄服刑。基於以上理由，檢察官決定不再上訴。

事後，女王想起章劍波命案，總覺得有些地方曖昧不清。她從那三名涉案人複雜的血緣關係，感到耿耿於懷。尤其案後沒多久，她再去歐銀倩的實驗室請教有關ＤＮＡ的一些問題時，竟然發現蘇鵬飛和宋鳳慈是同父同母的姊弟，那麼他謀殺章劍波的念頭無庸置疑。想起多年前王永輝教授的死亡事件，章劍波死有餘辜，女王也不想深入調查。

自從趙利廣回台投案，祝姓保全被發現藏匿新桃園復興鄉山區，案情似乎漸漸明朗之際，女王忽然體力不支，昏倒在地。送醫之後，並無大礙。馬組長強迫她在家休息，暫時不參與辦案，除非有他的授權。經過女王極力爭取，馬組長終於同意她參與遠距離辦案。小張隨時向她報告最新案情，她也可以隨時要求小張提供有關案件的任何資訊，供她分析和推理，跟大家分享心得和意見，

回家後的女王早早上床睡覺，卻輾轉難眠，滿腦子都是嬌安娜、胡海棠、章劍波……甚至連從未曾見面的王永輝教授、模糊到只剩下一團雲霧的蘇志誠博士，還有那個甚麼都不存在、只有名字的柳綺珠。

半夜醒來，一張臉很清晰地烙印在幽暗的天花板上，她就是羅孅詩、美詩、羅錦雀、小麻雀、姜紫芝、蘇珞美，也就是所有所有案件的交集人物。

第十九章

蘇珞美因為患有先天性高尿酸血症，幼年心智發育嚴重遲緩。因此九歲的時候被宋文媛安排到韓國學習，並接受心靈治療。由於環境、飲食和生活習慣大幅度改變，還有青春期大量荷爾蒙的影響，除了血液中尿酸依然偏高之外，智力逐漸趕上正常少女的程度。於是，她人生的風景從首爾近郊的文殊學苑開始展開，記憶中的陽明山竹仔湖別墅逐漸被淡忘，除了幾條模糊的人影，比較鮮明的是自己的阿爸和一個對她很好的阿廣哥。

童年陰鬱色彩的皮毛退去，張開歡悅亮麗的羽翼，蘇珞美開始在異國的天空自由飛翔。但是，好景不常。她的經濟來源被切斷了，遠在台灣的家庭不知為何不再寄錢。不過因為她的狀況特殊，從智能不足進步到聰明伶俐，簡直是一塊活生生的大招牌。姜正武創辦的文殊學苑因此收了多批學生，賺了一大筆錢。然而事實證明不是那麼一回事，逐漸出現負面評價、惡性攻擊，甚至霸凌、狼師等事件，最後被韓國當局勒令關門。依照姜正武的說法，蘇志誠博士已經逝世，當家的宋文媛不願意領回蘇珞美。他和姜太太商量結果，決定領養蘇珞美，並娶了一個非常傳統的韓國女性名字姜紫芝。紫芝就是紫色的靈芝，生長在韓國的聖山、白頭山的密林深處，服用之後讓人長生不老。

姜紫芝從此順水順風地在韓國落地生根，慢慢茁壯，長出幼枝嫩葉。就在出現幾顆蓓蕾時，也就是在她初中求學的生活之中，出現了不可思議的殺人事件。

柳綺珠是姜紫芝義父姜正武的助理，兩人偶然在一次家庭聚會時相識，年紀雖相差十幾歲，卻一見鍾情，並發展成蕾絲邊戀情。姜紫芝天真純潔，愛得真切浪漫。柳綺珠歷盡滄桑，愛得輕率實際，雙方的感情自然經不起各種考驗。柳綺珠在某次劇烈爭吵時，遭受姜紫芝兇猛的攻擊。

姜紫芝回想當時狀況，因為自身罹患先天性高尿酸血症，情緒高張時會有痙攣、反射亢進、昏眩和認知行為模糊，無法確認自己是否拿起斧頭砍殺柳綺珠。然而案發之後，姜紫芝的義母姜太太一口咬定自己才是殺害柳綺珠的兇手，至於事實如何？大概只有姜太太一人知道。

然而幾天前，分別發生在松江路的「天寶皇居」、新莊化成路的小巷弄內和汐止的湖濱公園等三宗命案，蘇珞美到底扮演甚麼樣的腳色？偷竊版畫、謊稱不在場證明、芋螺傷人，還有呢？

再也無法入睡的女王起床上廁所，隨手拿起手機，看到小張的第一則留言。

依照趙利廣對警方的說詞：嬌安娜並非被誘拐囚禁，她是他的父母抱來的小孩。趙利廣的父母已經雙亡，無從追究。不過從常理判斷，可信度相當高。他對於胡海棠是嬌安娜的心理諮商師一事，起初並不知道，只知道兩人是閨中密友。他極力否認曾經對年幼的嬌安娜做了不堪的事情，那是嬌安娜自己的幻想。女王心想此事已不可考，追查已無必要。

小張的第二則留言：趙利廣表示不清楚，嬌安娜是否和胡海棠討論過他。有的話，到底討論了甚麼，他也不知道。關於這一點，老馬已經派人在胡海棠的電腦、紙本資料和嬌安娜的通訊紀錄中，試圖找出是否出現和趙利廣有關的事項。結果只有一些以前交往的隻字片語，沒甚麼參考價值。

小張的最後一則留言：如果只是嬌安娜和胡海棠兩人口頭說說而已，那就無憑無據。

「老馬老是做這些沒有意義的事情。」女王心裡想，回訊：「聽說有些心理醫師為了保護病患隱私，會用暗號代替。」

女王送出簡訊之後，立刻後悔自己怎麼步向老馬的後塵？真實辦案和推理小說中的神探辦案不同，只靠著天馬行空的想像就有線索出現，總是那麼湊巧得到物證或人證。然後經過一番峰迴路轉，終究柳暗花明，然後宣告破案。

不過女王也沒有妄自菲薄，自從小張提出的門鎖密室疑雲，三不五時就騰出腦筋去分析推理。剛才在床上胡思亂想，忽然出現了涇渭分明的思緒，於是趕緊抑濁揚清，寫了一則簡訊給小張。

「胡海棠命案現場的密室之謎，也就是大門的鎖扣，我有些大略的解答。首先，趙利廣以為自己失手殺死胡海棠，於是從大門口逃走。這個證據，除了攝影機只有拍攝到他從一樓爬上胡海棠家的陽台，卻沒有從陽台往下到第一樓的紀錄。另外最重要的一點，就是胡海棠家的大門的鎖扣沒有拉上，因為沒有人會在趙利廣離開時，再扣上鎖扣。但是事實擺在眼前，鎖扣的確鎖上。唯一的解釋就是趙利廣走後，另有他人開鎖進入。因為原來扣上的鎖扣被照理廣打開。那個人進入胡海棠的臥室，用絞死嬌安娜的鐵鍊絞死胡海棠，然後循著趙利廣進入的路線離開犯罪現場，所以胡海棠家的大門才會呈現我們看見的樣式。」

女王自信滿滿地繼續寫著：「我覺得那個人應該不是從上往下逃走，否則鑑識課早就會從錄影帶發現。那個人可能是從下往上逃，也就是往樓頂爬上去，因為那裏是攝影機鏡頭的死角。你可以請鑑識課再跑一趟，在胡海棠住的公寓樓頂看有沒有甚麼腳印或線索。」

小張回訊：「我這是外行人說話，時間過了好一陣，應該很難找到有價值的線索。」

女王先回傳幾張預先準備好的重要圖檔，然後寫著：「按圖索驥，你懂。祝姓保全那邊呢？」

「老劉負責，聽說口風很緊。先這樣，老馬通知要開會。」

「她一定是殺害嬌安娜的兇手！」

「這麼有把握？」

「我不是跟你說過嬌安娜發出的死亡訊息？」

「手中的珍珠？」

「是！」

女王第一次聽到祝姓保全自稱是「祝姓保全」時，一度誤以為是「註解」、「豬姐」。所以，難不成嬌安娜也把「祝姓保全」誤以為是「珠姐」。至於是不是因為如此，嬌安娜才刻意發出死亡訊息呢？還是像老馬認為只是因為死亡前的掙扎，本能要去抓住索命的鐵鍊，無意中抓住掛在脖子上的珠鍊。不論真相如何，死亡訊息根本無法成為判定祝姓保全的罪狀。然而想起自己總算和名偵探沾上一點邊，難免有些得意。

小張又傳來一則簡訊。

「感謝妳的提示，我也解讀了胡海棠發出的死亡訊息。她手中不是拿著電子相框嗎？相框不是有照片嗎？照片的「照」不就是「趙利廣」的「趙」嗎？」

女王莞爾一笑，正想辯說，忽然想到自己怎麼又出現老馬的嘴臉，趕緊回了一個「讚」的貼圖。

打開電腦，女王調出有關蘇鵬飛和趙利廣在嬌安娜命案的不在場證明的錄影帶。她注意到宋文媛和滿頭白髮的卓順娥。畫展圓滿結束，人人笑容滿面，為何獨獨兩人緊張嚴肅。於是，寫了一條訊息傳給小張，然後再補上：事關緊急重大，務必立刻進行。

「我們去找姜天恩時，說到一個趙利廣的鐵粉卓順娥。小麻雀談到她們是朋友關係，還幫忙她去嬌安娜的屋中偷畫……嗯，拿畫。我當時有有交代你去辦，結果如何？」

「我馬上把她的相關資料傳給妳。」小張回訊，同時表示開會中，無法多聊。

幾分鐘過後，小張將卓順娥的資料傳過來。

卓順娥本籍中國大陸東北，十五年前與卓逸白結婚赴美。配偶過世，再嫁荷蘭貴族迪蓉伯爵，定居阿姆斯特丹。兩年前來台工作，擔任白鷺青天社區管理委員會秘書一職，同時兼任白鷺青天社區創辦人宋文媛女士的居家服務員。

當時小麻雀登記的也是出生中國大陸東北，也是十五年赴美深造，直到去年初才來台工作，成為天紅演藝經紀公司員工。按照以上書面記錄推論，兩人的情誼是基於同鄉。不過，依照這幾天的調查，事實證明小麻雀就是姜紫芝，十五年前涉及柳綺珠命案，逃亡中國大陸，藏匿數年，找了機會，再跑到美國去。她不僅改了身分，還經過整形。改頭換面。

女王因此很篤定地推論，卓順娥就是她曾經在首爾見過數次面的姜太太。她從來沒想過歲月會把一個人的容顏、氣質改變得如此徹底，尤其是曾經梳著油亮烏黑的髮髻，如今卻白髮蒼蒼。不，應該是銀髮閃閃。於是，寫了封電郵給禹庚銘，僅寫著：She, Yes or No，再附上幾張卓順娥的照片。然後到廚房煮一碗泡麵。

吃完泡麵，禹庚銘回覆：Yes。

女王心想：冷藏多年的柳綺珠命案終於開始解凍了。

姜太太母女靠著丈夫的人脈潛逃回中國大陸。在人生地不熟的環境，母女兩人過著隱姓埋名、窮苦驚懼的日子。雖然姜太太的美貌和藝術修養出眾，但是因為特殊身分，所以始終保持低調，甚至連姜紫芝也盡可能保持中等的成績，並不允許參加學校任何的活動。然而當卓逸白醫師出現時，姜太太知道他們母女兩人的人生終於要撥雲見日了！

卓逸白醫師需要一個太太來掩飾他的同志身分，這位太太要有一定標準的容貌和才華，年齡相當，最重要的通達人情事故。姜太太是最佳人選，也許她有一段、不能讓人知道的往事，不過他不在乎。至於姜太太需要的，非常簡單，安定平穩的生活。只是他沒想到老天給她的，已經超過她的想像，她簡直比中了樂透還幸運。嫁給卓逸白醫師的姜太太隨了夫姓，改名順娥，原意「順我」。

透過卓逸白醫師的安排，姜紫芝經過整形，並且有了新的身分，她不再是姜正武夫妻的義女。她是卓逸白妹妹的姪女的義妹羅斕詩。一個月之後，三人同時飛向美國，只是卓逸白夫婦飛向美東，姜紫芝飛向美西。

卓逸白醫師在世的時候，卓順娥就開始收購姜正武的版畫，並結交名流共組心靈派版畫同好會，然後擴展到文藝、時尚和演藝圈。卓逸白醫師過世後，她嫁給同是姜正武粉絲的荷蘭籍迪蓉伯爵，同心協力推廣心靈派版畫。迪蓉伯爵過世，卓順娥孤軍奮鬥。

去美之後，姜紫芝和卓順娥只見一次面。兩個人相約在紐約的Balcony Lounge，望著月光下的中央公園，弔念著過世的姜正武。

卓順娥拿出一份韓國報紙，上面寫著：巨星殞落　當代最偉大的版畫師姜正武大師病逝　多年醜聞纏身　後繼無人傳承　新創舊作乏人問津　心靈派版畫從此絕響。除了姜正武的遺照之外，其他幾幅生前的照片中，都有一個年輕男子陪伴。

兩人仔細閱讀，該名年輕人酷似姜正武大師的女兒，所以被收為義子。因為這緣故，姜正武妻女涉及的命案又被舊事重提。

姜紫芝記得母女離別時，聽到卓順娥用無比堅毅的聲音，說：「我絕對不會讓心靈派版畫從此絕響。我一定要讓姜正武的名字永遠刻在世人的心中。」

後來母女兩人各自天涯，直到在台北意外重逢。

那一天，回台的姜紫芝想到陽明山竹仔湖的故居看看。於是駕著黃色的金龜車，經過中山北路、故宮博物館、陽金公路、進入陽明山。這一路行程，宛如山林溪谷和前塵往事之間穿針引線，直到眼前出現一片海芋花田，才輕輕巧巧地打了一個結。

印象中的舊日景緻完全被星羅棋布的樓房所取代。姜紫芝一時之間，不知何去何從，只好下車請問路邊擺攤的老人。經過他的說明才知道，這一帶早在很久以前就開發成高級住宅區了。當她提及蘇志誠博士，老人竟然還記得，還說了很多當年她或許遺忘、或根本不知道的往事。為了感謝，她買了一大堆蔬菜水果，然後依照老人的指點，開車直往白鷺青天的正門。

社區守衛詢問姜紫芝來訪目的，她回答想進去參觀，對方婉轉拒絕。她再度解釋自己從小就住在這裡，舊地重遊。堅守崗位的守衛還是不肯答應。當姜紫芝正要離去時，忽然被守衛叫住，一改幾分鐘前的態度，謙恭有禮地請姜紫芝留步。沒多久，遠遠看到一位白髮女士騎著單車過來。

當姜紫芝看清來人面容，驚喜交加，正欲張口呼喊，卻被白髮女士做了個噤聲的手勢，活生生地把韓語發音的「媽媽」吞下去。白髮女士進入守衛室，不到一分鐘就走出來。

人。」

「妳開車！我帶妳進去參觀。」

冰雪聰明的姜紫芝依言行動，等白髮女士坐定，啟動引擎，按照社區行車速度慢慢前行。

「可以說話了嗎？」姜紫芝故作鎮定，冷漠發問。

「可以了！我們在韓國惹的麻煩還沒完了，所以我們還是和以前一樣，把彼此當成陌生人。」

「我知道，可是妳怎麼會在台灣？怎麼會在這裡？我的意思是說，妳怎麼會在我小時候住過的地方？我的媽媽，妳可以告訴到底發生了甚麼事情？看妳這身打扮，不要跟我說妳現在是清潔婦，妳……。」

「妳有完沒完？」卓順娥露出慈愛的微笑，摸著姜紫芝的頭髮，問道：「我正想問妳怎麼找到我的？我在監視器看到妳和守衛，一眼就認出妳。我已經跟同事交代過了，我們有足夠的時間說話。妳先說吧！」

「我回來台灣一段時間了！既然回來了，當然要到小時候住的地方看一看。這裡改變很多，我記得小時候是住在一棟歐式別墅，旁邊是日式房屋。」

「那一棟歐式別墅已經改建，由屋主的太太住著。那日式房屋原本是屋主的研究室，保持原狀，現在依然保存他的收藏。一屋子的貝殼、貝螺，聽說價值好幾十億。」

姜紫芝一面聽從卓順娥所指示的行車路線，一面說：「屋主是我的父親，蘇志誠博士。屋主的太太是？我忘了她是誰。」

「宋文媛，也是韓國人，年輕時候，當過妳正武爸爸的助理。妳以前在文殊學院，由於所有的入學、經辦、生活起居都是由學苑辦理，最後的領養手續也都是妳正武爸爸一手包辦，所以我對妳的身世來歷都不清楚。妳的母親呢？」

「我一出生時，她就死了！」

「所以現在的蘇太太不是妳的生母。」當車子繞過一個山坡，卓順娥要姜紫芝開慢一點，指著不遠處的日式房屋，說：「那裏就是蘇志誠博士生前的研究室，現在是珍藏貝殼、貝螺的地方。依照規定，閒人勿進。四周都有嚴密的保全系統，只要進入圍牆內，就會被警告。如果滯留超過五分鐘或是有可疑行動，立刻會有保全人員過來盤查。所以我們遠遠看著就好。」

姜紫芝嘆了一口氣，說：「其實，我對這個地方沒甚麼感情。」

車子經過日式房屋，右前方的小路中，慢慢走來一名年輕男子。

卓順娥低著聲音，說：「那個就是你的弟弟，同父異母的弟弟。」

「喔！我依稀記得小時候的他！很可愛，是個乖巧的小男孩。」

卓順娥將蘇鵬飛的近況，連帶他的母親宋文媛詳詳細細地說了一遍。

姜紫芝問：「卓醫師過世，妳改嫁，當個伯爵夫人。伯爵死了，不論再找個人嫁掉，或是當個快樂的寡婦，不是很好嗎？可是，妳現在這個樣子，穿著社區工作人員的背心，我無法想像。我唯一希望是妳千萬不要在宋文媛家中工作，我一想到妳被她使東喚西，不如一頭撞死。」

「我現在唯一希望，妳不要一頭撞死，至少要等我下車。」

「不會吧？」姜紫芝誇張地大叫一聲，然後問道：「我不知道那個甚麼迪蓉伯爵給妳多少遺產，但是卓逸白留下來的，妳三輩子都用不完。」

「我把卓逸白的遺產，全部用在收集妳正武爸爸散落在世界各地的版畫，還有將來為他成立美術館的經費。這些都是經過卓醫師生前同意的。我和迪蓉伯爵結婚也是為了這個原因，仰仗他的名聲和人脈，完成我此生的心願。」

姜紫芝幽幽然想起母女兩人在紐約中央公園，當時的月光，當時的心情。不知不覺隨著卓順娥哽咽的話聲中，眼淚一滴一滴掉下來。

兩人情緒穩定，卓順娥說：「至於我為什麼會在宋文媛家中工作，以後再慢慢告訴妳。」

「妳不用說，我大概也能猜出幾分。」

「我們車子繞了好幾圈，太陽也要下山。我必須趕在同事下班之前回去。有件事情，我再說一遍：我們在韓國惹的麻煩還沒完了，但是現在我們人在台灣，又是在大台北區域，然後交集又是蘇家。萬一在公共場合見面，如果不可避免，而且總不能總是當陌生人，那就用朋友身分相稱。」

姜紫芝點頭答應，想了一想，說：「我現在的名字叫做羅錦雀，有個很可愛的綽號：小麻雀。並且有個很不錯的工作……」

「夠了！夠了！普通朋友不需要知道太多，知道太多反而麻煩。」

夜魔垂下她的黑紗，迅速籠上陽明山。所幸剛睡醒的月神趕緊駕著雲彩，灑下銀光，不讓眼前的樹林過分黑暗。

「媽媽！我有幾件事情要妳幫忙。」

「妳說吧！」

「幫我查查我父母安葬的地方，我想去祭拜。」

「簡單，沒問題。」

「再下來的這一件有點不簡單。我想要一件我阿爸的遺物，最好就是一枚貝螺。我記得小時候，牆上掛著一幅版畫。畫中的小女孩就是我，手裡拿著一枚貝螺。」

卓順娥發出一聲驚喜的讚嘆聲，說：「莫非就是那幅讓妳正武爸爸一生懸念的『My Angel』嗎？」

「是的。」

「妳知道那幅畫的下落嗎？」

「不知道。」

卓順娥的雙眼露出強烈的慾望光芒，說：「除非那幅畫已經被國際知名美術館收藏，否則我不論如何一定要把它收回來。不管用什麼手段，不管用什麼代價，甚至我的生命。」

姜紫芝被卓順娥的神情和語調深深震撼，一時忘了要說甚麼，直到卓順娥再次提醒。

「妳想要一枚貝螺？如果不是很貴重，或是特別標示。我應該可以找個機會到倉庫拿一枚，就像『My Angel』中，妳手中那枚貝螺的樣子嗎？」

「最好是那樣，不是也沒關係。」姜紫芝看見大門已經逐漸靠近，趕緊說道：「最後，我要麻煩媽媽幫我打聽一個人？」

「是不是阿廣？我以前常常聽妳說過，一個很照顧妳的大哥哥。」

「是的。」

姜紫芝做夢也沒想過這三個請求，將她往後的人生掀起狂濤巨浪。

第一，當她到安放蘇志誠博士和她生母骨灰的靈骨塔祭拜時，竟然被蘇鵬飛看見。於是……

第二，當她和章劍波初見面，不小心拿起那枚卓順娥給她的貝螺，劃傷了他。於是……

第三，當她知曉阿廣是赫赫有名的版畫大師趙東尼。於是……

第二十章

穿過窗簾的月光，正照在牆上那張，梵谷的大型海報「隆河星夜」。畫中的男女正竊竊私語，訴說他們所知道的謀殺案。音樂從電腦一點一點地流放，顯得有氣無力。女王走向窗邊，月光忽然躲到雲層後面，宛如竭盡心力的偵探，透露欲振乏力的光線。天空吹著黑色的風，街景模模糊糊，唯有惺忪的燈火勉強地守護著這個夜。

小張傳來簡訊：「祝姓保全終於承認她殺死嬌安娜。」

女王匆匆換上外出服，快速地衝到馬路，攔上一部計程車。剛上車，就打手機給小張。

「可以說話嗎？」

「可以。」小張簡略說明之後，就針對女王的問題回答：「老劉從那一條鐵鍊開始展開追查，好不容易從一個回收廢品的老婦人口中，得知是祝姓保全拿走。老婦人覬覦那條鐵鍊很久，所以記憶深刻。有了這句證詞，劉警官就去找老婦人去和祝姓保全對質。祝姓保全終於死心，很爽快地一口承認。」

女王想到那句常常被名偵探掛在嘴邊的名言，第一個首先發現屍體的人往往就是兇手。置放到嬌安娜命案，也是沒有錯，因為祝姓保全就是第一個發現屍體的人。除了死亡訊息，女王還想起命案發生不久之後，祝姓保全的口供和態度的確有誤導警方的嫌疑，但是這些都是事後諸葛、馬後炮罷了。

「祝姓保全承認她用鑰匙自己開鎖，所以電腦沒有留下紀錄。先用電擊棒擊昏嬌安娜，掛掉胡海棠的電話。然後等待李阿作去性侵她，事後再勒死嬌安娜，然後嫁禍李阿作。有關這一段，我們已經再度偵訊李阿作。李阿作承認祝姓保全不只一次透露嬌安娜的生活習慣。例如房門不關、嗑了藥就隨便躺著睡覺，有時候還會在電梯口或走廊上。他那天在公園附近徘迴，祝姓保全對他說他的女神又嗑藥了，她忘了有沒有幫她關好門。李阿作自告奮勇，嬌安娜果然昏死在客廳，連大門也沒關。李阿作本來心有顧忌，但美色當前，就輕薄一番。忽然停電，李阿作色心大起，痛痛快快地大幹一場，然後提起褲子溜走。他很慶幸全程都沒有被人看到，沒想到後來還是被逮了。至於當初為何沒有提到祝姓保全，主要是一人做事、一人當的心理。有關停電，也是祝姓保全搞鬼。」

女王回想當時祝姓保全的舉止言談，全是鬼話連篇。不過，她的演技實在是太棒了，所以無法從她說詞找出破綻。至於她為什麼要殺害嬌安娜？而且設想如此周到，手法如此細緻，似乎預謀已久。

「祝姓保全原先以為被性侵之後的嬌安娜既然昏睡不醒，立刻殺人完事。沒想到不但清醒，還到浴室洗澡。她只好硬上，為了更強調是被性侵，她一面用騎馬的姿勢跨坐在嬌安娜的腹部，一面用預備好的鐵鍊絞死嬌安娜。這就是她的行凶過程。至於小麻雀來電，她刻意不接。大約在一個半小時之後才回電，然後假裝發現屍體，趕緊報案。」

聽完小張這一番話，女王已經從計程車跳出來，快步走入局裡。

「那鐵鍊為什麼會出現在胡海棠命案現場？」

「她說行兇後，就丟在停車場的垃圾桶。那個地方是攝影機鏡頭的死角，所以不確定她說的是真是假。如果是真的，那麼一定是有人拿走了，然後去殺死胡海棠。祝姓保全報案後，一直都在天寶皇居，所以絕對不可能去殺胡海棠，用飛的也不可能。」

「行兇後，隨便把凶器丟在停車場的垃圾桶？不可能，必須詳加調查。」

小張看到女王迎面走來，不過彼此還是用手機對話。

「老劉正在偵訊，這次他可立了大功。」小張收起手機，說：「妳是飛過來的嗎？」

「你好像還沒說完。」

「依照姜天恩的說詞，還有種種跡象，卓順娥很可能是殺害胡海棠的兇手。所以，我聽妳的建議，請人拿卓順娥的照片去給胡海棠的鄰居太太指證。胡海棠被殺當晚，鄰居太太說請她開大門的就是卓順娥。」

「只有卓順娥一個人嗎？錄影帶中，有看到其他人嗎？」

「有，但是無法分辨是路人，還是同夥。」

女王和小張已經進入偵訊室，所以暫停說話，安靜隔窗觀察劉警官偵訊祝姓保全。

「妳為什麼殺死嬌安娜？」
「看她不順眼！」
「我們從妳的戶頭，發現有幾筆數目不小的金錢。妳怎麼會有這麼一大筆錢？」
「男朋友給的！」
「哼！憑妳這副德性。好，說！妳男朋友的名字？」
「忘記了！」
「忘記了？」
「分手了，就忘了！」
一個警員過來，在劉警官的耳朵邊，低聲說話。劉警官拉了一把椅子坐下，換那名警員審問。
「卓順娥為什麼要匯錢給妳？」
「我不知道！」
「等一下，妳就知道。」
小張催促女王離開，說：「馬組長和老劉都這樣認為。老劉急於破案立功，可能要出狠招。我們走吧！」
「如果從老劉的調查，假設卓順娥是殺害胡海棠的兇手，那麼她主使祝姓保全去殺死嬌安娜就合情合理了。不過……」女王要小張稍微等一下，說：「我想聽聽祝姓保全的解釋。」

偵訊警員拿著女王遞給他的紙條，指著祝姓保全問道：「妳說：九點五分，有人拿著編號TB06SD-2的感應器進入天寶皇居的密花區，再進入電梯，然後光明正大進入死者的住處。根據我們的調查編號TB06SD-2的感應器是死者給友人蘇鵬飛使用。可是蘇鵬飛表示當天並沒有使用，這是怎麼一回事？」

「聲東擊西，混淆視聽啦！」

女王猛然想起來，當時祝姓保全將管控門禁的電腦紀錄印出來。她用簽字筆標記的那個感應器的編號一定是和TB06SD-2類似。簽字筆略粗的筆跡蓋住了幾個原來的數字或字母，祝姓保全故意再用鉛筆在旁邊註明，讓女王誤以為是編號TB06SD-2的感應器。

「不經一事，不長一智。對付壞人，還是要用小人之心！」女王恨恨地說：「走吧！」

兩人走出偵訊室，迎面看到一名女警押著一名少女從另一間偵訊室出來。女王看看那名女警，女警會意，比了個「她是援交妹」。

女王很好奇，便問小張，說：「你知道那個援交妹犯了甚麼大罪，這樣慎重！」

小張笑著說：「妳還記得嗎？嬌安娜命案一發生，李阿作不是提到一個戴著墨鏡和棒球帽，穿著窄管牛仔褲和印著向日葵圖案的鹿皮馬靴的神祕女子嗎？她就是剛才那位援交妹，被叫來作證。當天她去和四樓男客性交易，因為是『固炮』，所以有四樓男客給她的第二枚感應器。」

女王想起祝姓保全所提供的錄影帶，和修改過感應器編號（TB06SD-2）的電腦列表，感覺被擺了一道。她認為不需要做文件還原測試，也可以猜到（TB06SD-2）其實是（TB04SD-2）。

每逢佳節，姜天恩思念正武爸爸的心情益發濃烈。想起自小被親人遺棄，輾轉被賣到歐洲，當了變態男人的性玩具。十五歲那年，他在街上拉客，遇見姜正武。

姜正武當時因為家裡出了大事，隻身到歐洲散心，沒想到遇見一個酷似女兒的女孩子，驚喜萬分，當時姜天恩是女裝打扮。後來姜正武費盡心思，將他帶回韓國，並收養他成為義子。姜天恩在姜正武的栽培下，雖然無法成為版畫家，但是精通商業管理，一手包辦姜正武的版畫事業。

姜天恩始終忘不了姜正武的恩情，所以當姜正武過世，便許下承諾，並對天發誓。不但要重振心靈派版畫的往日雄風，甚至發揚光大。趙利廣是可造之材，更是姜正武親選的傳承弟子，所以更要愛護栽培。

姜正武在世的時候，姜天恩發現有個住在美國的「卓逸白醫師」時常訂購畫作。後來「卓逸白醫師」不再訂購，最佳顧客換成住在阿姆斯特丹的「迪蓉伯爵」。重振心靈派版畫的往日雄風，甚至發揚光大，人脈資金缺一不可，姜天恩決定要親訪那兩名姜正武的粉絲，並且說服他們支持他的計畫。

當姜天恩發現「卓逸白醫師」和「迪蓉伯爵」其實是同一個人，她就是「卓逸白醫師」和「迪蓉伯爵」的未亡人。當他又得知對方是亞洲人時，立刻聯想到早年因涉及命案逃離韓國的姜太太。由於對方身分是殺人的通緝犯，姜天恩格外小心。於是，他刻意在阿姆斯特丹辦一場小型的韓國心靈派版畫說明會，並展出數幅姜正武的遺作。

卓順娥果然盛裝參加，姜天恩自我介紹。初次見面，沒有相見恨晚的遺憾，卻有著似乎是多年後再見的喜悅。卓順娥沒有透露自己曾經是姜正武太太，只是表示自己喜歡韓國的藝術，尤其最愛姜正武大師每一幅療癒心靈的版畫。

兩人走出展場，行走於凡德爾公園，卓順娥對於周邊的美術館、藝術精品、骨董店如數家珍。走到公園的露天劇場，在高大的紫杉樹下，看見一家種植各類顏色鬱金香的小咖啡店。

卓順娥建議進去喝杯咖啡，然後有意無意地開始問著姜正武生前的點點滴滴，尤其是他的太太帶著女兒離家的事情。

姜天恩將腹稿逐字唸出來，情感慢慢濃烈起來。

卓順娥聽姜天恩娓娓說著往事，默默點頭、默默微笑、默默聆聽。她閉上雙眼，似乎睡著了。她睜開淚光閃閃的雙眼，姜天恩心裡想，該是母子相認的時刻了。

「你正武爸爸臨終前說了甚麼？」

「他很遺憾，臨終之前，您和妹妹不在身邊。不過，這是無可奈何。他不怪妳們、只怪命運。所以希望我們能夠一家團園，無法團圓也要相認，無法相認、至少要知道大家過得很好。」

卓順娥的手帕被淚水浸濕，姜天恩趕緊把口袋的面紙遞過去。

「他收了一個徒弟、台灣人，栽培他成為韓國心靈派版畫的傳承人。我奉正武爸爸的遺願，協助他在台灣成立一個無言版畫室，讓他在版畫事業上有一番成就，並將正武爸爸所創立的心靈派版畫發揚光大。」

姜天恩還把他和趙利廣在威尼斯邂逅的事告訴卓順娥，他們認為這是姜正武在天上的安排。

「好孩子！我們一起努力完成吧！」

「好，對了！您有紫芝妹妹的聯絡方式嗎？」

卓順娥點點頭，在餐巾紙上寫上一組電話號碼和地址。

「情勢所逼，我們好久沒有聯絡，也不知道她是不是還住在那裏？電話還可找得到她嗎？」

「你知道紫芝妹妹的身世嗎？正武爸爸把一切都告訴我。紫芝妹妹的繼母宋文媛以前是正武爸爸的助理和畫迷。」

「我只是略有所聞，有關宋文媛在韓國的風評很差，不但男女關係混亂，對於金錢名利更是貪求。我不奢望她可以成為我們的助力，只要不是阻力就好。」

「媽媽，妳可能不知道，宋文媛擔任正武爸爸的助理時，曾經利用美色、還有諸多不正當的手段，暗偷明搶了很多巔峰時期的佳作，我就親眼看見正武爸爸平生最得意的作品『火車』光明正大地陳列在她兒子蘇鵬飛經營的畫廊，看得我傷心欲絕。我想他們可能還私藏一些正武爸爸生前的版畫。」姜天恩做了結論：「我多多少少也從同業那裏打聽到蘇鵬飛的家族，她除了那個經營畫廊的兒子，還有一個私生女，台灣政壇的明日之星宋鳳慈。他們家族恩恩怨怨、糾纏不清……暫時不管這些，先按照目前的計畫進行吧！」

「我把阿姆斯特丹的事情處理好，立刻去台灣和你會合。」

回國之後的姜天恩發覺，如果要和蘇鵬飛合作，發展心靈派版畫，光想到他身邊的那兩個女人，恐怕不容易成事。再想到勢單力薄的「無言版畫室」，挫敗感接踵而來。雖然卓順娥財力雄厚，但是要悉數買下宋文媛手中的那批版畫，勢必要付出天價，尤其宋文媛的兒子蘇鵬飛是精打細算的畫商，搞不好反而藉此提高價格。所以他的初步計畫，不如找出宋文媛的把柄，恐嚇她、勒索她、然後逼她免費贈送或者低價拋售她的收藏。姜天恩認為像宋文媛這樣的女人，她的人生應該有不少不可告人的秘密。於是，他起了一個念頭。

姜天恩安排卓順娥來台灣，刻意讓她在白鷺青天工作。同時，找機會當宋文媛的居家服務員。同是韓國人，卓順娥很快就得到宋文媛的信任。姜天恩則積極收集一些舊有的書信和資料，設法取得宋文媛很可能害死蘇珞美的親生母親，也可能和王永輝聯手或單獨謀殺蘇志誠的證據。他不知道這些伎倆已經被章劍波用過了，只感覺到那些陳年往事，真假難辨，縱然屬實，也早就過了法律追溯期。當他逐漸心灰意冷時，本尊是「蘇珞美」的「姜紫芝」帶來一線希望之光。

有一天，人在美國的姜紫芝忽然接到一封自稱是姜正武義子姜天恩的來信。經過卓順娥的保證，她才略為打開心扉，開始回信。人不親土親，何況又是義兄妹的情誼。後來，索性三不五時以視訊交談。

姜紫芝在某次談話中提到生母的血統，說到自己的耳朵時，表示前些日子，無意中看見一篇亞洲百大美女報導。來自台灣的性感女神嬌安娜被列入最特殊五官的佳麗之一，她的特徵就是有一雙和自己一模一樣，宛如芭蕉扇的耳朵。

姜天恩開玩笑地說：「人類五官中，只有耳朵無法整形改變，而且和指紋一樣，幾乎人人不同。妳的耳朵非常特殊，很可能是某個種族的特徵。所以我猜想妳們之間究竟有沒有特殊的關係，搞不好嬌安娜是妳的親姊妹。」

姜紫芝不聽則已，乍聽之下，有幾分道理。從此以後，開始注意嬌安娜的一舉一動。她離奇的身世和生理特徵竟然和自己大同小異，於是打包來台，並且到天紅演藝經紀公司找了份名為助理，實際上是打雜的工作。目的是接近嬌安娜，以便尋求真相。工作不到一個月，隱瞞學經歷的姜紫芝因為工作態度認真，還有不經意被上司發現能夠說一口流利的英文和韓文，立刻被升等為正式員工。公司按照她的興趣和要求，答應經過培訓之後，成為經紀人。

去年八月初，姜天恩和小麻雀在中山北路上的西餐廳用餐。

「紫芝，最近好嗎？」姜天恩說的是韓語，小麻雀的韓國名字是姜紫芝。

「我當了嬌安娜的經紀人之後，雖然沒有去做ＤＮＡ，但是我敢說她就是我的親姊。不過，雖然是我的雙胞胎姊姊，可是從小到大不在一起，沒有感情。而且我們是異卵雙生，本來就不像，面對面也沒感覺。」

「原來如此，我以為妳是整形過後，才不像的！」

「我是為了韓國那件事才去改頭換面。我們耳朵很像，不過我用頭髮蓋住，盡量避免外露。

我們服用的藥品也一樣，所以我盡量不用原包裝，另外盒裝。」

「所以妳暫時不想和她相認。」

小麻雀點點頭，兩人的午餐也吃得差不多。當甜點和飲料被送上來時，姜天恩娓娓說出他的迷惑。既然兩人是雙胞胎，為什麼嬌安娜沒有在蘇家成長呢？

兩人討論的結果，最大的可能性是宋文媛得知蘇志誠和他那個在外頭的女人傳來懷孕的消息，唯恐自己在蘇家大太太的地位不保。所以勾結醫院的護士將生下來的小孩抱去送人。誰知道人算、不如天算，那個在外頭的女人竟然懷了雙胞胎。生產過後，又產下了另外一個女嬰。這是在宋文媛算計之外，只好讓妹妹留下來。所幸她們是異卵雙生，面容完全不一樣時。然後，平安無事地過了二十五年。

當姜天恩知道姜紫芝就是蘇珞美，也就是嬌安娜的雙胞胎妹妹，因為這一個轉折，讓姜天恩想起一個很久、很久沒見面的朋友。

「嗨！劍波嗎？我是天恩。」

「喔？好久不見了，聽說你人在台灣。」

「是啊！我……」

兩人聊了一下近況，姜天恩知道了章劍波最近混得很不好時，對於自己的計劃越來越有把握。

「我想你找我，應該有甚麼事情吧？你就直接了當的說吧！」

「是。」江天恩先把自己的近況簡略說了一遍，然後接著說：「你很清楚當年發生在我家的慘劇，全家團圓是義父生前的心願，尋找我的義母和義妹是我的責任心願。目前，我已經找到我的義母。現在，我拜託你幫我調查一下，嬌安娜是不是我的義妹姜紫芝，也就是蘇家小姐蘇珞美？」

「為什麼你自己不……」

「我目前正大力推廣趙東尼大師的版畫事業，我需要他們蘇家的支持，尤其是明年春季的版畫展，不想在這個時候節外生枝。另外，如果我沒有記錯的話，你和蘇家有很深的淵源，由你出面，不是更合適嗎？」

「好吧！我考慮一下，三天後給你答覆。」

「沒問題！」

「還有……」

「請說！」

「我可以讓嬌安娜本人去求證嗎？」

「我只要真相，不管過程。」

「好。」章劍波似乎想到了甚麼好主意，笑著說：「那，我可以動用你們家的『傳世之寶』，可以嗎？」

「當然可以。」

除了章劍波，姜天恩還透過和宋文媛朝夕想處的卓順娥、蘇鵬飛和曾經在蘇家當過小佣人的趙利廣所收集的片段資料，拼湊出以下的情節。

事實誠如姜天恩和小麻雀的推斷。宋文媛將剛生來的嬌安娜送人扶養，至於是誰呢？姜順娥沒有得到肯定的答案，但是姜天恩猜想應該就是趙利廣的父母。嬌安娜在九歲那年走失，被人發現她流落中壢街頭，趙利廣的老家就在中壢。趙利廣一家因為非法領養而心虛，還是怕調查出來，嬌安娜會被送返蘇家，因而會遭受宋文媛的責罵？還是因為宋文媛的指示，所以不敢出面指認，如今也只有當事人知道。

第二十一章

嬌安娜曾經和小麻雀討論一齣有關童年陰影的新戲時，忽然脫口告訴她，小時候被性侵。小麻雀本不以為意，可是隨著劇本所寫的情節，嬌安娜好像打開了記憶的匣子，滔滔不絕地和小麻雀分享她塵封多年的往事。

當「阿廣哥」三個字如同一道閃電鞭打過來，隨即而來的敘述宛如一聲又一聲讓小麻雀膽顫心寒的雷鳴。嬌安娜並不知道「阿廣哥」就是趙利廣，版畫界赫赫有名的趙東尼大師。

小麻雀推說身體不適，落荒逃離公司，然後急急忙忙打手機給姜天恩。

姜天恩開著車，穩健地在寬廣的道路上奔馳。中山北路雖然是台北的交通要道，由於現在並非上下班時間，所以非常寧靜。

坐在副駕駛座的小麻雀望著兩旁的商店，在灰濛濛的天光下，好似正因驚慌而顫抖。想起小時候，一場露天電影，在放映機的強光下，灰色的布幕在風中顫抖，影像裡的街景在顫抖。而故事情節同樣發生在冬季，纏綿悱惻的愛情故事加入驚心動魄的謀殺，一樣地在觀眾的心目中顫抖。

「我們本來以為有嬌安娜這張王牌，絕對可以在收購姜正武大師的遺作和紀念物品的談判上，佔有絕對的優勢。」姜天恩既懊惱、又婉惜地說：「可是萬萬沒想到在這節骨眼，會冒出阿廣有一段不可以讓人知道的過去。」

小麻雀無言以對，嘆息以對。

「我很擔心萬一嬌安娜全部說出來，這對阿廣有很大的不利。正武爸爸臨終前，千交代、萬交代，我們必須把韓國心靈派版畫發揚光大，阿廣是正武爸爸生前指定的傳承人選，我們必須保護他。」

小麻雀很擔憂地說：「我曾經試探過嬌安娜，是否有百分之一百的把握。她說她只是找回過去的記憶，即使『阿廣哥』真的做了甚麼事情，事過境遷，她也無法追究，記憶中所發生不一定代表事實。」

「嬌安娜不愧是大明星，想法既大器、也通達人情。不過，最讓我擔心的是阿廣的前任女友，嬌安娜小時候的心理輔導師、現在的閨密胡海棠。她一定會跟她分享，然後嬌安娜不就知道『阿廣哥』究竟是誰了嗎？」

「沒錯，當嬌安娜知道『阿廣哥』的真實身分，是否會這麼大器和通達人情，真的就很難說了！」

「到時候，妳可以這麼跟她說，大家會認為她想藉國際知名版畫師趙東尼的名聲，藉機炒作。這對她名聲很不利，她應該不敢亂來。」姜天恩想了一想，又說：「但是，我們不能冒險。不久將來的韓國心靈派掌門版畫大師趙利廣不容許半點瑕疵。」

「如果讓胡海棠知道阿廣哥和嬌安娜小時候的關係就糟了！遭受感情創傷的胡海棠一定會藉這個機會毀了阿廣哥。」

姜天恩的聲音忽然緊繃起來，說：「嗯！真的是有點麻煩，這樣吧！妳幫我想想辦法，看能不能弄到胡海棠住處的鑰匙，我偷偷進去調查。」

「我？」

「我是阿廣的同事，萬一事跡敗露，難免不會連累到他。妳表面上和阿廣風馬牛不相及，如果失敗，就隨便找個理由搪塞過去。」

「好！」

於是，姜天恩教導小麻雀如何假裝要租房子，設法接近胡海棠的房東李小姐，然後見機偷取鑰匙。

卓順娥在宋文媛小睡的時候，煮好一小鍋西谷米。她似笑非笑地看著對方安穩的睡臉，心中很清楚，沒多久後，她就不會有如此香甜的睡眠了。不知道是不是惡毒的意念，影響了沉醉在美夢中的宋文媛。她忽然醒來，滿面驚慌地望著站立在床前的卓順娥。

「順娥！妳甚麼時候來？」

「一點半。管理會今天沒甚麼事情，所以提早半小時來。看著您睡得又香又甜，不想吵醒妳。對了，我煮了一些西谷米，現在就去端過來，您嚐嚐看！」

卓順娥服侍宋文媛起床到在客廳，然後走去廚房。過沒多久，她端了一個小鍋子出來。宋文媛坐在沙發上，看著卓順娥將熱騰騰的西谷米倒入一只精巧的水晶碗，再加上濃稠的椰漿和幾小匙的果醣。用托盤端過來，很恭敬、卻又不失優雅地放在宋文媛的面前。然後站在一旁。

「好香！要不要給妳自己也倒一碗？」

「不了！」卓順娥坐下後，說：「我陪您說說話就好。」

「好啊！最近我們『白鷺青天』社區有甚麼新鮮事嗎？」

「前些時候來了一個女孩，自稱是蘇博士的女兒！她想看看小時候住的房子，我就陪她繞了一圈。我有跟她說您住在這裡，她說不想打擾您，也叮嚀我說，不要跟您提起她曾經來過，後來就走了。本來這件事就不了了之，但是最近聽到有個大明星也說她是蘇博士的女兒，我想還是跟您說一聲。」

「妳有那個女孩的照片嗎？」

「這就是！」卓順娥拿出從守衛室取得的錄影帶截圖，顯然是有備而來。

「她在九歲時候被送去韓國。已經十六年了，這女孩不太像珞美。」

「我注意到那個女孩有整容過，不過耳朵的樣子很奇特，跟那個大明星的耳朵蠻像的。」

「啊！」宋文媛不知道想到甚麼，臉色蒼白，渾身發抖。

「她說她被送往姜正武大師創辦的文殊學苑寄讀，後來被姜正武夫婦收養，改名姜紫芝。隨著年齡增長，心智也恢復到正常人的水準。」

「如果這是真的，我感到很欣慰。」

卓順娥並不覺得對方真的很欣慰，不過這並非重點，繼續說：「蘇珞美告訴我，她和大明星嬌安娜是同胞姊妹，只是想請問身為長輩的您，為什麼這兩姊妹從小就被迫分開。」

「我不知道，事情已經過了那麼久，我真的不知道。」宋文媛臉色肅然，兩眼銳利地望著卓順娥，冰冷地說：「我聽過我的兒子說，妳是億萬富翁卓逸白醫師的遺孀。我當時在想既然是億萬富翁卓逸白醫師的遺孀，怎麼會來這裡上班？我不愛管他人閒事，所以懶得管妳到底發生甚麼事，是錢被人騙光光，還是投資失敗？我還警告我的兒子不要在妳面前提起以前的事。可是，如今看來，事情並不單純，是嗎？」

「我還有一個身分，姜正武大師的太太和蘇珞美的義母。」

卓順娥在姜天恩的指導授意之下，暴露自己的身分以博取宋文媛高度的信任，然後慎重其事地說出有關嬌安娜和章劍波的陰謀。剛一開始，宋文媛表面冷靜、不予理會，甚至嗤之以鼻。可是當蘇鵬飛和宋鳳慈一起來告訴她，嬌安娜想要證明自己是蘇珞美的時候，她的自信開始動搖。隨著宋鳳慈一步一步的調查，尤其是可疑人物姜天恩介入，還有她視為眼中釘、肉中刺的章劍波開始登場，花甲之齡的她覺得有必要採取行動了！她個人的名譽不但早就被毀，甚至還丟掉了「誠光集團」，但是不能不顧及她自己的晚年，還有兩個孩子的人生，尤其是宋鳳慈的政治前途。

灰色的天空，飄著黑色的雨。黑色的河面，漂浮著灰色的扁舟，連那些模糊的景象也都是參雜著灰色和黑色。詭異和猙獰的畫面，彷彿是很久、很久以前，宋文媛曾經到過的一個地方。

不知何時，宋文媛面前忽然出現一個手中拿著貝螺的小女孩。她披著灰色的斗篷，雙眼凝視自己。當宋文媛伸手過去時，她忽然左手撫著胸口，右手凌空亂揮。望著小女孩的身體如沙丘般崩散下來，全部萎縮在斗篷裏頭。

當天空開始發亮，並出現彩色的雲霞時，有兩個小女孩從斗篷中慢慢站起來，就像是比肩並列的兩座燈塔，緊緊相依，互換著溫暖的光芒。宋文媛感覺到自己的面孔激烈地抽搐，彷彿有兩雙腳在上面用力地踩，而且非踩到稀爛才肯甘休。

如同卓順娥所詛咒，當得知嬌安娜和蘇鵬飛相認之後的宋文媛，時常做著類似的惡夢。姜天恩知道見過大場面的宋文媛雖然表面紋風不動，內心應該是波濤洶湧。不過打著如意算盤的姜天恩沒有預料嬌安娜和胡海棠會雙雙被絞殺，更沒有預料章劍波會落水身亡。

夢中的女王專心地欣賞牆上的版畫，隨著畫面逐漸的清晰，拿著貝螺的小女孩在版畫裡安詳的臉，表情一點一點地豐富起來。灰色天空中的烏雲亦如被扯動的皮影戲，翻滾奔騰起來。喔！原來拿著貝螺的小女孩所有的愛恨情仇都深藏在那雙眼睛之後——兩扇神秘的門。當女王和版畫中的她四目交接時，強烈感受到好像兩支火紅的鐵印烙上她的心版，右邊是個「！」，左邊是個「？」。

抱病重回崗位的女王並非再度昏倒，而是在廁所裡睡著了，或許是因為藥物的關係。因為門鎖標示有人，所以不受干擾，只是隔壁有人拉肚子，所以女王是被「臭」醒的。

離開廁所，眼角看見馬組長、劉警官和小張等一行人邊說邊走向會議室。女王像做錯事的小孩趕緊躲起來，不過還是被幾個眼尖的同仁看見，紛紛笑著對她擠眉弄眼。

女王想想馬組長如今正是風火交加、身心俱瘁，自己還是不要去惹他。於是偷偷跟在眾人之後，溜進會議室，選了最後面的位子。旁邊的同事正要問安，她趕緊做了個「噓」的手勢。

馬組長和以往一樣，先大喝一聲，等大家安靜下來就開始冗長的開場白，直到詞窮之後，才點名相關人員報告。通常都是資深的劉警官第一位，這次也不例外，報告偵訊祝姓保全最新結果。

「祝姓保全雖然口口聲聲自稱是殺害嬌安娜的兇手，可是我們並不買單，因為她說不出任何去殺害嬌安娜的理由和動機。從她的前科和犯罪紀錄，很顯然是拿人錢財替人消災。換句話說，她就是個職業殺手。被逼到最後，她鬆口說：幕後主使者是卓順娥。」劉警官把卓順娥的身家背景交代一遍之後，說：「卓順娥既是買通祝姓保全去殺害嬌安娜的幕後主使人，依照小張的說法，她又是殺死胡海棠的兇手。」

馬組長對小張發問：「剛才你說到胡海棠命案當晚，錄影帶中，除了卓順娥之外，還有看到其他人，但是無法分辨是路人，還是同夥。後來呢？」

小張有些畏懼馬組長，所以有時候會答非所問，尤其是在大家面前。不過這次還好，說起來還蠻溜，或許是不久前和女王「演練」過。

「我先說明卓順娥殺害胡海棠的行兇路線。她先從一樓大門進入，到了頂樓，打開通往屋頂的大門，預留逃脫出口。下樓行兇之後，再從陽台爬上屋頂。因為屋頂的門是事先打開，所以很順利從樓頂下樓，開了大門逃逸。」

「我不懂為何卓順娥殺害胡海棠之後，為什麼不直接開門下樓離開，而要採取這麼迂迴的方式？還有她如何進入胡海棠的屋子？還有那一條令我百思不解的鐵鍊。」馬組長自說自話，大家也開始分組討論。

從女王的位子可以看到窗外彎來彎去的小巷，在月光下恰似一條閃閃發亮的鐵鍊。當時警方會把嬌胡兩案想成同一人所為，是因為同一凶器，就是那一條鐵鍊。如果不是同一個人，可能嗎？怎麼辦到的？她自然也和身邊的同事談起案情。

「老劉說那條鐵鍊是天寶皇居維修部門用完的廢棄品，放在環保回收桶裡面。」

「這是很棒的情報。老劉有甚麼想法嗎？」

「我剛才忘了交代，那條鐵鍊是祝姓保全拿給卓順娥。」

關於胡海棠命案兇手，女王一開始就不認為卓順娥有體力或技巧能夠從胡海棠居所的陽台爬向樓頂。所以，另一道人影在女王闇鬱的心中，漸漸明亮燦爛起來，彷彿是張以紅外線鏡頭處理過的照片，流暢的曲線還保留著光的軌跡。

女王回神過來，不知道為什麼馬組長又提起嬌安娜命案發生時的嫌疑人有李阿作、章劍波、蘇鵬飛和趙利廣。

李阿作是出現在命案附近的前科犯，章劍波和蘇鵬飛是由祝姓保全提供，至於為什麼會出現趙利廣？女王想起來，小麻雀提起，胡海棠打電話要她確認嬌安娜是否安危時，說到她也同時和她的前任男友求救。就因為這樣趙利廣被列入嬌安娜命案參考人，誰知道他會在隔天離台赴韓，顯然是殺害胡海棠之後，畏罪潛逃。

蘇鵬飛的說詞，趙利廣為了掩飾年輕時代所犯的錯誤，引發殺害嬌安娜的強烈動機，嫌疑指數一下子竄升到高點。尤其是兩宗命案中，所使用的兇器是同一條鐵鍊。另外，是否嬌安娜把趙利廣曾經對小時候的她所作的事告訴了胡海棠，所以遭來殺身之禍。

但是辦案結果卻是祝姓保全承認受了卓順娥的主使殺死了嬌安娜。至於，胡海棠命案最後的結論竟然是被卓順娥殺死，而不是趙利廣。女王大膽假設，這兩宗命案似乎是兇手刻意佈下迷陣，讓所有的罪嫌都指向卓順娥。尤其是行兇當晚，卓順娥還按鄰家的門鈴，這似乎有點刻意要暴露自己的身份。

女王發現自己這樣低頭，躲在同事的背後，遲早會被馬組長發現。於是跟身邊的同事使了眼色，然後偷偷摸摸離開會議室。

十分鐘後，女王獨自走入一間店名「愛如月光」的深夜咖啡屋。

滿屋子的裝就都是花葉枝蔓，讓人好像是走入溫室。一眼望去，幾乎座無虛席。一個嬌小玲瓏的圓臉紅衣女孩，站在深綠色的櫃檯後面，宛如是停息在葉片上的的甲蟲。她的背後就是一大面浮動銀色燈光的暗藍色牆壁，右上角垂掛了一隻象徵月亮的燈籠。

嬌安娜命案終告一段落，那胡海棠呢？女王依照小張給她的最新案情，還是撲朔迷離。胡海棠是被趙利廣所殺？還是卓順娥。難道是……她忽然想到一個人，於是放下咖啡杯，拿起手機，按下號碼。

「銀倩姐嗎？」

「是，筱語。妳人在哪？怎麼開會都沒看到妳。」

「我被迫休假！我知道妳們都很忙，所以長話短說。依照科學的證據，請問妳：胡海棠是被趙利廣殺害？還是被卓順娥所殺。」

「兩者皆非。」

「喔？」

「你們家小帥哥小張立了大功一件。如果不是他念念不忘那個電子相框，我和老江（法醫）也不會在解剖的時候，認真思考去找出胡海棠真正的死因。」

「聽起來好像蠻有意思。」

「豈止有意思。小張偵訊趙利廣時，問他進入胡海棠臥室時的時間，還問有沒有看見電子相框。趙利廣答說：沒有。於是，小張推斷他們在拉拉扯扯之前，那個相框早就已經掉到床底下了。也就是說胡海棠頭部的那個傷痕，是當她聽到趙利廣到來，正要從床下爬出來時，自己不小心碰到的。更有力的證據是電子相框不但具有日曆，更有時鐘的功能。摔壞時停頓的時間，比趙利廣進入胡海棠臥室的時間還早五分鐘。」

「喔？」

「所以我們特別做了腦部的顯微解剖，果然發現胡海棠的頭殼有經過用力敲擊，導致大量內出血死亡。那個傷痕和床沿下方吻合。其實鑑識人員也有提出，只是當時被『鐵鍊絞死』的框架所限制，因此不做他想。直覺認定是被絞殺時，掙扎時碰觸所造成。」歐銀倩詳細說明原因之後，意猶未盡地緊接著說：「你們家大帥哥小張又立了另一件大功。」

女王心中暗暗好笑，小張在短短幾分鐘內從小帥哥升等成大帥哥。

「我們剛才開會時，他認定卓順娥沒有那個體力和能力，從胡海棠的住處爬上屋頂，然後逃離現場，所以他認定用鐵鍊絞殺已經死亡的胡海棠另有他人。對了，他可沒有搶奪妳的功勞，他說這是妳的推理。然後依據妳的判斷，那個人就是姜天恩。」

「結果呢？」

「他按照妳的指示要我們把案發當天，在胡海棠住處收集的鞋印全部秀出來，然後他拿出妳line給他的圖檔逐一比對，結果發現竟然有吻合。於是我們剛才鑑識課的同仁立刻再跑去胡海棠住處的陽台和屋頂，再採集更多的鞋印。結果，印證了姜天恩曾經去過胡海棠的住處，還有屋頂。妳是怎麼想到的？」

「我和小張曾經走訪姜天恩。當時注意到他穿了一雙很不尋常的球鞋，所以特別注意。我上網一查，結果發現那是多年前，韓國知名球鞋廠依照姜正武大師的心靈派畫風所特別設計的一款球鞋。既然推斷可能是姜天恩跟在趙利廣後面去胡海棠的家，就立刻想到這個線索。感謝妳們鑑識課勞師動眾、大力支持，終於把線索確定為證據。」

「自家人，幹嘛這樣客氣。既然真相大白，妳安心靜養，我就不打擾妳了。」

「好！有空再一起去喝咖啡。」

姜天恩為什麼要再度「絞殺」被趙利廣「殺死」的胡海棠？可解釋成守護自己心愛的朋友或藝術家，合情合理。因為他以為趙利廣殺死了胡海棠。至於「嫁禍」於卓順娥呢？莫非是更高「層次」的守護？由卓順娥自我犧牲的「保護」姜天恩嗎？因為唯有如此，所以才要故佈疑陣。

想到趙利廣逃過一劫，女王真的為他高興，也為他的藝術生命慶幸。然而想到姜天恩所犯的重大罪行是故意毀壞屍體，將會被判三年以下有期徒刑、拘役或者管制，不禁深深地嘆了一口氣，她衷心希望法官會從輕發落。

女王一面思索，一面看手機是否有群組或小張的最新訊息之外，忽然發現一則來自禹庚銘的電郵，上面寫著：卓順娥母女已經回韓國接受審判。算算時間，正是祝姓保全落網的隔天早晨。她轉頭看著反映在窗面的自己，嘴唇上面有一弧淺白的泡沫，看起來就像天上那鉤月亮。一口氣喝光那一杯甜甜熱熱的焦糖瑪奇朵，但是月亮的感覺依然留在唇邊。

小張來訊：老馬已經向上方呈報破案，並且準備在今天十點對外宣布。

女王回訊：我不認為卓順娥是主使祝姓保全去殺害嬌安娜的人，最可疑的人是宋文媛，你去跟老劉說。他懂！送出之後，她再補上一則，吩咐小張請唇語專家去解讀蘇鵬飛、姜天恩等所有人寄來的錄影帶中，宋文媛和卓順娥的對話。

小張回了一張ＯＫ的貼圖。

女王走出咖啡屋，趁著身體還沒被寒風吹透，迅速鑽進事先叫來的計程車中。

古老斑駁的大教堂，石欄上的雕像和屋簷的獸像，在雨霧中模糊不清。哥德式的尖塔，宛如悲憐的手臂，伸向天空，正為人類的無知和犯錯而乞求救贖。

女王在夢中沿著河岸，步行到廣場。雨滴從雲端灑落下來，拂過她的面頰，飄向河心。於是，水面變成一長片交錯著藍斑和灰紋的大理石。遠方的鐘聲清越地響起，在這個無人的午後，悠遠地漫溯而去。

雨霧愈來愈濃，女王跑向附近一座城堡似的大建築物裡。寬敞的石階，遼闊的外廊。巨大的石柱，往左右兩邊列隊而去，直到看不見的地方。她邊走、邊撫摸著一大格又一大格的牆壁，同時舉目四望，發現了前方坐著一個披著灰色斗篷的人。

一陣風掀開他的頭蓋，彷彿揮去層厚厚的灰塵，那張臉就這麼一點一點鮮明起來。女王看清對方的臉，竟然是老馬。

驚醒之後的女王覺得好笑，真是荒謬絕倫的怪夢。臥室四周黯淡，時間是五點三十八分。她順手拿起手機，閱讀小張的來訊。

誠如女王的猜測，雖然祝姓保全和卓順娥有大量金錢來往，但是劉警官從最近幾個月的手機通聯或相關紀錄，卓順娥和祝姓保全似乎沒甚麼交集。倒是祝姓保全和她的前老闆宋文媛來往十分密切。然而以上的證據比不上錄影帶中，宋文媛和卓順娥的對話。經過唇語專家的解讀，她們人在趙利廣的版畫展場中，卻在討論遠在「天寶皇居」所發生的謀殺案，而且角色分明，宋文媛正是主使祝姓保全殺人的主嫌。

祝姓保全在劉警官威脅利誘下，終於坦白說出一切。

依照祝姓保全所知，宋文媛得知「慫恿」嬌安娜認祖歸宗的人是章劍波時，立刻想到王永輝被折磨到一生潦倒而死。後來為了不和他妥協，付出了慘痛的代價，導致誠光集團瓦解。本來以為事情已了，沒想到陰魂不散的他又找到她另一個致命的秘密。一想到將來的日子又會被章劍波和嬌安娜控制，全身發冷。六神無主之下，私下找了曾經在她的公司當過工頭的祝姓保全，出面為她喬事情。對方拍著胸脯說，只要付給她一筆錢，她可以讓嬌安娜和章劍波永遠閉嘴。再三思考之下，宋文媛決定讓祝姓保全放手去做。祝姓保全開始行動時，章劍波忽然銷聲匿跡，只好先從嬌安娜下手。

她們打的如意算盤，行兇事跡敗露被逮，先由祝姓保全一肩擔下。如果警方緊咬不放，就咬定卓順娥是幕後主使人。她還供出她們之間的交易，宋文媛必須把姜正武的畫作、手稿和相關的物品全部無條件轉送給無言版畫室。

身心完全放鬆的女王覺得可以好好利用，這次得來全不費工夫的「病假」，再繼續多請幾天「特休」。擰熄了室內的燈光，月光就撲照進來，彷彿銀色流沙，一下子就把小小的房間淹沒。拉上窗簾之前，女王瞧見了屋外的月亮，冷酷無情，在雲霧中宛如刀光血影中的殺手。然而當她看見東方幽幽發亮的晨曦，心想：假如兇手是月亮，那麼躍出地平線的太陽就是緝凶的正義使者了。不過進入夢鄉之前，女王喃喃自語：黎明不要來、黎明不要來……，且讓月亮大開殺戒，把人世間的貪婪、不義、自私、煩惱、怨恨、忌妒、傲慢……一一殺死吧

（全文完）

要推理91　PG2629

要有光
FIAT LUX

假如兇手是月亮

作　　者　葉　桑
責任編輯　喬齊安
圖文排版　阮郁甯
封面設計　蔡瑋筠

出版策劃　要有光
發 行 人　宋政坤
法律顧問　毛國樑　律師
印製發行　秀威資訊科技股份有限公司
114台北市內湖區瑞光路76巷65號1樓
電話：+886-2-2796-3638　傳真：+886-2-2796-1377
http://www.showwe.com.tw
劃撥帳號　19563868　戶名：秀威資訊科技股份有限公司
讀者服務信箱：service@showwe.com.tw
展售門市　國家書店（松江門市）
104台北市中山區松江路209號1樓
電話：+886-2-2518-0207　傳真：+886-2-2518-0778
網路訂購　秀威網路書店：https://store.showwe.tw
國家網路書店：https://www.govbooks.com.tw
總 經 銷　聯合發行股份有限公司
231新北市新店區寶橋路235巷6弄6號4F
電話：+886-2-2917-8022　傳真：+886-2-2915-6275

出版日期　2021年9月　BOD一版
定　　價　380元

讀者回函卡

Printed in Taiwan

國家圖書館出版品預行編目

假如兇手是月亮/葉桑著. -- 一版. -- 臺北市 :
要有光, 2021.09
面； 公分. -- (要推理 ; 91)
BOD版
ISBN 978-986-6992-90-2(平裝)

863.57 110013025